敦煌變文字義通釋
下冊

黃征　著

目次

上冊

第一篇　釋稱謂

第二篇　釋容體

第三篇　釋名物

第四篇　釋事為

第六篇　釋虛字

下冊

第五篇　釋情貌

無端

不正，胡亂。

難陁出家緣起：「世尊千方萬便，教化令教出家，且不肯來，便言語無端，亂說辭章，緣戀着其妻。」（頁 395）

按：唐以後文籍所見，「無端」作壞、不良解，與變文義相近。《北夢瑣言》卷八，張仁龜陰責條：「唐張褐尚書典晉州，外貯所愛營妓生一子。其內子蘇氏號塵外，妬忌，不敢取歸，乃與所善張處士為子。……其嫡母蘇夫人泣而謂諸子曰：誠有此子，吾知之矣。我少年無端，致其父子死生永隔，我罪多矣。」《前漢書平話》卷上：「反賊怎敢無端？漢王有甚虧你？教你前退番軍，却向此處造反！」《水滸傳》第六十八回：「奈何無端部卒施放冷箭，更兼奪馬之罪，雖百口何辭？」《孤本元明雜劇》劉夫人慶賞五侯宴頭折，混江龍曲：「我堪那無端的豪戶瞞心昧使心毒，他可便心狡狠倒換過文書。當日箇約定覓自家做

乳母，今日箇強賴做他家裡的賣身軀。」又《寶真齋法書贊》卷五，陳子昂無端帖：「道既不行，復不能知命樂天，又不能深隱於山藪，乃亦時出于人間，自覺是無端之人。」這個無端，猶言沒道理、沒價值。

可曾　可憎　忔憎　哥憎
「曾」通「憎」；「可憎」，反語，意謂可愛。

醜女緣起：「王郎見妻端正，指（拍）手喜歡，道數聲可曾……」（頁 799）按：「曾」字通作「憎」。王昭君變文：「頭痛生曾乳酪羶。」（頁 101）李陵變文：「交兵欲□風頭便，對敵生曾日影斜。」（頁 88）「生曾」就是生憎。《夷堅甲志》卷二，詩謎條：「元祐間，士大夫好事者取達官姓名為詩謎，如……『秀才不肯著麻衣』……謂曾公佈也。」不肯就是憎，麻衣就是布，也拿「曾」諧音作「憎」，可證「可曾」就是「可憎」。拿「可憎」當可愛，常見於金元戲曲中。《西廂記》第一本第三折，禿廝兒曲：「早是那臉兒上撲堆著可憎。」王季思注：「可憎，反言之，謂可愛也。黃山谷詞：『思量模樣可憎兒。』蓋北宋語已如此。」按寧州祠堂本山谷好事近詞「可」作「忔」，王注未知何據。據變文「可憎」作可愛又早於北宋了。又變文這以下有「《走入內裏，奏上大王」的話，《變文集》校記以為「《」是古快字，不知根據何在。疑是兩個重文記號誤併為一，應該讀到上句去，即「道數聲『可曾！可曾！』」。這是用來描摹王郎十分喜歡的聲口的。蔡襄暑熱帖「可嘆可嘆」，下兩字用重文記號，也是左右並列，而不是上下相承（見《參加倫敦中國藝術國際展覽會出品圖說》第三冊）可以助證，附記待質。

長興四年中興殿應聖節講經文後面附的詩；「可憎猧子色茸茸，擡舉何勞餧飼濃。點眼怜伊圖守護，誰知反吠主人公？」（頁 424）「可憎

也是可愛。「何勞」的「何」通作「荷」。玄應《一切經音義》卷二十二，瑜伽師地論第四十卷音義：「荷乘，古文柯（抲），今作何，同。胡我反，又胡歌反。《小爾雅》：『何、揭，擔也。』」「何」本是「負荷」的「荷」的本字，後來加上了艸頭，而在玄應時仍有寫作「何」的，字音又有讀平聲的，正和這首詩的意旨、聲律相合。同頁另一首詩道：「玉蹄紅耳槽頭時，餧飼真教稱體肥。不望垂繮兼代步，近來特地却難騎。」語意和這一首完全相同，「色茸茸」和「玉蹄紅耳」相當，是可愛而不是可惡的事。

《梨園按試樂府新聲》卷上，白無咎雙調新水令套離帶歇拍煞曲：「薄倖可憎才，只怕相逢在夢兒裡。」

又闕名仙呂點絳唇套，醉中天曲：「可憎模樣，宜梳宜畫宜粧。」

雍正十三年刊本《陝西通志》引《臨潼縣志》：「哥憎者，可愛也。」

本條已見《詩詞曲語辭彙釋》卷五。張、王兩家都以為是反語；任二北則以為「可憎」之「可」是「忔」字音轉，引醜女緣起「一雙可膊似粗椽」（頁800）的「可膊」即「肐膊」為證，《廣雅》釋詁一下：「忔，喜也。」「忔憎」為由「忔」（喜）和「憎」合成的偏義複詞，祇取喜義而棄其憎義。按：如任先生之說，何嘗不可以說「忔憎」之「忔」由「可」字音轉？以「可憎」為反語，義與稱所愛之人為「冤家」正同；何況張書又引趙長卿念奴嬌詞「忔戲笑裡含羞」等語證「忔戲」就是「可喜」，恐「可喜」更不必說是「忔喜」音轉，而「忔」與「喜」以意義相同而構成聯合式複詞了。以「可憎」為本作「忔憎」而為偏義複詞，今未敢從。

攢沅　噴唅

奸猾的意思。

　　鷰子賦：「雀兒自隱欺負，面孔終是攢沅。請乞設誓，口舌多端。」（頁 250）又一篇：『雀兒實噴唅。變弄別浮沈，知他窠窟好，乃即橫來侵。」（頁 262）「攢沅」和「噴唅」顯然是同一個詞，「沅」、「唅」同屬疑母雙聲。前一篇説，雀兒雖然自己知道確曾欺負燕子，但依然表現得很奸猾。

　　宋皇都風月主人《綠窗新話》卷上，楚娘矜姿色悔嫁條：「及嫁歸，乃一村夫，鬍鬚滿面難尋口，眉目鑽頑不似人。」「鑽頑」是難看的意思，和「攢沅」聲音相同。難看則惹人厭惡，奸猾也惹人厭惡，所以一聲分為兩義。

薄媚

罵人的話，有放肆、搗蛋等意。

　　鷰子賦：「鳳凰當處分：『二鳥近前頭！不言我早悉，事狀見嘍嘍。薄媚黃頭鳥，便漫説緣由。急手還他窟，不得更勾留！」」（頁 264）

　　「薄媚」變文裡祇有一處。但《遊仙窟》道：「誰知可憎病鵲，夜半驚人；薄媚狂雞，三更唱曉。」「薄媚」和「可憎」相對，解作「搗蛋」，語氣恰巧相應，拿來解釋變文也是適合的。宋人郭茂倩編的《樂府詩集》卷六十六，編錄了杜甫的少年行：「馬上誰家白面郎！臨堦下馬踞人牀。不通姓氏矗豪甚，指點銀瓶索酒嘗。」「白面」下注道：「一云『薄媚』。」（錢謙益《杜詩箋注》，也作「薄媚」，註：「一云白面。」）如果依杜詩的一本作「薄媚」，那麼它和「矗豪」的意義也是相應的。鷰子賦説：「何得矗豪，輒敢強奪」（頁 252）「巖豪」也是斥責的話。《詩

詞曲語辭彙釋》説，「誰家」意思和「甚麼」相同，有不滿的意思。張氏引杜甫這一首詩而加以解釋道：「此作為某一家之郎君解固通，但下三句寫其『贏豪甚』之狀態，不滿之意甚明，意猶云『甚麼東西馬上郎也』。」（詳見張氏書卷三）照張氏的解釋，「誰家」、「薄媚」、「贏豪」意思就都貫通了。杜甫的詩，也就可以理解為和漢樂府羽林郎命意相同的作品。今本作「白面」，聲誤和不了解「薄媚」的意義都可能是它的原因。

　　章孝標貽美人詩：「諸侯帳下慣新妝，皆怯劉家薄媚娘。」前蜀王衍甘州曲：「畫羅裙，能結束，稱腰身。柳眉桃臉不勝春，薄媚足精神。」這個「薄媚」就是冶媚，和前面所講的「薄媚」義無關。

鳥
罵人的話，讀入端紐，和《水滸傳》裡的「鳥人」、「鳥男女」的「鳥」相同。

　　鷰子賦：「鷰子被打，可笑屍骸：頭不能舉，眼不能開。夫妻相對，氣咽聲哀。『不曾觸犯豹尾，緣沒橫罹鳥災！』」（頁 249）這是燕子氣憤的話，説自己沒有觸犯皇帝的儀仗，為什麼要遭受這種倒霉的災禍呢！並不是因為被雀兒所打而稱為鳥災。雀兒和燕子是同類，燕子自視是「人」而不是鳥，也不會用「鳥」來指雀兒而稱為「鳥災」的。《太平廣記》卷二百七十三，李秀蘭條引《中興閒氣集》：「秀蘭嘗與諸賢會烏程縣開元寺，知河間劉長卿有陰疾，謂之曰：『山氣日夕佳。』長卿對曰：『眾鳥欣有託。』舉坐大笑。」「山氣」諧疝氣。這是劉、李借陶詩作猥褻語相嘲謔，可見唐人已用「鳥」如「鳥男女」的「鳥」。

聖

刁鑽，精靈能幹的意思。

維摩詰經講經文：「有人告託解楊（佯）聾，邪路求財能似聖。」（頁
540）這是說善於從邪路求財，「似」和「何似生」（廬山遠公話，頁
173）的「似」相同，「能似聖」就是如此樣精靈能幹的意思。茶酒論
中述水對茶和酒講的話，首先大大誇耀自己的本領，接著說：「感得天
下欽奉，萬姓依從，由（猶）自不說能聖，兩個何用爭功！」（頁 269）
「能聖」兩字連在一起，也是能幹的意思。地獄變文：「在生恨你極無
量（良），貪愛之心日夜忙。老去和頭全換却，少年眼也擬椀（挽）將。
百般放聖讓依（衣）著，千種為難為口糧。」（頁 762）「放聖」猶如現
在說放刁。「聖」這一個字，可以作褒詞，如茶酒論；也可以作貶詞，
如其餘兩處引文。

韓愈盆池詩：「泥盆淺小詎成池，夜半青蛙聖得知。」這是韓愈用
當時俗語入詩。以後黃庭堅等人也用「聖得知」，却是從韓愈的詩引起
的，不足以算宋時也有這個詞的證據。姚合客舍有懷詩：「貧來許錢
聖，夢覺見身愁。」這裡的「聖」，即「錢能通神」的意思。

《北齊書》斛律光傳：「丞相府佐封士讓密啟云：『光前西討還，
勅令放兵散，光令軍逼帝京，將行不軌，……』啟云『軍逼帝京』，會
帝前所疑意，謂何洪珍云：『人心亦大聖！我前疑其欲反，果然。』」
這個聖字是奸刁的意思。

典硯

行為不檢，不好惹的意思。

齗齝書：『齗新婦甚典硯，直得親情不許見。』（頁 858）徐復說：

「典硯」是「踮跔」的假惜。《廣韻》上聲二十七銑韻:「，他典切，行跡。」又去聲三十二霰韻:『，吾甸切，行不正也。」禮鴻按:《集韻》上聲二十七銑韻:「，徒典切」劣兒。」又二十八狝韻:「玃，力展切，劣兒。」音義與「」相近。

慵讒　懦嚷　饞慵
好吃懶做，懶惰。

太子成道經:「努力向鷲峰從(修)聖道,新婦莫慵讒不擎却回來。」(頁296)父母恩重經講經文:「產業莊園折損盡,嘍惡紹豈成人」(頁686)案《敦煌掇瑣》所載《俗務要名林》聚會部:「饞慵,嗜食而懶。」「慵讒」、「懦嚷嘍」就是「饞慵」的倒説,「懦」是俗寫,「讒」、「嚷」是假借。(《廣韻》平聲一東韻「饛,饞饛,貪食也。」《唐文粹》卷三十三上,段成式送窮文:「予送非嚷歷戚,循陰索隙,臠葷餅,直朒涎瀝者。」「嘍」即「饞」,「直朒涎瀝」是饞的樣子。《容齋三筆》卷十六,顏魯公戲吟條:「顏魯公集有七言聯句四絕,其目曰:大言、樂語、嚷語、醉語。……嚷語云:『拈饞舐指不知休,欲炙侍立涎交流,過屠大嚼肯知羞?食店門外強淹留。』」顏詩、段文都以「嚷」作「饞」。)父母恩重經講經文裡的就可以直接用「嗜食而懶」來解説,太子成道經裡的却只有懶惰的意義。「不擎」乙、庚卷作「不掣」,和「惡紹」都費解。或者「擎」作支撐講,「不擎」好像現在説的不能堅持下去,「惡紹」是説不能好好承繼父祖的家業。

也用「慵饞」入詩。白居易殘酌晚湌詩:「閒傾殘酒後,煖擁小爐時。舞看新翻曲,歌聽自作詞。魚香肥潑火,飯細滑流匙。除却慵饞外,其餘盡不知。」又晚起詩:「慵饞還自哂,快活亦誰知。」又作「饞

慵」。釋貫休秋末入匡山船行詩八首之六:「囊橐誰相似,饞慵世少雙。」

崖柴　喗喍　齷齪
張開嘴巴,貪饞凶狠的樣子。

　　大目乾連冥間救母變文:「長蛇晈晈三曾黑,大鳥崖柴兩翅青。」(頁731)玄應《一切經音義》卷十二,起世經第三卷音義:「喗喍,五佳反,下助佳反,犬見齒喗喗然也。」「崖柴」就是「喗喍」在犬是露出牙齒,在鳥就是張開嘴巴了。變文上句未詳。

　　《三國志》魏志曹爽傳注引《魏略》:「會〔明〕帝崩,爽輔政,乃拔〔丁〕謐為散騎常侍,遂轉尚書。謐為人外似疏略,而內多忌。其在臺閣,有所彈駮,人多患之,事不得行。又其意輕貴,多所忽略,雖與何晏、鄧颺等同位,而皆少之。唯以勢屈於爽,爽亦敬之,言無不從。故于時謗書謂:『臺中有三狗,二狗崖柴不可當一狗憑默作疽囊。』三狗,謂何、鄧、丁也。默者,爽小字也。其意言三狗皆欲嚙人,而謐尤甚也。」

　　《妙法蓮華經》卷二,譬論品第三:「狐、狼、野干,咀嚼、踐踏,……鬪諍攂掣,喗喍嗥吠。」

　　寒山詩:『我見百十狗,箇箇毛鬇鬡……投之一塊骨,相與喗喍爭。」

　　《法苑珠林》卷一百八引《摩訶迦葉經》:「譬如有狗,前至他家,見後狗來,心生瞋恚齷齪吠之。」又卷九十五,正報頌:「愚人瞋恚重,地獄被燒然。犲狼諍圍繞,蚖毒競來前;齷齪怒目食,背脇縱橫穿。」「齷齪」、「齷齪」即「崖柴」。

《說文》:「齜,齒相斷也。一曰:開口見齒之皃。從齒,此聲。讀若柴。」段玉裁註:「《管子》曰:『東郭有狗哇哇,且暮欲齧我根。』哇哇,露齒之皃。」然則「崖柴」的「柴」本字當為齜,與「哇」字同義連文,都是開口露齒的意思。

剔禿
就是「詆詑」,狡猾。

鷰子賦:「雀兒剔禿,強奪鷰屋。推問根由,元無臣(承)伏。(頁253)徐復說:《廣韻》人聲一屋:「詑,他谷切,詆詑,狡猾。「剔禿」、「詆詑」音近通用。

方便　奸便
採用不正當的手段,虛妄。

降魔變文:「若論肯賣,不諍(爭)價之高低;若死胥楔,方便直須下脫。」(頁367)又:「卿是忠臣行妄語,方便下脫寡人園。」(頁368)又:「無端詐計設潛謀,方便欲興篡國意。」(頁369)「下脫」就是騙取,見前。這裡所引三個「方便」,都有不正當、邪曲的意思,和佛家講「方便法門」有所不同,但根源是一樣的,即都是不依常道,不走正道的意思。《唐律疏議》卷二十,盜賊四:「公取謂行盜之人公然而取,竊取謂方便私竊其財。」足以說明此義。

伍子胥變文:「子胥被認相辭謝,方便軟言而帖寫:『娘子莫漫橫相干,人間大有相似者。娘子夫主姓仵身為相,僕是寒門居草野。』」(頁11)這裡的「方便」是說用假話來推託。「寫」字本來和「卸」通

用，「帖寫」疑是「推卸」、「脫卸」的意思。《法苑珠林》卷五十三引阿育王經云：「昔阿怒伽王欲取阿闍世王所舉舍利，阿闍世王著洹河中，作大鐵劍輪，使水輪轉著舍利處，種種方便，取不能得。」白居易論行營狀，一請因朱克融授節後速討王庭湊事：「臣等受恩日久，憂國情深，志在懇切，言無方便。」這裡的「方便」與伍子胥變文「方便軟言」同意，意謂委婉曲折，講究方式方法。

《敦煌雜錄》百行章：「夫婦之義，人倫所先，好則同榮，惡則同恥。不得觀其花萼，便生愛重之心；一且（旦）衰落，方便棄皆（背）之音（者）。」

慧琳《一切經音義》卷三，大般若波羅蜜多經第三百三十三卷音義：『囉剎娑，梵語惡鬼神也……能變美妙容儀，魅惑於人，詐相親輔，方便誆誘而啖食之。」南齊天竺法師求那毗地譯《百喻經》卷上，牧羊人喻：「昔有一人，巧於牧羊，其羊滋多，乃有千萬。極大慳貪，不肯外用。時有一人，善於巧詐，便作方便，往共親友，而語之言：『我今共汝極成親愛，便為一體，更無有異。我知彼家有一好女，當為汝求，可用為婦。』牧羊之人，聞之歡喜，便大與羊，及諸財物。」這裡的「方便」與巧詐同義，頗為明顯。《唐律疏議》卷十六，擅興：「諸臨軍征討，而巧詐以避征役。」疏議：「臨對寇賊，即欲誅討，乃巧詐方便，推避征役。」

《晉書》石季龍載記上：「軍中有勇榦策略與己侔者，輒方便害之。」《魏書》神元平文諸帝子孫傳：「若有姦邪人方便讒毀者，即加斬戮。」

唐人劉餗《隋唐嘉話》下：「景龍中，中宗遊興慶池。侍宴者遞起歌舞，并唱下兵詞，方便以求官爵。」

漢將王陵變：「斫營，先到先待，後到後待，大夫大須審記，莫落

他楚家奸便。」（頁37）又：「若捉他知更官健不得，火急出營，莫洛他楚家奸便。」（頁38，按本篇兩處「便」字《變文集》屬下句讀，今改正。）父母恩重經講經文：「慈母心心只是憂，恐怕這兒落奸便。惡人楪點連形（刑）獄，到此无人救得伊。」（頁695）「奸便」的「便」和「方便」的意義也一樣。唐人趙元一《奉天錄》卷一：「重傑縱騎追賊，獨出於三軍之首。兇徒埋伏邀之，落其奸便，被兇徒生擒。」卷二：「元兇傑逆，竊弄神器，洽與五軍大戰，幾落奸便，走馬奔馳，分為擒虜。」《舊五代史》李嗣昭傳：「公等臨事制機，勿落姦便。」宋邵伯溫《邵氏聞見錄》卷六，趙普諫太宗伐燕劄子：「須作隄防，免輸奸便。」歐陽修言西邊事宜第二劄子：「每遇邊奏急來，則上下惶恐，倉卒指揮，既多不中事機，所以落賊奸便。」《前漢書平話》卷上：「嚴設人兵，把守關口，恐落賊臣奸便。」又按：《三國志》吳志陸抗傳，抗上疏：『聽諸將徇名，窮兵黷武，……此人臣之奸便，非國家之良策也。」則三國時已有「奸便」一詞。

　　《東軒筆錄》卷二，記丁謂希合真宗意旨，夏竦作盌注詩譏之，云：「舞拂跳珠復吐丸，遮藏巧便百千般。主公端坐無由見，却被旁人冷眼看。」

　　《法苑珠林》卷五十七瑜伽論云：「大王當知，王之方便，略有五種。何等為五？一善觀察，攝受羣臣；二能以時行恩妙行；三無敢放逸，專思機務；四無放逸，善守府庫；五無放逸，專修法行。」此之方便猶云準則也。

洋洋

「佯佯」的假借，偽裝。

葉净能詩：「陛下但詔净能上殿賜座，殿後蜜（密）排五百口劍，陛下洋洋問法，净能道法之次，洋洋振龍威，臣闇點號，五百人一時攢劍上殿，而悉必敆（殺）之。」（頁226）徐震諤校：「『洋』疑是『佯』字，並不當重。」案：徐校「洋」作「佯」，是對的，但唐人「佯佯」有疊用的例，説不當重却錯了。韓偓厭花落詩：「也曾同在華堂宴，佯佯攏鬢偷迴面。半醉狂心忍不禁，分明一任傍人見。」又不見詩：「動靜防閑又怕疑，佯佯脉脉是深機。」可證。

宋張先踏莎行詞：「輕輕試問借人麼，佯佯不覷雲鬟點。」黃庭堅好事近詞：「終待共伊相見，與佯佯奚落。」柳永木蘭花令詞：「有箇人人真攀羨，問著洋洋回却面。你若無意向他人，為甚夢中頻相見？」作「洋洋」，與變文同。

檀檀　弴

通「僤僤」，舉動舒坦大方。

捉季布傳文：『揮鞭再騁堂堂貌，敲鐙重誇檀檀身。」（頁63）「檀檀」丁卷作「弴弴」。按：「檀檀」應讀為「僤僤」。《莊子》田子方篇：「宋元君將畫圖，眾史皆至，受揖而立，舐筆和墨，在外者半。有一史後至者，僤僤然不趨，受揖不立，因之舍。公使人視之，則解衣般礴臝。」陸德明《釋文》：「僤僤，吐袒反，徐〔邈〕音但。李〔頤〕云：『舒閑之貌。』」郭象註解釋後至的畫史所以如此道：「內足者神閑而意定。」「檀檀」就是「僤僤」，是舉動舒坦大方的意思，所以和「堂堂」相對。丁卷作「弴弴」，「弴」是「弴」的錯字。庚卷作「了了」，又因

「弓弓」而誤。《集韻》去聲二十九換韻，「弓」是「彈」的或體字，而「彈」和「僤」同音徒案切，可知「弓」就是「僤」的同音假借字。「檀檀」的讀音應如但或坦。

咍咍　咳咳　該該
喜笑貌。

難陀出家緣起：「難陀聞語笑咍咍。」（頁 400）維摩詰經講經文：「見道文殊親問病，人天會上喜咍咍。」（頁 637）又：「并（菩薩）相隨皆躍躍，聲聞從後樂咳咳。」（頁 644）《變文集》校「咳咳」作「咳咳」，是對的。父母恩重經講經文：『孩子未降，母憂性命逡巡。」（頁 679）就是孩子未降。秋吟：「金言大啟，玉偈宏該。」（頁 807）就是玉偈宏該。三處偏旁形體近似，可以作證。降魔變文：「如來將刀斫不恨恨，塗藥著不該該，拾得物不歡喜，失却物不悲啼。」（頁 377）「該該」就是「咍咍」、「咳咳」。

《根本說一切有部毗奈耶雜事》卷三十二：「心無障礙，如手撝空，刀割香塗，愛憎不起。」《景德傳燈錄》卷五，永嘉圓覺禪師觀心十門：「第三，語其相應者：心與空相應，則譏毀讚譽何憂何喜？身與空相應，則刀割香塗何苦何樂？依報與空不空相應，則施予劫奪何得何失？」，就是降魔變文所說的意思。（《翻譯名義集》卷三，眾香篇：「《正法唸經》云：『此洲有山，名曰高山。高山之峰，多有牛頭栴檀，若諸天與脩羅戰時為刀所傷，以牛頭栴檀塗之即愈。以此山峯狀如牛頭，於此峰中多栴檀樹，故名牛頭。』據此，變文所云塗藥，佛典所云刀割香塗，應即指栴檀香，因為它可以醫治刀傷。）《說文》：「咳，小兒笑也。」這就是「咍咍」、「咳咳」、「該該」的語源，「咍」、「該」

祇是字形之變而已。

又《景德傳燈錄》卷二十九，香嚴襲燈大師智閑玄旨頌：「有人相借問，不語笑咳咳。

踊悦

就是「恬悦」喜悦貌。

降魔變文：「須達買得太子園，踊悦身心情不已。」（頁371）按：《法苑珠林》卷六十三引《佛升忉利天為母説法經》：「摩耶夫人聞已，乳自流出，『若審是我所生悉達多者，當令乳汁直至於口。』作是語已，兩乳直出，猶白蓮華，而便入如來口中。摩耶見喜，踴躍怡悦，如華開榮。」「踊悦」似是「踊躍怡悦」的省説。《百喻經》卷下，五百歡喜丸喻：「爾時遠人歡喜踊躍。」白居易與元九書：「眾君子得擬議於此者，莫不踊躍欣喜，以為盛事。」意思也相同。

徐復説：「踊悦」雙聲字，形容心中喜悦的樣子。字當作「恬」，《廣韻》上聲二腫韻：「恬，心喜也。余隴切。」亦通。《法苑珠林》卷六十三引《雜寶藏經》：「天神歡喜，大遺王珍奇財寶，而語王言：『汝今國土，我當擁護，令諸外敵，不能侵害。』王聞是已，極大踊悦。」又卷四十八引《施燈功德經》：「彼人臨命終時，先所作福，悉皆現前，憶念善法，而不忘失；因是念已，心生踊悦。」據「心生踊悦」之説，則徐説為是。

懆惡　操惡　操嗔　操暴　操　懆暴
就是暴躁、嗔怒。

　　唐太宗人冥記：「今問□□判官名甚？□□□判官懆惡，不敢道名字。」（頁 209）八相變：「城南有一摩醜醮（醯）神，見說尋常多操嗔。」（頁 333）又：「聖者尋常多操惡，今日拜禮甚人？」（頁 334）降魔變文：『又更化出毒龍身，口吐煙雲懷操暴。」（頁 386）案：《敦煌雜錄》，大莊嚴論三論音義：『輕，子告反，正作躁。」「捒」就是「操」的俗寫，據此，「操」就是「躁」的假借字。

　　《敦煌雜錄》，治昏沈怠良方：「操暴貪婪。」

　　《敦煌曲子詞集》，蘇莫遮，五臺山曲子六首之二，詠北臺道：「羅漢巖頂觀涤河，不得久停，惟有神龍操。」不得久停，就是怕神龍發怒。「惟有」應是「為有」之誤。廬山遠公話：『應是宅中大小良賤三百餘口，悉皆拜謝相公，為有善慶，紛紛下淚。」（頁 182）王慶菽校「為有」作「唯有」；〈敦煌雜錄〉百行章：「是以賞疑為重，罰疑從輕。」「為重」就是「惟重」的錯誤。又沈延慶貸絲券（擬題）：『恐人無信，故□此契，用唯後驗。」沈都和賣地契（擬題）則作「恐人無信，故立私契，用為後憑」。可證「為」字有錯作「唯」的。《太平廣記》卷四二四引《傳載》（據明鈔本，即唐無名氏的《大唐傳載》；或作《傳奇》，誤。）：「五臺山北臺下有龍池，約二畝有餘。佛經云：『禁五百毒龍之所。』每至亭午，昏霧暫開，比丘及淨行居士方可一覘。比丘尼及女子近，即雷電風雨大作。如近池，必為毒氣所吸，逡巡而沒。」傳說如此，可以證明「不得久停」的原因。雷電風雨，毒氣吸人，這就是所謂「操」的表現了。不說「毒龍」而說「神龍」，乃是因有所畏懼而婉曲其辭罷了。《敦煌曲校錄》校「操」作「澡」是錯的。

　　元人喬夢符《金錢記》劇第四折喬牌兒曲正末韓飛卿唱：「想著那

俏人兒曾受爺操暴。」「俏人兒」指韓的情人王柳眉，「爺」指柳眉的父親王府尹。韓王相愛的事一經發覺，柳眉曾被王府尹怒責，所以說「操暴」。楊景賢《劉行首》劇第三折滿庭芳曲正末馬丹陽唱：「你將先生緊扯，你休施懆暴，莫逞豪傑！」《孤本元明雜劇》，高文秀《劉玄德獨赴襄陽會》第二折，劉備白：「兀那將軍，何故如此懆暴，有仗劍殺我之心也？」

惡發

發脾氣。

　　難陀出家緣起：「連忙取得四個瓶來，便著添瓶。纔添得三個，又到（倒）却兩個；又添得四個，到（倒）却三個。十遍五遍，總添不得。難陀惡發不添，盡打破。便即掃地。從東掃向西，又被西風吹向來（東）；周圍掃，又被祇（旋）風吹四面。掃又掃不得，難陀又怕妻怪，惡發便罵世尊。」（頁 398）這一段最能寫出惡發的情狀，其餘例子從略。

　　《漢書》趙充國傳：「〔辛〕湯使酒，不可典蠻夷。」顏師古注：「使酒，因酒以使氣，若今言惡酒者。」惡酒，謂喝酒發脾氣（與李煜浣谿沙詞「酒惡時拈花蕊嗅」義異）。《朝野僉載》卷六：「衢州龍游縣令李凝道，性褊急……乘驢於街中，有騎馬人靴鼻撥其膝，遂怒，大罵，將毆之。馬走，遂無所及，忍惡不得，遂嚙路旁棘子流血。」「忍惡」的「惡」就是「惡發」的「惡」。《續傳燈錄》二七《宗杲禪師》：「喚爾作菩薩便歡喜，喚爾作賊漢便惡發。」

　　「惡發」也是宋人的常用語，錄《老學庵筆記》卷八裏的一條：「北方民家，吉凶輒有相禮者，謂之白席，多鄙俚可笑。韓魏公自樞密歸

鄲，赴一姻家禮席。偶取盤中一荔支，欲啖之。白席者遽唱言曰：「資政喫荔支，請眾客同喫荔支。」魏公憎其喋喋，因置不復取。白席者又曰：『資政惡發也，請眾客放下荔支。』魏公為一笑。惡發，猶云怒也。」又柳永滿江紅詞：「惡發姿容歡喜面，細追想處皆堪惜。」

　　張永言同志的《詞彙學簡論》説到「俗詞源學」時曾舉「握髮殿」訛作「惡發殿」之例。事見宋莊季裕《雞肋編》下：「紹興四年，大饗明堂，更修射殿以為饗所，其基即錢氏（五代錢鏐）時握髮殿。吳人語訛，乃云惡發殿，謂錢王怒即升此殿也。」

　　《西遊記》第五十八回：「當面説出，恐妖精惡發。」

醹釄醿醾　懡㦬
慚愧。

　　廬山遠公話：「於是道安被數，醹醿非常，恥見相公，羞看四眾。」（頁186。《變文集》斷句誤，依陳治文《敦煌變文詞語校釋拾遺》一文改，《中國語文》1982年第2期。項楚説同。）「醹」字應當從面作「醿」。《集韻》上聲三十四果韻：「㦬，懡㦬，慙也。或作醿、醾、醵。」三十三哿：「或從面。」「醿」就是「醵」。

　　唐人王轂紅薔薇歌：「公子亭臺香觸人，百花懡㦬無精神。」楊萬里小溪至新田詩四首之一：「人煙懡㦬不成村，溪水微茫劣半分。」又盱眙軍東山飛步亭和太守霍和卿詩：「走馬看山真懡㦬，忙中拾得片時閒。」《五燈會元》卷十五，南康軍雲居曉舜禪師：「如武昌行乞，首謁劉公居士。……士曰：『老漢有一問，若相契，即開疏；如不契，即請還山。』……士長揖曰：『且請上人還山。』拂袖人宅。師懡㦬，即還洞山。」《歲時廣記》卷二十引《正法眼藏》：「藥山只知其一，不知

其二，被遵公説得口似匾擔，不勝懍懢。」

《廣韻》上聲三十四果韻亡果切下云：『曭，曭曪，日無色。懢，懍懢，人慙。」按：人慚愧了就其色不揚，像日之無色，即王毅詩所謂無精神，懍懢的意義即從曪而來。其實曭曪、懍懢即是矇矓，辛棄疾浣溪沙黃沙嶺詞：「突兀趁人山石很，矇矓避路野花羞。」突兀即是很貌，矇矓即是羞貌，可以為證。這是語源之可以推論的。

忩忩　聰聰
悲哀。

目連緣起：「於是世尊聞，喚目連近前：『汝今諦聽吾言，不要聰聰啼哭。』」又：「我佛慈悲告目連，不要忩忩且近前。」（並見頁703）搜神記管輅條：「命在於天，非我能活。卿且去，宜急告父母知，莫令忩忩。」（頁867）王慶菽校「忩忩」作「匆匆」。按：「忩忩」作匆速講，是這個詞兒的常義，在變文中的這兩處不同於常義，王校殊誤。

唐顧況從江西至彭蠡入浙西淮南界道中寄齊相公詩：「首陽及汨羅，無乃褊其衷？楊朱并阮籍，未免哀途窮。四賢雖得仁，此怨何忽忽！」「忽忽」同「忩忩」，也是悲哀的意思。

茶酒論：「阿你兩箇，何用忩忩？」（頁269）這裡指茶和酒紛爭，意義又不同。

又按：本書試圖解釋一些在今天看來是不經見的字義，常義多所漏略，如「地」祇説為不及物動詞後面的語助詞，而於「立地」、「忽地」的「地」則略而不談，讀者諒之。

慘醋　傪酢

氣惱，羞愧。

降魔變文：「六師聞請佛來住，心生忿怒，頰悵（脹）𦙗（腮）高，雙眉斗（陡）豎，切齒衝牙，非常慘醋。」（頁374）這是氣惱義。又：「兩度佛家皆得勝，外道意極計無方。六師既兩度不如，神情漸加羞惡。」（頁384）「外道」句丁卷作「外道傪酢口燋黃」，「傪酢」就是「慘醋」，這是羞愧義。

把這個詞兒釋成氣惱、羞愧兩個意義，是從上下文來推斷的，但是也有旁證。白居易裴常侍以題薔薇架十八韻見示因廣為三十韻以和之詩：「蕙慘隈欄避，蓮羞映浦藏。」《詩話總龜》卷三十五引《江南野錄》：「陳彭年大中祥符中與晁文莊內翰等四人同知貢舉。省試將出奏試卷，舉人壅衢觀其出省。諸公皆慘赧其容，獨彭年揚鞭肆意，有驕矜之色。」《劉知遠諸宮調》第一，黃鐘宮女冠子曲：「三娘全更不羞慘，待結識天子，望他居宮苑。」這幾處「慘」都作羞愧解。董解元《西廂記》有「羞慘」和「打慘」兩個詞兒，共有四處，三處作羞愧解，一處作氣惱解，例如：一、卷六，仙呂調相思會曲：「君瑞懷羞慘，心只（口）自思念：『這些醜事，不道怎火遮掩？』」二、卷四，雙調芰荷香曲：『走來『恨』底抱定」……中呂調鶻打兔曲：『初喚做鶯鶯，孜孜地覷來，却是紅娘。打慘了多時，癡呆了半餉。」三、卷八，大石調伊州衰曲：「鄭恆打慘道：『把似喫恁摧殘廝合燥，不出衙門，覓箇身亡却是了！』」這就是末了說白中的「鄭衙內自恥懷羞，投堦而死」：以上三條都是羞愧義。四、卷七，中呂調牧羊關曲：「張生早是心羞慘，那堪見女壻來參，不稔色村沙，假鶻鴒乾淡……」這就是上面說白中的「珙視之，覷衙內結束模樣，越添煩惱」：這是氣惱義。《劉知遠諸宮調》、《董西廂》和變文的詞兒雖然不完全相同，但構詞的詞

素却有相同的，可以斷定這幾處的詞兒在詞義上有一定的關係。就《劉知遠諸宮調》和《董西廂》的三處都作羞愧講來看，羞愧應該是本義，而氣惱是引申義；張生見了鄭的人品惡劣，一方面固然是氣惱，也有羞與為伍的情緒。而變文中六師之所以「非常慘醋」，也是因為太子和相國相信佛法而不相信他，因而惱羞成怒。「醋」、「酢」同音，疑這兩個字都是「怍」的假借字。

《孤本元明雜劇》，元人闕名《施仁義劉弘嫁婢》第二折，裴蘭孫白：「我插一草標，自己賣身。但買些錢物埋殯我那父親，也是我孝順之心。來到這長街市上，好是羞慘人也。」

元人楊朝英《朝野新聲太平樂府》卷四，喬夢符朝天子曲：「翠衫，玉簪，脂唇小，櫻桃淡。……小心兒真箇敢。為俺，大膽，我倒有三分慘。」「三分慘」就是三分害羞。

蒲松齡《聊齋誌異》，神女：「生慘然，於衣下出珠花，曰：『不忍棄此，故猶童子也。』」「慘然」就是赧然。青柯亭本「慘」字作「慚」應是出於誤改。

冒慘

就是「氉毪」煩悶的意思。

降魔變文：「是日六師漸冒慘，忿恨罔知無□控。雖然打強且祗敵，終竟懸知自項（傾）倒。」（頁 386）案：《國史補》卷下，敘進士科舉條：「不捷而醉飽，謂之打氉毪。」《康熙字典》說：「謂拂其煩悶也。」《集韻》上聲三十二晧韻：「懆，采早切，《說文》：『愁不安也』，引《詩》『念子懆懆』。」又四十八感韻：「懆，七感切，《說文》：『愁不申也。』通作慘。」可見「懆」可以寫成「慘」；《集韻》晧、感兩韻

的「懆」意義既然相同，那麼「懆」也可以又音采早切；變文「冒懆」和「控、倒、暴、爆、好、鳥、腦、道、惱」協韻（只有「控」字不協韻，這裡疑有脫誤），也可以證明「懆」應讀采早切，而實在就是「懆」字。「冒懆」、「氉𣱛」都是疊韻的聯綿字，意義存在於聲音，是一個詞的兩種不同的寫法，「冒懆」也就是「氉𣱛」。

隋賈珉墓誌以「懆」字為「懆」，隋明雲騰墓誌以「懆」字為「懆」，見《碑別字》三。可證從「喿」從「參」之字可以互通。

擊分

就是「激忿」，同音假借。

捉季布傳文：「擊分聲悽而對曰：『說着來由愁煞人！不問且言為賤士，既問須知非下人。楚王辯士英雄將，漢帝怨家季布身。』」（頁64）「擊分」就是「激忿」的同音假借字。變文「不忿」多作「不分」，如韓擒虎話本：『心生不分。」（頁199）《廣韻》入聲二十三錫韻，「擊」、「激」同音古歷切。《法苑珠林》卷一百二十，傳記篇第一百之餘，興福部：「製大慈恩寺、隆國寺碑，……擊揚至理，藻鏡玄沖。」「擊揚」就是激揚。鄭谷西蜀淨眾寺松溪八韻兼寄小筆崔處士詩：「帶梵侵雲響，和鐘擊石鳴。」「擊」下《全唐詩》注道：「一作激。」「激」是正字，「擊」是假借字，齊己嘗茶詩：「味擊詩魔亂，香搜睡思輕。」也是「激」的假借。《舊唐書》封倫傳：「〔楊〕素負貴恃才，多所凌侮；唯擊賞倫，每引與論宰相之務，終日忘倦。」「擊賞」就是激賞。又杜甫白水縣崔少府十九翁高齋三十韻詩：「泉聲聞復急，動靜隨所激。」蔡夢弼《草堂詩箋》說：「急或作息。激一作擊，非是。」按：「急」應作「息」；至於以「擊」為非是，乃是蔡氏不知道唐人寫本有

通借字的緣故。

忙祥　茫洋　芒羊
同「茫洋」，迷惘昏眊的樣子。

八相變：「太子作偈已了，即便歸宮，顏色忙祥，愁憂不止。」（頁337）案《莊子》秋水篇：「望洋向若而歎。」《經典釋文》本作「眈洋」，引司馬彪、崔譔註：「眈洋猶望羊，仰視貌。」「眈洋」、「望羊」就是「忙祥」，《莊子》的「望洋」，其實是失其所恃而迷惘昏眊的意思，解作仰視，意思並不切合。唐人孫樵罵僮志：「孫樵既黜於有司，忽怳乎若病醒之未醒，茫洋若癡人之瞑行。」也就是「望洋」、「忙祥」，迷惘昏眊的意思十分明白。而「望洋」一詞存在於中古以後的口語中，也可以從孫氏的文章和變文得到證明。

歐陽修憎蒼蠅賦：「委四支而莫舉，眊兩目其茫洋。」又乞外任第一表：「惟兩目之舊昏，自去秋而漸劇。精明晻藹，瞻視茫洋。」陸游臘月十五日午睡覺復酣臥至晚戲作詩：「枕痕著面眼芒羊，欲起原無抵死忙。」

高心　貢高
驕傲自大。

李陵變文：『前頭有將名蘇武，早向胡庭自索強。直為高心欺我國，長教北海枚（牧）伍（低一眶）羊。」（頁92）維摩詰經講經文：「最是難化調伏，豪貴尊嚴刹利（刹利即刹帝利，是「王種」的意思），盡因大士歸捉（？），減却貢高之意。」（頁576）又一篇道：「貢高我慢

比天長，折挫應交虛見傷。耎（輭）弱柔和如似水，此個名為真道場。」
（頁617）

　　《敦煌掇瑣》，王梵志詩：「在鄉須下意，為客莫高心。」《敦煌雜
錄》，利涉法師勸善文：「高心我慢鎮長為。」又：「高心我慢，侵欺平
人。」《敦煌雜錄》的「高心我慢」和維摩詰經講經文的「貢高我慢」
語例相同，「貢高」就是「高心」。徐復說：「貢高」，佛學術語，就是
驕傲自高。《淨名經》：「我心憍慢者，為現大力士，靖伏諸貢高，令住
無上道。」「貢」亦作「憤」。《集韻》去聲一送韻：「憤，心動也。一
曰：自高。」

　　《百喻經》卷上，磨大石喻：「方求名譽，憍慢貢高，增長過患。」
《法苑珠林》卷十五，千佛篇第五之三，遊學部：「密懷私慚，折伏貢
高我慢之心。」卷六十一，忠孝篇第四十九之一，述意部：「何得起慢
高心，反生輕侮也！」卷六十八引《智度論》：「即棄貢高，慚愧低頭。」
卷九十八引《雜寶藏經》：「夫人先施兩錢之時，善心極勝；今施珍寶，
吾我貢高。」

　　《唐摭言》卷二恚恨篇，王泠然與御史高昌宇書：「明公縱欲高
心，不垂半面，豈不畏天下窺公侯（衍文）之淺深與！」又卷十三矛盾
篇：「章孝標及第後寄淮南李相曰：『及第全勝十改官，金湯鍍了出長
安。馬頭漸入揚州郭，為報時人洗眼看。』紳亟以一絕箴之曰：『假金
方用真金鍍，若是真金不鍍金。十載長安得一第，何須空腹用高心』」
章、李互相投報的詩，最能說明「高心」的意義。《金華子雜編》卷
下：『世之清平也，搢紳之士率多矜持儒雅，高心世祿，靡念文武之
本，羣尚輕薄之風。」

　　慧琳《一切經音義》，「貢高」有兩個解釋。其一，卷二十五，大
般涅槃經卷二音義（雲公撰）：「憍慢貢高，今依《玉篇》，自恣為憍，

淩他曰慢，慢前為貢，心舉曰高也。」今本《玉篇》並無此文，慢前為貢，不甚可解。其二，卷二十二，新譯大方廣佛華嚴經卷第二十一音義：「貢高，《廣雅》曰：『貢，上也。』謂受貢上之國自恃尊高，則輕易附庸之國，今有自高陵物，欲人賓服者，則亦謂之貢高。」這個解釋未知確否，附錄存參。

頯我　人我　我人

同「彼我」，是己非人，較量爭勝的意思。

廬山遠公話：「上來言語，總是共汝作劇，汝也莫生頯我之心，吾也不見汝過。」又：「闍黎自稱，却道莫生頯我之心。」（並見頁 187）「頯我」、「頯我」應該劃一。這兩處如用聲音來解釋，可以解為「砒砐」或「駊騀」，「砒砐」是搖動貌，「駊騀」是馬搖頭貌，但意義都和本篇不合。按佛說阿彌陀經講經文，記提舍論師與摩陁羅談法，提舍得勝後對摩陁羅謝罪道：「小輩非常罪過，不合望（妄）申彼我。」（頁457）又《洛陽伽藍記》卷二，崇真寺條：『比邱惠凝死一七日還活，經閻羅王檢閱，以錯名放免。惠凝具說過去之時，有五比邱同閱。……一比邱云融覺寺曇謨最，講《涅槃》、《華嚴》，領眾千人。閻羅王云：『講經者心懷彼我，以驕凌物……』」變文所說善慶與道安所爭論的正是講經之事，和所引阿彌陀經講經文與《洛陽伽藍記》情事相同，可以證知「頯」應作「頯」，而「頯」是「彼」的聲近通借字。又遠公話上文說：「只如佛法，大體均平，似降甘澤，普其總潤。不可平田殘（淺）草下頻滋，坑坎丘陵不蒙惠澤。雨元平等，〔□□〕自然，莫殺（？）彼我之心（「自然」上原脱二字《變文集》「自然莫殺」作一句，今改，「莫殺（？）彼我之心」與下文「但行平等之心」相對），

一切無異。不見藥王菩薩，皆標四時，五菓桃李，皆從八節。因地而生藥草，喻中分明。乃說大根大樹大枝大葉，各逐根基，因地而所有。不可不（衍文）甘甜菓子，雨便甘甜，苦澀菓子，雨便苦澀。雨元一味，受性自殊。但行平等之心，法界自然安樂。」（頁186）就有「彼我之心」的話，更是「頗我」即「彼我」的確證。《廣韻》上聲四紙韻，彼，甫委切；又三十四果韻，頗，普火切，又普波切；「彼」、「頗」韻部不同，但「彼」字受了下面「我」字的影響，「彼我」是很可以讀成並因而寫成「頗我」的，參看沈兼士《段硯齋雜文》，聯緜詞音變略例，異音複詞中一字韻變而為疊韻連語，例五。

「彼我」又作「人我」、「我人」。韓擒虎話本：「擬二人惣拜為將，殿前上（尚）自如此，領兵在外，必爭人我。」（頁199）茶酒論：「兩個政爭人我，不知水在傍邊。」（頁269）降魔變文：「和尚力盡勢窮，事事皆弱，總須低心屈節，摧伏歸他。更莫虛長我人，論天説地。」（頁388）

《法苑珠林》卷一百三引隋靈祐法師總懺十惡偈文：「因於失念故，彼我分別生。由之起愛憎，常共相鬪諍。」又卷九十五引《雜譬喻經》：『昔有一虵，頭尾自諍，……墮大深坑而死。喻眾生無智，強為人我，終墮三塗。」《雲溪友議》卷十：「王建校書……先與內官王樞密盡宗人之分，然彼我不均，後懷輕謗之色。」元無名氏《度柳翠》劇楔子：「你和我爭什麼人我？那楚家的陵垁，漢家的墓塚，都在那裡也呵？」又第四折：「到這裡還有人我是非麼？到這裡還有玄妙理性麼？」

慧琳《一切經音義》卷三十，大樹緊那羅王所問經第一卷音義：『叵我，如醉人據熬（倨傲）侮慢不敬之兒。經文有作岠峨，或作頗峨，皆不正也。蓋亦涉俗之言。」按：「叵我」為醉人之貌，見韓偓多情

詩:「酒蕩襟懷微駊騀,春牽情緒更融怡。」

「駊騀」一作「叵我」。變文的「頗我」,似也可以用慧琳説的「頗峨」來解釋,當作侮慢不敬講。但據上面所引,則仍以解作「彼我」為較確切。這裡姑且附錄慧琳義以另備一解。

嚴迅　嚴訊
就是嚴峻。

捉季布傳文:「如斯嚴迅交尋捉,兄身弟命大難存。」又:「皇威勅牒雖嚴訊,播塵揚土也無因。」(並見頁 59)案:降魔變文的「纖牙迅抓利如霜」(頁 384),丁卷「迅抓」作「峻爪」;父母恩重經講經文:「忽然是孝順女兼男,一旦生來極峻疾。」(頁 678)「峻疾」就是「迅疾」;歡喜國王緣:「浮生逡速。」(頁 776)徐震諤校:「逡」同「迅」。《廣韻》去聲二十二稕韻,「峻」、「迅」同音私閏切。據此可知,從「卂」和從「夋」的字音近義通,「嚴迅」和「嚴訊」就是嚴峻。

乞求
猶如説「巴不得」。

父母恩重經講經文:「乞求長大成人,且要紹繼宗祖。」(頁 691)又一篇:『十月迢迢在母胎,乞求分免(娩)誕嬰孩。」(頁 699)齖䶗書:「乞求趁却,願更莫逢相值。」(頁 858)

《西廂記》第二本第四折,東原樂曲:「這的是俺娘的機變,非干是妾身脱空。若由得我呵,乞求得效鸞鳳。」王季思注,謂意猶今語巴不得,引《輟耕錄》:「世之曰乞求,蓋謂正欲若是也。」《西廂記》的

「乞求」，乃是鶯鶯自謂巴不得與張生早成配偶語，意極為明顯。在元曲裡，如關漢卿《魯齋郎》劇第二折，四塊玉曲：「我乞求得醉似泥，喚不歸；我則圖別離時不記得。」也明顯地是這個意思。以此解釋變文，也是適合的。又《輟耕錄》引王建和花蕊夫人宮詞各一例，王建的全首是：「步行送入長門裡，不許來辭舊院花。祇恐他時身到此，乞求自在得還家。」詩意指宮人見別人被禁長門，想到自己將來可能也要如此，所以巴不得能放還家裡去。花蕊夫人的是：「種得海柑纔結子，乞求自過與君王。」「乞求」與「纔」字相應，也足以顯出巴不得如此的性急的神情。此外有皮日休新秋即事詩三首之二：「乞求待得西風起，盡挽煙帆入太湖。」敦煌《雲謠集雜曲子》，拜新月詞：「乞求待見面，誓不辜伊。」意義也相同。

因循　因巡
馬虎，輕率。

捉季布傳文：「濮陽之日為因循，用却百金忙買得，不曾子細問根由（徐震諤校作「由根」）。」（頁 64）這裡「因循」和「忙」連在一起，又和「子細」相對，輕率的意思很明顯。妙法蓮華經講經文：「自居山內學修行，不省因循入帝京。」（頁 489）這是說仙人不輕易出山。又：「今朝既得遇仙人，我心終不敢因循。齋飯見令廚內造，道場處分便鋪陳。」（頁 490）又一篇道：『供養十方菩薩，且要飲饌精珍。嚴持最上香羞，唯新鮮之蔬菜。或用醍醐澆浸，或將甘露調和。如斯不敢因循，畢竟一生供養。」（頁 506）這兩條都是說虔誠恭敬，仔細安排，不敢輕率。降魔變文：「卿須盡節存忠，不得因巡易志。」（頁 376）這是說不能玩忽而妄生異志，「因巡」就是「因循」。

《舊五代史》唐明宗紀五，天成三年正月丁巳詔：「此後在朝及諸道州府，凡有極刑，並鬚子細裁遣，不得因循。」又職官志：「自天寶末權置使務，已後庶事因循，尚書諸司漸致有名無實。」歐陽修再論按察官吏狀：「今若見國家責實求治，逐一人人精別，則中材之人皆自勉強，不敢因循。」蘇軾乞降度牒脩定州禁軍營房狀：「蓋是元初創造，材植恇弱，人工因循，多是兩椽小屋，偷地蓋造，椽柱腐爛，大半無瓦，一床一竈之外，轉動不得。」

《孤本元明雜劇》，關漢卿《鄧夫人苦痛哭存孝》第二折，紅芍藥曲：「我這裡傍邊側立索慇懃，怎敢道怠慢因循？」

隨宜　隨疑
等閑；馬虎，隨便。

降魔變文：「園人叉手具分披：『園主富貴不隨宜，現是東宮皇太子，每日來往自看之。』」（頁 366）這裡應解釋作等閑，「不隨宜」意即非同小可。孝子傳題記後附詩：「寫書不飲酒，恆日筆頭乾。且作隨疑過，即與後人看。」（頁 908）《敦煌雜錄》雜詩之三語句全同，只有「疑」作「宜」，是正字。這裡應解作馬虎。

白居易自詠詩：「隨宜飲食聊充腹，取次衣裘亦煖身。」梅堯臣宿州河亭書事詩：「我今貧且賤，短褐隨宜著。」陸游小集詩：「杯酌隨宜具，漁歌盡意長。」又花下小酌詩：「紫魚蓴菜隨宜具，也是花前一醉來。」

北齊顏之推《顏氏家訓》雜藝篇：「武烈太子偏能寫真。坐上賓客，隨宜點染，即成數人。以問童孺，皆知姓名矣。」「隨宜」就是隨便、隨意，即不經意的意思。又書證篇：「或問曰：『《東宮舊事》何

以呼鴟尾為祠尾？』答曰：『張敞者，吳人，不甚稽古，隨宜記注，逐鄉俗訛謬，造作書字耳。』」這個「隨宜」是馬虎、不認真的意思。

陳師道放歌行二首之二：「說與旁人須早計，隨宜梳洗莫傾城。」「隨宜梳洗」即草草梳洗，是馬虎的意思。《夷堅丁志》卷九，陝西劉生條：「紹興初，河南為偽齊所據，樞密院遣使臣李忠往間諜。李本晉人，氣豪好交結，人多識之。至京師，遇舊友田庠。庠，亡賴子也，知其南來法當死，捕告之，賞甚重。輒持之曰：『爾昔貸我錢三百貫，可見還。』李忿怒，曰：『安有是！吾寧死耳！』陝西人劉生者聞其事，為李言：『極知庠不義。然君在此如落穽中，奈何可較曲直！身與貨孰多？且敗大事！盍隨宜餌之！』」這裡的「隨宜」是不論是非曲直，馬馬虎虎的意思。

莽鹵　漭鹵　莽魯　莽路　鹵莽
輕易，馬虎，大略。

父母恩重經講經文：『乳哺三年非莽鹵。』（頁700）「非莽鹵」即「不是容易的」之意。妙法蓮華經講經文：「奉事仙人，心不漭鹵。」（頁493）「漭」字是「漭」字之誤，「心不漭鹵」，即同篇所說的「我心終不敢因循」（見前「因循」條）。維摩詰經講經文：「伏以維摩居士，具四般之才辯，告以難偕；現廣大之神通，鹵莽不易。」（頁639）「鹵莽不易」，就是說馬虎不得。醜女緣起：「相當莫厭無才藝，莽路何嫌徹骨貧。」（頁791）「莽」是「莽」的俗字，參看釋虛字篇「阿莽」條；這是說，給醜女找配偶，馬馬虎虎算了。維摩詰經講經文：『隨時行李看將去，奔魯排比不久迴。』（頁595）當作「莽魯排比」，就是大略準備一下的意思。

柳宗元酬韶州裴曹長使君寄道州呂八大使因以見示二十韻詩：「食貧甘莽鹵，被褐謝斕斒。」意謂生活不求優裕，馬馬虎虎就算了。又韓愈贈劉師服詩，先敘自己齒牙脫落，繼說：「祇今年纔四十五，後日懸知漸莽鹵。」則謂以後將更加不妙，「莽鹵」猶如現代上海人說的「約約乎」。宋人孫奕《履齋示兒編》卷九，倒用字條，舉例說明「詩中倒用字獨昌黎為多」，贈劉師服詩就是其中的一例，其實就變文來看，口語裡「莽鹵」、「鹵莽」本是並存的，並非文人故意顛倒。《羅湖野錄》卷四，湛堂準禪師炮炙論：「良由初學麤心，師承莽鹵，不觀禪本草之過也。」

《酉陽雜俎》前集卷十，物異篇：「高郵縣有一寺，不記名，講堂西壁枕道。每日晚，人馬車轝影悉透壁上。衣紅紫者，影中鹵莽可辨。」「鹵莽可辨」就是大略可辨。

韓偓效崔國輔體四首之三：「酒力滋睡眸，鹵莽聞街鼓。」是模模糊糊的意思。

砢磨

馬虎，不精明。

鷰子賦：「朕是百鳥主，法令不阿磨。」（頁 265）按：「阿」當作「砢」，今改正。顏師古《匡謬正俗》卷八，砢磨條：「或問曰：俗謂輕忽其事，不甚精明為砢磨（上力可反，下莫可反），有何義訓？答曰：《莊子》云：『長梧封人曰：昔余為禾而鹵莽之（莽音莫古反），則其實亦鹵莽而報予；芸而滅裂之，則其實亦滅裂而報予。』郭象注曰：『鹵莽滅裂，輕脫不盡其分也。』今人所云鹵莽，或云滅裂者，義出於此。但流俗訛，故為砢磨耳。」「砢磨」就是鹵莽，「磨」、「麼」同聲通用。

「阿」是「砢」的形近之誤。

隱影

約略，模糊影響。

　　金剛般若波羅蜜經講經文:「如醉人朦籠（朧）而行，雖然即醉，隱歔望家行，任運欲達家，有骨肉相接，便至其家，醉醒方知。」（頁428）「隱」下一字《變文集》校作「願」，是錯的。證以下文「從前已過人間字，隱影思量夢一般」（頁444），可知此處也是「隱影」意思是有些印象或痕跡，但很模糊不清楚。

踟移　勇伊

就是猶豫，游移。

　　妙法蓮華經講經文:「所許蓮經便請説，不要如今有踟移。」（頁492）

　　歡喜國王緣:「好道理，不思儀，記當修行莫旁伊。」（頁780）甲卷作「勇伊」，「旁」就是「勇」的異體，「勇伊」也就是「踟移」。

驅驅　駈駈　驅忙

辛勤忙碌，上緊。

　　妙法蓮華經講經文:「如此富貴多般，早是累生修種。何得於此終日驅驅，求甚事意?」（頁493）意思是説，大王已經富貴，何必在此辛勤忙碌，給仙人服役。太子成道經:「若説人間恩愛，不過父子之

情；若說此世因緣，莫若親生男女。假使百虫七鳥，馳馳猶為子此（衍文）身。墮落五道三塗，皆是為男為女。」（頁293）破魔變文：「尊高縱使千人諾，逼促都成一夢斯（？），更見老人腰背曲，馳馳猶自為妻兒。」（頁344）父母恩重經講經文：「迴乾就濕最艱難，終日馳馳更不閒。洗浣無論朝與暮，驅馳何憚熱兼寒。」（頁683）這三個「馳馳」，都是說為了兒女而辛勤忙碌。《變文集》校父母恩重經講經文的「馳馳」作「驅馳」，雖然可以引下文作證，實在是不對的。

　　佛說觀彌勒菩薩上生兜率天經講經文：「擬覓身為三界王，精勤勇猛要驅忙。」（頁646）「驅忙」義同「驅驅」，這裡是努力上緊的意思。

　　《敦煌資料》第一輯（丙）雇傭部分有下列的一些雇工契其文有「驅驅」一詞，意義都與變文相符。如：癸未年樊再昇雇工契：「自雇已後，便須驅驅，不得拋殼（敵，義同擲）功夫。」戊戌年令狐安定雇工契：「其人立契，便任入作，不得拋功。〔拋功〕一日，勒物一斗。忽有死生，寬容三日，然後則須驅驅。」戊申年李員昌雇工契：「自雇已後，驅驅造作，不得右南直北閑行。」這裡面說的「忽有死生」兩句，意謂假如有親屬死亡，給假三天，「死生」是偏義複詞。又，雇契殘卷兩件之一：「自雇已後，便須兢心造作，不得拋敵功夫。」與樊再昇雇工契對勘，可知「驅驅」就是「兢心造作」，即勤勞之意。

　　《景德傳燈錄》卷六，洪州百丈山懷海禪師：「雲巖問：『和尚每日驅驅為阿誰？』」

骹骹

強力諫諍或強力堅忍貌。

　　鷰子賦：『當時骹骹勸諫，拗捩不相用語。」（頁251）李陵變文：

「陵軍骹骹向前催，虜騎芬芬逐後來。」（頁 86）「骹」就是「骹」。除了變文以外，祇有《敦煌雜錄》的《諸雜字》有「骹」字，而無注義可尋。徐復以為「骹」和「研」、「訮」音近通用，由疊字轉為疊韻聯緜字，則為「殿研」。《晉書》沮渠蒙遜載記：「蒙遜聞劉裕滅姚泓，怒甚。門下校郎劉祥言事於蒙遜，蒙遜曰：『汝聞劉裕入關，敢研研然也？』」《説文》：『訮，諍語訮訮也。」顏師古《匡謬正俗》卷七，殿研條：「今俗謂人強忍堅抗為殿研。」據此，鷰子賦的「骹骹」和《晉書》、《説文》的意義正相合，是強力勸諫貌。李陵變文的「骹骹」，則為強力堅忍地奔跑之意，和顏師古所説的意思相近。鷰子賦又有「密筭相骹」的話，意義不明，「相骹」或是勉強絮聒糾纏之意。

周遮　啁嗻　週遮
囉嗦多話。

秋吟：『更擬説，恐周遮，未蒙惠施嬾歸家。」（頁 813）清人蒲松齡《聊齋誌異》嬰寧：「飯熟已久，有何長言，啁嗻乃爾？」呂湛恩註：「按：啁音刀，嗻音遮。嘮啁囉嗻，多言也。」按：呂注見於《集韻》平聲六豪韻：「啁，都勞切，嘮啁，語多。嘮，郎刀切。」九麻韻：「嗻、譇，之奢切，囉嗻，多言。」又《廣韻》去聲四十禡韻：「嗻，多語之貌。之夜切。」「周遮」和「啁嗻」是聲近之轉。今人所説的「嘮叨」就是《集韻》的「嘮啁」。

白居易老戒詩：「我有白頭戒，聞於韓侍郎：老多憂活計，病更戀班行；矍鑠誇身健，周遮説話長。」《青箱雜記》卷五，張師錫老兒詩：「週遮延客話，傴僂抱孫憐。」《牡丹亭》閨喜齣，遶紅樓曲：「秋過了平分日易斜，恨辭梁燕語周遮。」

哆哆

多話，絮煩。

張義潮變文附錄一：「莫怪小男女哆哆語。」（頁 117）按：《說文》：「哆，讅哆，多言也。」孫恬音當侯切。《廣韻》上聲三十三哿韻：「哆，丁可切，語聲。」「哆哆」是雙聲謰語。

厥錯　闕錯　蹶失

錯失。

廬山遠公話：「前頭事須好好祗對遠公（這兩個字是衍文），勿令厥錯。」（頁 176）又：「於是遠公重開題日（目），再舉既（衍文）經聲，一念之終，並無厥錯。」（頁 178）《敦煌石室寫經題記》，戒律名數節鈔題記：「丙午年七月五日，大蕃國肅州酒泉郡沙門法榮寫。手惡筆若（弱），多闕錯汆，有明師望乘（垂）改却。」「闕錯」即厥錯。「厥」、「闕」是「蹶」的假借字。《唐摭言》卷十五，舊話篇自注：「凡後進遊歷前達之門，或慮進趨揖讓偶有蹶失，則雖有烜赫之文，終負生疎之誚。」「厥錯」、「闕錯」就是蹶失。

騫

虧損。

无常經講經文：「望兒孫，行孝義，保（報）塞我一生錯使意，饒你保（報）邃總無騫，也不如〔闓徤先祗（祗）備〕。」（頁 665）這幾句的意思是，希望兒孫行孝義來抵償自己生前的過錯，儘管能抵償得過，沒有虧缺，也不如自己趁健在時早作準備。王引之《春秋名字解

詁》上：「魯閔損，字子騫（《仲尼弟子傳》）。《小雅》天保篇：『不騫不
崩。』毛傳云：『騫，虧也。』虧亦損也（高注《淮南》精神篇云：「虧，
損也」）。《漢書》鼂錯傳：『內無邪辟之行，外無騫污之名。』顏師古
注云：『騫，損也。』」《說文》：「騫，馬腹縶也。」段玉裁、朱駿聲
都改「縶」為「墊」，以為是「馬腹低陷不充。墊者，下也。」據二家
之說，虧損是「馬腹墊」的引申義。這本來是古義，但還活在變文中，
則是值得注意的。

影向　影響

沒來由，不應該這樣而這樣。

　　無常經講經文：「如今世上多顛到（倒），莫便准承他幼小。他緣
壽命各差殊，影向於身先自夭。却孤窮，無依槁（靠），終日宽嗟懷愕
（懊）惱。」（頁 668）這是說指望依靠小輩，但是小輩先夭死，以致孤
窮無依。照理小輩應該後死，但偏偏先死，這就是顛倒，就是「影
向」，「影向」和顛倒的意義是相聯繫的。父母恩重經講經文：「等閑屋
裡高聲喊，影響人前亂登（發）言。」（頁 692）又一篇：「三三五五等
閑去，影響經旬捨不歸。」（頁 695）這兩處都是「影向（響）」和「等閑」
對說；「等閑」在這裡是把不等閑的事看作等閑的意思，也是不應該這
樣而這樣。

影向　影响

表示因果感應的必然，好像影之隨形，響之隨身。

　　无常經講經文：「他緣壽命各差殊，影向於身先自夭。（頁 668）

這是宿命論的說法，謂壽命短的人必然先夭。又：「富貴奢莘（華）未是好，財多害己招煩惱，影晌因茲墮却身，只為貪求心不了。」（頁669）謂貪求必然墮身。先夭、墮身和影、響相似。此條所說與上條有歧異處，並存待質。

白健
精明強幹。

鷰子賦：「曹司上下，說公白健。」（頁252）這是雀兒奉承本典的話。白就是明白，即精明；健就是強幹。《白氏長慶集》卷三十一，張徹宋申錫可並監察御史制：「今御史中丞僧孺奏：某官張徹、某官宋申錫，皆方直強白，可中御史。」強白和白健意義相同。

穩審　隱審
仔細，妥當；詳加辨察。

維摩詰經講經文：「發言時直要停騰，稅調處直如（須）穩審。」（頁621）又：「須隱審，莫教積（猜），詐作虔誠禮法臺。」（頁623）醜女緣起：「朝暮切須看聽審，惆悵莫教外人聞。」（頁791）「聽審」的「聽」是誤字，乙卷作「穩審」，丁卷作「隱審」。以上為仔細、妥當義。伍子胥變文：「量（良）久穩審不須驚，漸向樹間偷眼覷，津傍更亦沒男夫，唯見輕盈打紗女。」（頁5）維摩詰經講經文：「欲得聞真妙，還須志意聽，言言宜穩審，句句要分明。」（頁564）以上為詳察義。

《魏書》釋老志：『太和十年冬，有司又奏：……重被旨：所檢僧尼，寺主維那當寺隱審，其有道行精勤者，聽仍在道；為行凡麤者，

有籍無籍，悉罷歸齊民。……」」《舊五代史》晉高祖紀一：「賊勢至厚，可明且穩審議戰，未為晚也。」此為詳察義。《舊唐書》食貨志上：「開元中，有御史宇文融獻策，括籍外剩田、色役偽濫及逃戶，許歸首，免五年徵賦，每丁量稅一千五百錢。置攝御史檢括穩審。得戶八十餘萬，田亦稱是，得錢數百萬貫。」此為確實妥當義，是詳察的結果。宋人孔平仲《孔氏談苑》卷五，事不要做到十分條：「韓稚圭教一門生云：『穩審著！大事將做小事做，小事將做大事看。』」則兼有詳察、仔細、妥當義。大事將做小事做，意謂穩妥安詳，不要慌忙。

隱、穩古今字，說見王鳴盛《蛾術篇》廿五說字。六朝時多作「隱」。如《世說新語》排調篇：「行人安隱。」《三國志》魏志董卓傳注引華嶠《漢書》：「海內安隱。」又《百喻經》卷下：「一身常安隱。」

停騰　停騰　停

就是停當、定當。

維摩詰經講經文：「發言時直要停騰，稅調處直如（須）穩審。」（頁621）故圓鑒大師二十四孝押座文：誠（試）乖斟酌虧恩義，稍錯停騰失紀綱。」（頁836）無常經講經文：「纔亡三日早安排，送向荒郊看古道。送迴來，男女鬧，為分財不停懷懊惱。」（頁667、668）這裡的「不停」不是不止的意思，而是不平均，（目連變文：「家財分作於三亭。」見頁756，就是三股均分。）不「停騰」。

《莊子》田子方：「列禦寇為伯昏无人射，引之盈貫，措杯水其肘上。」成玄英疏：「右手引弦，如附枝而滿鏑；左手如拒石，置杯水於肘上；言其停審敏捷之至也。」「停審」就是「停騰」、「穩審」的意思。

方干贈夏侯評事詩：「講論參同深到骨，停騰姹女立成銀。」講煉

丹之術，下句謂調汞成銀。「停騰」本是形容詞，這裡作動詞用，變成調配合適的意思了。《鑒誡錄》卷十，高僧諭條，伏牛上人三傷頌之一：「停騰怕飢渴，撫養知寒煖。」「停騰」也作動詞用，謂調理妥當。

《酉陽雜俎》前集卷十五，諾皐記下：「鄆州闞司倉者，家在荊州。其女乳母鈕氏有一子，妻愛之，與其子均焉。衣物飲食悉等。忽一日，妻偶得林檎一蓏，戲與己子，乳母乃怒曰：『小娘子成長，忘我矣。常有物，與我子停，今何容偏！』」「與我子停」就是與我子均分。陸龜蒙水鳥詩：「雛巢吞啄即一例，游處高卑殊不停。」歐陽修論逐路取人劄子：「蓋言事之人，但見每次科場，東南進士得多，而西北進士得少，故欲改法，使多取西北進士爾。……且朝廷專以較藝取人，而使有藝者屈落，無藝者濫得，不問繆濫，只要諸路數停，此其不可者四也。」《夢溪筆談》卷七，象數一：「凡立冬晷景，與立春之景相若者也。今二景短長不同，則知天正之氣偏也。凡移五十餘刻，立冬、立春之景方停。」「停」是均等的意思。均分、均等和停當的意義是相聯繫的。

《淮南子》原道：「甘立，而五味亭矣。」高誘注：「亭，平也。」俞樾《諸子平議》以為：「『五味亭矣』猶曰『五味定矣』，《文子》道原篇字正作定，可證也。」《淮南》的「亭」也是停當、調和的意思，「亭」與「停」同。《漢書》律曆志上「權與物鈞而生衡」孟康注：「謂銖與物鈞，所稱適停，則衡平也。」按注文「銖」為錘字之誤，「鈞」是衍文。「停」是輕重相等之意。孟康為三國魏人，這時「停」已有均等的意思了。

萱葶

猶如説宜稱、妥帖、諧和的意思。

　　秋吟：「雲敷）瑞草萱葶，風引詳（祥）花邐迤。」（頁 807）按下文「葶臺森聳鸚（鶯）聲鬧」，「葶」就是「亭」。這個「亭」字即上條「停騰」的「停」，謂妥帖合宜，也就是諧和的意思。「萱」就是「宜」。「宜亭」是由兩個意義相同的詞素構成的複詞，祇是因為前面有「瑞草」的字面，所以牽連加上艸頭罷了。

嘍嘍

明白清楚的意思。

　　鸝子賦：『不言我早悉，事狀見嘍嘍。」（頁 264）按俞樾《古書疑義舉例》卷七，不達古語而誤解例：「婁空，古語也。《説文》女部：『婁，空也。從母從中女，婁空之意也。』凡物空者無不明，故以人言則曰離婁，以屋言則曰麗廔；離與麗，皆婁字之雙聲也。《論語》先進篇：『回也其庶乎，婁空。』此言顏子之心，通達無滯，若窗牖之麗廔闓明也。」「窗牖麗廔闓明」是《説文》囧篆的解釋。《釋名》釋宮室：「樓，謂戶牖之間有射孔，樓樓然也。」《太平御覽》卷一百七十六引作「樓，有戶牖諸孔，婁婁然也。」「樓樓」應依《御覽》作「婁婁」。據此，「婁」有空明的意思，衍為雙聲連緜字則為「離婁、麗廔」，疊成重言則為「婁婁」，「嘍嘍」就是《釋名》的「婁婁」，「見嘍嘍」就是看得很明白清楚。

闠

喧鬧。

太子成道經：「已上之天則極泰，已下之天則極鬧。」（頁 286）王慶菽的校語道：「此句各卷出入甚多。原卷原作『已上泰寂，已下泰鬧』；甲、丁、庚卷作『已上之天則極泰，已下天則極闠』。又丁卷於第二句作『已下之天則極闠』。今參酌各卷改。」案：各卷文字雖不同，意思還是一樣。甲、丁、庚卷的「闠」字應作「闠」。敦煌寫本《雜鈔》世上十種刣室（窒）事一段內有「闠鬧之處弔孝人（人孝，周一良校正）」（見《敦煌古籍敘錄》引）的話，可見「闠」應作「闠」，而「闠」並不是「鬧」的誤文。「闠」本義是市門，是喧鬧之處，變文和《雜鈔》却直接當作喧鬧了。

玄應《一切經音義》卷六，妙法蓮華經第五卷音義：「愦丙，公對反，下女孝反。《說文》：『愦，亂，煩也。』《集韻》：『丙，猥也。猥，眾也。』字從市从人，經文有作鬧，俗字也。」又卷十四，四分律第十二卷音義；卷二十二，瑜伽師地論第十一卷音義；卷二十三，對法論第七卷音義；都有「愦丙」，解釋大致相同。卷六的標字作「叀」，和作「丙」都是从市从人，不過形體略有差異而已。又卷八，維摩經中卷音義：「愦亂」，公對反。《說文》：『愦，亂也。』鬧也。」佛經的「愦丙」就是《雜鈔》的「闠鬧」。《法苑珠林》卷十三引《千佛因緣經》：「云何欲還國，捨靜求愦鬧？」又卷三十四引《分別功德論》：「為人間愦鬧，精思不專。」又：「直自樂靜，不善愦鬧，故不說法。」卷一百十二引《入楞伽經》：「若捨愦鬧，就於空閑。」

浩浩　皓皓
喧鬧的意思。

維摩詰經講經文：「於是人天皓皓，聖眾喧喧。」（頁529）又：「人浩浩，語喧喧。」（頁559）又一篇：「浩浩蕭（簫）韶前引，喧喧樂韻齊聲。」（頁621）

韓愈宿龍宮灘詩：「浩浩復湯湯，灘聲抑更揚。」白居易與楊虞卿書：「且浩浩者不酌時事大小與僕言當否，皆曰：『丞郎給舍諫官御史尚未論請，而贊善大夫何反憂國之甚也！』」《舊唐書》柏耆傳：「朝廷賜成德軍賞錢百萬貫，令諫議大夫鄭覃宣慰軍人。賞錢未至，浩浩然騰口。」《資治通鑑》卷二百二十八，唐紀四十四，德宗建中四年：「喧聲浩浩，不可復遏。」《景德傳燈錄》卷五，司空山本淨禪師偈：「棄却一真性，却入鬧浩浩。」蘇軾真興寺閣詩：「市人與鴉鵲，浩浩同一聲。」意思都相同。韓詩「浩浩」就灘聲而言，不是說水的浩大。按：《楚辭》九歌，東皇太一：「陳竽瑟兮浩倡。」已經用「浩」形容聲音之大而多，「浩浩」就是由這個單字變成重言的。

洽恰　狎恰　匣恰
密集的意思。

降魔變文：『便向廄中選壯象，開庫純馱紫磨金。峻嶺高岑總安致（置），恰恰遍佈不容針。」（頁370）根據同一卷子移錄的《敦煌變文彙錄》「恰恰」作「洽恰」，這是《變文集》傳抄的錯誤。

《語言研究》第四期，杜仲陵略論韓愈的書面語與當時口語的關係：「『狎恰』，狎字《廣韻》在狎韻，恰字《廣韻》在洽韻，都在咸攝二等，可以認為是疊韻詞。『狎恰』形容多的樣子。華山女詩：『聽

眾狎恰排浮萍。」案方崧卿《韓集舉正》説：『狎恰，唐人語。』白居易櫻桃詩：『洽恰舉頭千萬顆。』（案：白詩見集中卷五十四，題作「吳櫻桃」。）『洽恰』就是『狎恰』。」上述韓、白詩兩例外，還有白居易裴常侍以薔薇架十八韻見示因廣為三十韻以和之詩：「洽恰濡晨露，玲瓏漏夕陽。」釋貫休漁家詩：「赤蘆蓋屋低壓恰，沙漲柴門水痕疊。」宋人蘇舜欽檢書詩：「魚子或破碎，罌兒尚狹恰。」「狎恰」、「壓恰」、「洽恰」有多而密的意思，杜氏解作多，還不完全。又白居易遊悟真寺詩：「欒櫨與戶牖，袷恰金碧繁。」袷恰也就是洽恰。

　　五代張泌思越人詞：「翩鈿花筐金匼恰。」按：溫庭筠歸國謠詞：「鈿筐交勝金粟。」又鴻臚寺開元中錫宴堂四十韻詩：「寶梳金鈿筐。」「翩鈿花筐」即鈿筐，是一種金粟鑲嵌的首飾（參看釋事為篇「鬪鬪」條）。「金匼恰」，謂鑲嵌的金粟很密緻。「匼恰」同「洽恰」。

　　《廣韻》入聲三十三狎韻：「撟，丈甲切，押撟，重接兒。」《集韻》解同。《集韻》人聲三十二洽韻：『靸，轄甲切，華葉重多兒。韔，直甲切。」《集韻》人聲三十二洽韻：『鰈，實洽切，魟鰈，鱗次眾多也。一日：裝飾眾兒。」又三十三狎韻：「魟，迄甲切，魟鰈，鱗次眾多兒。」《文選》張衡西京賦：「披紅葩之狎獵。」薛綜註：「狎獵，重接貌。」「狎獵」就是《廣韻》、《集韻》的「押撟」。《文選》何晏景福殿賦：「紅葩靸韔。」李善注靸音胡甲，韔音直甲，引西京賦「披紅葩之狎獵」。五臣本作「靸韔」，誤。《文選》潘岳笙賦：「魟鰈參差。」李善注：「魟鰈，裝飾重疊貌。魟音押；鰈，助甲切。」都和《集韻》相合。

　　「洽恰」、「狎恰」、「袷恰」、「壓恰」、「狹恰」、「匼恰」、「押撟」、「狎獵」、「靸韔」、「魟鰈」，意義相同，是出於同一語源的變形。

樸地　撲地

猶如說滿地，密集地簇擁和覆蓋地面的意思。

大目乾連冥間救母變文：「猛大掣浚似雲吼，咷（跳）踉滿天；劍輪簇簇似星明，灰塵模地。」（頁731）《變文集》斷句錯誤，今改正。第一句有錯字，《變文集》校「大」作「火」，《敦煌變文彙錄》全句作「猛犬掣淯似震吼」，疑應作「猛犬掣浚以震吼」，「浚」通用作「峻疾」的「峻」，見後「峻疾」條，「掣峻」是說猛犬跳躍迅疾。

「模」，《變文集》校作「驀」，按「模」是「樸」的形近之誤。本篇「遂乃舉身自撲，由如五太山崩」（頁737），《敦煌雜錄》這一句裡作「自摸」，「撲」誤成「摸」，和「樸」誤成「模」相似。「樸地」和「滿天」相對，「樸」、「滿」意義應該相近。《方言》卷三：『撲，盡也。南楚凡物盡生者曰撲生。」郭璞註：「今種物皆生云地生也。」《方言》又說：「撲，聚也。」郭註：「撲屬，藪相著貌。」《文選》鮑照蕪城賦：「廛閈撲地，歌吹沸天。」李善注：「《方言》曰：『撲，盡也。』郭璞曰：『今種物皆生云撲地出也。』」周祖謨《方言校箋》據《萬象名義》下說「普木反，苞木也，聚也，盡也」，以為「聚也，盡也」兩個解釋本於《方言》；又《集韻》有「樸」字，解作「堅木也，一曰木生密」；又《玉篇》、《集韻》「樸」亦作「樸」；斷定《方言》應作「樸」，蕪城賦應作「樸」。據此，「聚也」、「盡也」、「木生密」三解結合起來，「樸地」就有密集地蓋滿地面的意思；作「樸」、「樸」是正字，作「撲」、「撲」是俗字。「廛閈撲地」也是廛閈佔滿地面的意思。「樸地」一詞，本是晉代口語，白居易風雨晚泊詩有「青苔撲地連春雨，白浪掀天盡日風」之句，表明這個語詞到唐代還存在，可作變文詞義的參證。古代又有「樸屬」一詞，義為附著、叢生，與「樸地」的「樸」同義。《周禮》考工記總序：「凡察車之道，欲其樸屬而微至。」鄭玄

注：「樸屬，猶附著，堅固貌也。」《爾雅》釋木「樸，枹者」郭璞注：
「樸屬叢生者為枹。」

汪汪　尪尪　尩尩

滿滿的意思，指液體而言。

目連變文：「鐵磑磑來身粉碎，鐵叉叉得血汪汪。」（頁757）韓朋
賦：「釜甑尪尪，何時吹（炊）汝？」（頁138）按：指在釜中煮粥飯，
湯水滿溢的意思。「甑」是竈字的俗體。《遊仙窟》：『觴則兕觥犀角，
然置於座中；杓則鵝項鴨頭，泛泛焉浮於水上。』陸龜蒙奉和襲美酒中
十詠，酒鑪詩：「汪汪日可挹，未羨黃金罍。」都指酒漿充滿。「汪汪」
是正字，「尪尪」是「尩尩」的異體，兩者都是假借字。

壤壤　穰穰　瀼瀼　攘攘

多；亂。

孟姜女變文：『壤壤髑髏若箇是？」（頁33）降魔變文：「忽見一
窠蟻子，壤壤遍地而行，莫知其數。」（頁371）這兩個例子都有多義，
後一例更明顯地兼有亂義。

《史記》貨殖列傳序「天下壤壤」，《鹽鐵論》毀學篇引作「穰穰」。
《詩》周頌執競：「降福穰穰。」毛傳：「穰穰，眾也。」陳奐《詩毛氏
傳疏》：「《鹽鐵論》論菑篇：『《詩》云：降福瀼瀼。』瀼與穰同。」《史
記》滑稽列傳：「五穀蕃熟，穰穰滿家。」韓愈和侯協律詠筍詩：「穰
穰疑翻地。」又豐陵行：「宮官攘攘來不已。」《夷堅甲志》卷十四，
舒民殺虎條：「見村民攘攘，十百相聚，因弛擔觀之。其人曰：『吾村

有婦人，為虎銜去。其夫不勝憤，獨攜刀往探虎穴，移時不反。今謀往救也。」《水滸全傳》第八十七回：「只見垓垓攘攘，番軍人馬蓋地而來。」以上的「壞壞」、「穰穰」、「瀼瀼」、「攘攘」都有多義，《史記》、《水滸》、韓詩又兼有亂義。大抵亂義由多而來，不多就不至於亂，《水滸》的「垓垓」，「垓」是大數名，「攘攘」的「攘」也不妨視為大數名的「壞」（見釋名物篇「姟」條），「垓垓攘攘」是由多義而兼有亂義的。有亂義的，在《說文》裡還有「孃，煩擾也。叒，亂也。……讀若穰。」《玉篇》裡有「鬤，亂髮」。這些都是出於同一詞源的。「叒」應為「嚷」的初文，是語多而亂。

差 嗟 叉 衩 搓
奇異。

妙法蓮華經講經文：「今朝採果來遲，只為逢於差事。路上見個師子，威德甚是希奇，忽然口發人言，説却多般事意。」（頁495）醜女緣起：「公主全無窈窕，差事非常不小！」（頁789）這就是上文所説的「只首思量也大奇，朕今王種豈如斯！」（頁788）意謂王種不應該醜陋而現在偏偏特別醜，所以是奇事。又：「丈人丈母不知，今日渾成差事！少（小）娘子如今變也，不是舊時精魅。欲識公主此是（時）容，一似佛前菩薩子。」（頁799）醜女前醜後美，也是奇事。徐震堮説：「『差』同『詫』，韓愈瀧吏：『掀簸真差事。』」

太子成道經：「釋迦慈父降生來，還從右脇出身胎。九龍吐水旱（早）是貴，千輪足下瑞蓮開。」（頁286）《變文集》校記：「甲卷『貴』作『又』，庚卷作『衩』。」下文作「九龍吐水旱是黈」（頁289），北京圖書館潛字號卷（即庚卷）「黈」作『衩』。又：「作一貴夢，忽然驚覺，

遍體汗流。」（頁288）校記：「甲、乙、庚卷『貴』作『㲉』，丁卷作『㲉』，戊本作『寱』。」八相押座文：「九龍灑水早是㲉。」（頁823）案：校記所稱的太子成道經的別本「㲉」字，《敦煌雜錄》和《敦煌變文彙錄》所錄的庚卷多作「㲉」（校記說「貴夢」的「貴」庚卷作「㲉」，《雜錄》却作「㲉」，《彙錄》又作「㲉」，未見原卷，無從核實），字書有「㲉」而沒有「㲉」，疑應該作「㲉」。「貴夢」意義不很恰當，「貴」、「黃」應是從「寱」誤變而來，可是這個字的音義已經不可知，祇能存疑了。就很多卷子作「㲉」、「㲉」而論，「㲉」、「㲉」和「差」聲韻相同，應是一個詞的三種不同寫法，「㲉夢」、「㲉夢」就是奇夢，九龍吐水也是奇事。

八相變：「仙師見太子出來，流淚滿目，手拭眼淚，口讚希嗟。」（頁333）「希嗟」即「希差」，就是希奇。降魔變文：『舍利弗見其憂懼，儀貌改常，遂即驚嗟，怪而問曰……」（頁378）「驚嗟」就是驚奇。《太平廣記》卷四百五十三，王生條引《靈怪錄》：「有弟一人，別且數歲，一旦忽至，見其家道敗落，因徵其由。王生具話本末，又述妖狐事，曰：『但應以此為禍耳。』其弟驚嗟。」驚嗟義同。嗟非嗟歎的嗟。

《梁書》劉顯傳：「尚書令沈約命駕造焉，於坐策顯經史十事，顯對其九。約曰：『老夫昏忘，不可受策。雖然，聊試數事，不可至十也。』顯問其五，約對其二。陸倕聞之嘆曰：『劉郎可謂差人，雖吾家平原詣張壯武，王粲謁伯喈，必無此對。』」「差人」就是異人。

蘇聯科學院亞洲人民研究所珍藏敦煌變文鉤沈，十吉祥：「諸人見者咸言差，聞說難思實異常。」「差」就是異常。

唐人皇甫枚《三水小牘》捲上，王知古為狐招壻條，記張直方喜歡打獵，他的朋友王知古誤入狐精宅內，說出自己來歷之後，「保母忽

驚叫仆地，色如死灰。既起，不顧而走入宅。遙聞大叱曰：『夫人，差事！宿客乃張直方之徒也。』復聞夫人者叫曰：『火急斥去，無啟寇讎！』」這裡的「差事」，意思和「怪事」、「禍事」相似，韓愈詩的「差事」也和這裡的相近。又《太平廣記》卷四百九十引東陽夜怪錄，記士人成自虛雪夜碰見橐駝等怪，早上才發覺，告訴一個掃雪老叟，「叟倚篲驚訝曰：『極差，極差！』」則仍是奇怪的意思。又唐人劉恂《嶺表錄異》卷中：「千百犀中，或遇有通者，花點大小奇異，固無常定，……若通白黑分明，花點差奇，則價計巨萬，乃希世之寶也。」季振宜所藏三卷本《雲溪友議》卷中，崔涯贈妓女李端端詩：「揚州近日渾成差，一朵能行白牡丹。」韓偓兩賢詩：「賣卜嚴將賣餅孫，兩賢高趣恐難倫。而今若有逃名者，應被品流呼差人。」《鑒誡錄》卷六，怪鳥應條，載楊義方九頭鳥詩：「數年雲外藏兇影，此夜天邊發差聲。」都是怪的意思。

蘇聯科學院亞洲人民研究所藏唐人卷子維摩碎金：「庫藏有搓羅異錦。」又：「裁羅異錦作衣裳。」蘇聯東方研究所藏唐人卷子佛報恩經講經文：「差羅異繡，盡雄藩朝貢之儀。」「搓」、「差」都是奇異，「裁」未詳，疑為「差」字音近之借。

《景德傳燈錄》卷十九，韶州雲門山文偃禪師：「你諸人更擬進步向前，尋言逐句，求覓解會，千差萬巧，廣設問難，只是贏得一場口滑，去道轉遠，有什麼休歇時？」「千差萬巧」就是千奇萬巧。

楊萬里荔枝歌：「粵犬吠雪非差事，粵人語冰夏蟲似。」又東園新種桃李結子成陰喜而賦之詩：「移處帶花非差事，登時着子亦娛人。」《劉知遠諸宮調》第一，南呂應天長曲：「此般希差事。」第十二，大石調紅羅襖曲：「方欲出門行，一事好希差。」

《夷堅支志》：『宗室公衡……因寡髮，人目之為趙葫蘆。遂為好

事者作小詞以譴之曰：『家門希差，養得一枚依樣畫。……』」（張汝元見告：見《夷堅支志》景卷四，趙葫蘆條。）「希差」就是希奇，據楊詩及支志，「差」這個詞到南宋仍然存留。又，據上引的例，「差」都讀去聲。

《雲溪友議》卷一：「鄭太穆郎中為金州刺史，致書於襄陽于司空頔。鄭書傲睨自若，似無郡吏之禮。書曰：『……伏惟賢公，息雷霆之威，垂特達之節，賜錢一千貫，絹一千匹，器物一千事，米一千石，奴婢各十人。』……于公覽書，亦不嗟訝，曰：『鄭使君所需，各依來數一半。』」「嗟訝」即「差訝」，猶「希嗟」即「希差」。這裡作詫異驚訝解，「嗟」義由奇異轉為驚異，其詞性也由形容詞轉為動詞，不是嗟嘆的「嗟」。《太平廣記》卷二十一引五代杜光庭《仙傳拾遺》孫思邈傳：「及唐太宗即位，召詣京師，嗟其容色甚少。」沈汾《續仙傳》卷中孫傳作「唐太宗召詣京師，訝其容貌甚少。」據《續仙傳》作「訝」，可知「嗟」也是詫異的意思。《太平廣記》卷四百七十引《博物誌》：「良久張目曰：『大差事！大差事！辛勤食鱠盡，被一青衫人向吾喉中拔出，擲於湖中。』」《夷堅乙志》卷十六，雲溪王氏婦條：「昨方入室，見二吏伺于戶外，遂率以去。……俄頃入大城，廛市井邑甚盛，凡先亡之親戚鄰里皆在焉；相見各驚嗟，問所以來故。」梁釋慧皎《高僧傳》卷十五帛法橋傳：「少樂轉讀，每以不暢為慨。於是絕粒懺悔，七日七夕，至第七日覺喉內豁然，於是作三契經，聲徹里許，遠近驚嗟。」「嗟」字義同。附記於此，不另入釋事為篇。

屈期

就是「屈奇」，怪異的意思。

韓𪕄書：『索得個屈期醜物人來，與我作底？』（頁 858）案：「期」、「奇」同音，「屈期」就是「屈奇」。搜神記羊角哀條：「朋友之重，自剄其身，其哉，奇哉也！」（頁 889）「其哉」就是「奇哉」，可見「屈期」也可以通借作「屈奇」。玄應《一切經音義》卷八，大方等頂王經音義：「屈奇，衢物反，異也。」「屈期醜物」就是「怪異的東西」。

生寧

即「生獰」，狠悍不馴的意思。

伍子胥變文：「鐵騎磊落已（以）爭奔，勇夫生寧而競透。」（頁 19）《變文集》校「生寧」作「猙獰」，徐震堮校：「案：『生寧』即『生獰』，唐人有此語，李賀猛虎行：『乳孫哺子，教得生獰。』不煩改。」徐校是對的。「生」是「生熟」的「生」，有粗野、強狠、不易馴伏的意思。杜甫戲贈友詩二首之一：「自誇足膂力，能騎生馬駒。一朝被馬踏，脣裂板齒無。」「生獰」、「生馬駒」的「生」意義相同。唐人用「生獰」一詞的，李賀而外，如韓愈赴江陵途中寄贈王二十補闕李十一拾遺李二十六員外翰林三學士詩：「生獰多忿很，辭舌紛嘲啁。」孟郊與韓愈征蜀聯句詩：「生獰競掣跌，癡突爭填軋。」齊己猛虎行：「橫行不怕日月星，皇天產爾為生猛。」秦韜玉紫騮馬詩：「生獰弄影風隨步，躞蹀衝塵汗滿溝。」可證「生」字不誤。

《中吳紀聞》卷二，曾大父條：「曾大父善作詩，嘗有六月吟曰：……生獰渴獸脣焦斷，峻翮無聲落晴漢。」」明羅懋登《三寶太監

西洋記通俗演義》第八十四回：「生獰頭角怒咆哮，奔走溪山路轉遙。」
「生獰」一詞到明代還存留。

逶迤

姿容體態美麗佳妙。

降魔變文：「聲雅妙而清新，姿逶迤而姝麗。」（頁385）維摩詰經
講經文：「各裝美貌逞逶迤，盡出玉顏誇艷態。」（頁622）張文成《遊
仙窟》：「華容婀娜，天上無儔；玉體逶迤，人間少匹。」近人方詩銘
注：「有各種不同的意思，這裡是窈窕的意思。後面提到十娘『逶迤迴
面』和五嫂起舞時的『逶迤而起』都是婉轉的意思。」今按：「逶迤」
即「委佗」。玄應《一切經音義》卷九，《大智度論》第九十三卷音義：
『委佗，於危反，下徒何反。……《爾雅》：『委委佗佗，美也。』郭璞
曰：『佳麗美艷之皃也。』」玄應引文見《爾雅》釋訓及郭璞注。

齊蕭子顯日出東南隅：「逶迤梁家髻，冉弱楚宮腰。」庾信七夕
賦：「於是秦娥麗妾，趙艷佳人，窈窕名燕，逶迤姓秦。」《法苑珠林》
卷九十二，十惡篇第八十四之三，邪婬部：「皓齒丹脣，長眉高髻。弄
影逶迤，增妍美艷。」

又按：《洛陽伽藍記》卷四，法雲寺條：「寺中有侍中尚書臨淮王
彧宅。彧博通典籍，辨慧清悟，風儀詳審，容止可觀。至三元肇慶，
萬國齊臻，貂蟬耀首，寶玉鳴腰，負荷執笏，逶迤複道，觀者忘疲，
莫不歎服。」也是說姿態之美，又不僅施於婦女了。

更害

「閒介」、「扞格」的聲轉，阻塞的樣子，
變文指氣在喉頭咽住。

　　鷰子賦：「雀兒被嚇，更害氣咽，把得問頭，特地更悶。」（頁
252）按：劉師培《古書疑義舉例補》，雙聲之字後人誤讀之例：「《書
經》虞書，益稷篇云：『克諧以孝，烝烝乂，不格姦。』『格』，《史記》
五帝本紀作『至』，此雖古訓，然未得經文本旨。案『格姦』二字為雙
聲，即『扞格』二字之倒文也。《禮記》學記云：『則扞格而不勝。』
注云：『扞格，堅不可入之貌。』《釋文》曰：『扞格，不入也。』『扞格』
二字，倒文則為『格姦』；『扞』從干聲，『干』、『格』亦一聲之轉。『不
格姦』者，猶言不扞格，言舜處家庭之間，無所障塞，即《論語》所
謂『在家必達』也。若解為不至於姦，則失古語形容之旨矣。《孟子》
盡心篇云：『山徑之蹊閒介，然用之而成路。』趙注以介然為句，孫奭
《音義》云：『閒，張如字。』案『閒介』亦雙聲字，『然』字當屬下讀。
『閒介』者，即『扞格』之轉音，亦即『格姦』之倒文也。『閒介』二
字，形容山徑障塞之形；故下文云：『然用之而成路。』漢馬融長笛賦
云：『閒介無蹊。』李善注引《孟子》此文解之，此蓋漢儒相傳之舊讀。
自趙氏不達古訓，妄以『介然』為句，非也；朱子又以『介然』屬下
句，而『閒介』之古訓益泯。惟明于『閒介』之義與『扞格』同，則
『格姦』之義同於『扞格』益可知矣。古籍雙聲之字並用，均係表象之
詞；後儒不知而誤解之，其失古人之意者多矣。」「更害」二字，「更」
和「閒」是見紐雙聲；「害」和「介」古韻同屬泰部，「害」屬喉音匣
紐，「介」屬牙音見紐，喉、牙發音部位相近，割字見紐，而從害得
聲，「害」、「介」也是古雙聲；所以「更害」就是「閒介」、「扞格」、
「格姦」的聲轉，不過不見於經傳而已。大凡表示間隔的字，發聲常在

喉牙之間，如梗、骾、隔、閡、礙、哽、阸、餲、等，不可勝舉。「更悶」的「更」，也應該是梗隔的意思，謂梗在心中。董解元《西廂記》卷四中呂調碧牡丹曲：「夜深更漏俏，鶯鶯更悶愁不小。」

《論衡》對作：「孔子逕庭麗級，被棺斂者不省；劉子政上薄葬，奉送藏者不約；光武皇帝草車茅馬，為明器者不姦。」「不姦」謂不能制止，可為劉師培說「格姦」即「扞格」的助證。

側

偪仄、狹窄的意思。

捉季布傳文：『今受困厄天地窄。』（頁57）「窄」字庚卷作「側」。案：「窄」字意義較明顯，但「側」也有窄的意思，不能算是誤字。《敦煌曲子詞集》菩薩蠻詞：「宇宙憎嫌側，今作蒙塵客。」據《敦煌曲校錄》十二時，普勸四眾依教修行說：「妻子情，終不久，只是生存詐親厚。未容三日病纏綿，限地憎嫌百般有。」「憎嫌」應是一個複合詞（「限地」就是背地），這兩句詞的意思是，作了蒙塵客以後，憎嫌宇宙狹窄，無地容身。俞平伯疑「憎嫌側」的「側」字作「窄」，就意義講是對的，但還沒有知道敦煌文字裡「側」當作「窄」解已經成為通例。

《荀子》賦篇：「充盈大宇而不窕，入郤穴而不偪者與？」楊倞注：「言充盈則滿大宇，幽深則入郤穴，而曾無偪側不容也。」「偪側」的「側」也是狹窄的意思。參見下條。

「側」也作「仄」。《後漢書》袁閎傳：「居處側陋。」《晉書》良吏吳隱之傳：「數畝小宅，籬垣仄陋。」

逼塞　幅塞　福塞　闠塞　偪塞　閪塞　惻塞
鞠塞　畐塞　偪塞　側塞　堲塞　昃塞　拍塞　迫塞
塞滿，充滿，擁擠。

金剛般若波羅蜜多經講經文：「菩（菩提）大道本來圓，妙法多能助世間……也剛築，也柔和，虛空逼塞滿娑婆。」（頁432）這是說大道充滿空間。又：「微塵可得遇著風？當時幅塞滿虛空。」（頁440）破魔變文：「方樑偪木，楅塞虛空。捧石擎山，昏蔽日月。」（頁348）維摩詰經講經文：「人與非人等，清霄闠塞排。」「稠盈難下腳，闠塞坐莓苔。」（並見頁547）又：「圍世尊而百匝千番，在菴園而駢填偪塞。」（頁549）上面所引「逼塞」以下各種寫法，都是一詞之異，意義很明顯。又維摩詰經講經文：「雲內惟觀人閪塞，空中不見日光輝。」（頁532）「閪塞」是「闠塞」形近之誤，也是沒有問題的。祇有降魔變文「天仙閪塞虛空，四眾雲奔衢路」（頁364），「閪塞」按文義也應該是闠塞，但同篇頁377又有「平等閪然齊」的話，不知應怎樣解釋，祇能闕疑。此外還有佛說阿彌陀經講經文：「現大身而僵塞虛空，化少（小）身形如芥子。」（頁455）「僵」疑是「偪」字的錯誤。

降魔變文：「天魔億萬，惻塞虛空。」（頁379）又：「或現大身，惻塞虛空；或現小身，猶如芥子。」（頁388）意義和「逼塞」等一樣而字的形聲各異。按：「惻塞」即「側塞」（見後引杜甫詩），「側塞」一詞應分二義來解釋，就空間容納不下來說是側，就事物擠滿空間來說是塞。「惻塞」的「惻」和下面講到的「堲塞」、「昃塞」的「堲」、「昃」乃是「側」、「仄」的同聲通用字，「側」、「仄」有狹窄之義，已見上條。

敦煌寫本劉瑕溫泉賦：「天門闠開，路神仙之鞠塞；鑾轝劃出，駈駈甲仗而開（駢闠）。」

　　《景德傳燈錄》卷二十，筠州黃蘗山慧禪師：「疏山曰：『畐塞虛空，汝作麼生去？』」王安石一陂詩：「周遭碧銅磨作港，逼塞綠錦剪成畦。」《寶真齋法書贊》卷十五，黃魯直詩藁帖，中秋山行懷子輿節判詩：「俗物常偪塞，令人眼生角。」《傳燈錄》的「畐塞」，「畐」是「逼」、「福」等字的本字。《説文》：「畐，滿也。」

　　《廣雅》釋詁：「福，盈也。」王念孫《疏證》：「福各本譌作福。」又《疏證補正》：「《韓詩外傳》：『福乎天地之間者，德也。』

　　謂盈乎天地之間也。今本福字亦誤從示。」「福」與「畐」義同。

　　《法苑珠林》卷五十一，周岐州岐山南塔感應緣：「乃覩塔內側塞僧徒，合掌而立。」

　　《水經》河水注引《外國事》：「太子以三月十五日出家，四天王來迎，各捧馬足，爾時諸神天人側塞空中，散天香花。」顏真卿撫州寶應寺律藏院戒壇記：「於是遠近駿奔，道場側塞。」杜甫大雲寺贊公房詩四首之四：「側塞被徑花，飄颻委墀柳。」楊萬里料理小荷池詩：「側塞浮菏更泛苔，為刪數路水痕開。」又過松源晨炊漆公店詩六首之一：「側塞千山縫也無，上天下井萬崎嶇。」

　　慧琳《一切經音義》卷二十四，方廣大莊嚴經第九卷音義：「畟塞，上楚力反。《毛詩傳》曰：『畟畟，猶側側也。』按：畟塞，人稠也。」按：磧砂本《方廣大莊嚴經》卷九，降魔品第二十一：「如是兵眾，無量無邊，百千萬億，𠞰塞填咽，菩提樹邊。」其後附的音義説：『初力切，亦作畟。』

　　曾慥《類説》卷五十五引《文酒清話》，高敖曹送客詩：「培堆兩眼淚，拍塞一懷愁。」金人元好問鷓鴣天詞：「拍塞車箱滿載書。」元人宮大用《范張雞黍》劇第一折么篇：「滿胸襟拍塞懷孤憤。」元人湯厚《古今畫鑑》：「董元夏山圖，今在史崇文家，天真爛漫，拍塞滿軸。」

明人文震亨《長物志》卷五，論畫：「蟲魚鳥獸，但取皮毛；山水林泉，佈置迫塞。」「拍塞」、「迫塞」也就是逼塞。楊樹達《長沙方言續考》百十六，𪗉：「《方言》云：『倲𪗉，憑也。凡以器盛而滿謂之倲，腹滿曰𪗉。』《說文》五篇下畐部云：『畐，滿也。』《玉篇》云：『畐，普逼切，腸滿謂之畐。』又云：『䭽，飽也。』今長沙謂飽曰𪗉飽，讀𪗉如迫字之音。」長沙讀𪗉如迫，可證「拍塞」就是逼塞。

　　武義説「逼實」，意謂塞滿、充滿、擁擠。《漢語方言概要》第五章，吳方言：「實辟辟。《素問》：脈搏而實，如指彈石，辟辟然。」按：「辟」是滂紐字，嘉興説「實逼逼」，讀入幫紐。「逼實」、「實辟辟」、「實逼逼」的「逼」、「辟」，都是「畐」字之變。

芬芬　芬芳　芬方　分方　分非

就是紛紛。

　　醜女緣起：「綵女嬪妃左右擁，前頭掌扇鬧芬芳。」（頁 792）孔子項託相問書：「夫子乘馬入山去，登山驀領（嶺）甚分方。」（頁 234）甲卷作「芬方」。《敦煌曲子詞集》，酒泉子詞：「長槍短劍如麻亂，爭奈失計無投竄。金箱玉印自攜將，任他亂芬芳。」「芬芳」就是紛亂、紛紜，《敦煌曲初探》和《校錄》已指出。維摩詰經講經文：「闐塞虛空烈（列）鼓旗，奔雷掣電走分非。」（頁 543）「分非」就是「芬芳」、「分方」一聲之轉，《變文集》校作「紛飛」，是錯的。李陵變文：「盧騎芬芳逐後來。」（頁 86）「芬芳」即紛紛，「芬芳」、「芬方」、「分方」、「分非」不過是「芬芬」一語之變而已。

　　蘇味道單于川對雨詩二首之一：「河柳低未舉，山花落已芬。」也是借「芬」作「紛」的例。

弩郍　怒那

盛多濃厚貌。

王昭君變文:「祁雍（雍）更能何處在，只應弩郍白雲邊。」（頁101）大目乾連冥間救母變文:「地獄為言何處在，西邊怒那黑煙中。」（頁730）「郍」是「邨、那」的錯字，就是「那」字。《廣雅》釋詁三:「夃、怒，多也。」王念孫疏證:「《爾雅》:『那，多也。』《釋文》:『那，本或作夃』商頌那篇『猗與那與』，小雅桑扈篇『受福不那』，毛傳並云:『那，多也。』『那』與『夃』通。」《方言》卷一:「凡物盛多謂之寇，齊宋之郊、楚魏之際曰夥。自關而西秦晉之間凡人語而過謂之過，或曰僉。東齊謂之劍，或謂之弩，弩猶怒也。」據此，「弩」、「怒」和「那」都有盛多的意思，合成一詞，用為形容雲和煙的盛多濃厚，也可見語詞意義的源遠流長了。本條本徐復說。

摐摐

周全齊備的意思。

維摩結經講經文:「摐摐排隊伍，瞻禮法輪王。」（頁545、546）按:本篇敘諸天、帝釋、天龍等到菴園去聽如來說法，凡八批，每一批去都以此二語作結。「摐摐」不知是什麼意思。李德裕巡邊使劉濛狀說:「其劉濛便望從靈武至天德、振武，取太原路赴京。兵力素全，蕃人至眾。只要令先事揀練，兼修整器械。緣累年用兵，計所闕者最是兵仗，須早為備擬，仍令代北諸軍鎮添補逃亡官健，及點檢退渾、沙陀等部落，摐摐排比。」也不甚了然。及讀陸龜蒙憶襄美洞庭觀步奉和次韻詩:「聞君遊靜境，雅具更摐摐:竹傘遮雲徑，藤鞵踏蘚矼。杖斑花不一，尊大瘦成雙。」纔知道這裡講的是遊山之具周全齊備。再看李

德裕的狀，是指軍士器械的齊備；而變文中的聽法者都是一批一批去的，每一批都有香花、旛幢、音樂等威儀，必須周全齊備，纔能表示至誠，這就是「摋摋」了。

唐人文字中有不與此義同的「摋摋」，如王建霓裳詞十首之六：「弦索摋摋隔彩雲，五更初發滿宮聞。」是摹聲詞。杜牧寄唐州李玭尚書詩：「先揖耿弇聲寂寂，今看黃霸事摋摋。」似謂事功之多，略與齊備義相近。而韓愈病中贈張十八詩：「談舌久不掉，非君亮誰雙？扶几導之言，曲節初摋摋。半塗喜開鑿，派別失大江。」則語意不明，注家含糊其辭，祇說「王建、杜牧之詩皆嘗用摋摋字」，未能辨其同異，現在也祇能闕疑。

蘇軾滿庭芳詞：「摋摋，疏雨過，風林舞破，煙蓋雲幢。」「摋摋」是形容風林的，但就字面而言，則為形容幢蓋，與變文語意近似。字亦作樧。李德裕討襲回鶻事宜狀：「兼令揀退渾沙陀共三千騎，樧樧排比。」黃庭堅晚泊長沙示秦處度湛范元實溫用寄明略和父韻五首之四：「往時高交友，宰木已樧樧。」則謂墳樹已長得很多，與齊備義相近。

炟

火光上揚，遠處可以望見的意思。

維摩詰經講經文：『狂癡心，煎似鍋，焰焰添莘（薪）炟天猛。』（頁540）「炟」字不見於字書，是「炟」字的形近之誤，字書多誤作「炟」。《玉篇》：『都狄切，望見火。』《廣韻》入聲二十三錫韻：「炟，望見火兒。他歷切。」都和本文意義相合。按這字也見於《說文》，許氏說「讀若馰顙之馰」。段玉裁註：「各本篆體作炟，皀聲。按皀聲讀若逼，又讀若香，於馰不為龤聲；皀聲與勺聲則古音同在二部。葉抄宋本及

《五音韻譜》作烜，目聲，獨為不誤。《玉篇》、《廣韻》、《集韻》、《類篇》作烜，皆誤。」段説是對的，今據以改正。

造次　造此　操次　取此　千次　取次　遷次
有下列三種意義：一，倉猝；二，不精細，
不審慎，輕舉妄動；三，尷尬，進退兩難。

大目乾連冥間救母變文：「罪人業報隨緣起，造此何人救得伊」（頁720）又：『猛火龍虵難向前，造次無由作方便。」（頁729）這是第一義。「此」、「次」同音通用，後面的「取此」也就是「取次」。

盧山遠公話：「許公輒行操次？……何得心無慈愍，毒害尤深，欺誑平人，擬於相公邊請杖？」（頁187）葉淨能詩：「何不揭氈看驗之，取此行麁法令？」（頁219）這是第二義。李陵變文：「將軍今日何千次？……將軍後莫輒行非，相將飯國朝天子。」（頁90）這是李陵要投降時他的部下責備他的話，也是第二義。但「千次」又可作第三義講。《本事詩》情感篇，記陳代樂昌公主亡國後進入隋臣楊素家裡，她的丈夫徐德言尋到京裡，楊素知道了，「即召德言，還其妻，仍厚遺之。……仍與德言、陳氏偕飲，令陳氏為詩，曰：『今日何遷次，新官對舊官，笑啼俱不敢，方驗作人難。』」這就是進退兩難的意思了。孟姜女變文：「姜女哭道：『何取此！玉貌散在黃沙裡。為言墳隴有標榥（題），壞壞髑髏若箇是？』」（頁33）這裡說髑髏太多，認不出誰是丈夫范杞梁的，因此十分尷尬，這是第三義。

從語音方面來歸類，這裡基本上有「造次」、「取次」、「千次」三個詞，實則這些都是一聲之轉，三個詞祇是一個詞。倉猝必然不能審慎，倉猝也常常陷於困境，第二和第三義都從第一義引申而來。

李陵變文：『賴得修書司馬千。』（頁 95）就是司馬遷。可證「千次」和《本事詩》的「遷次」是一個詞。

韓愈學諸進士作精衛銜石填海詩：「人皆譏造次，我獨賞專精。」這是輕率不審慎的意思。

杜甫王十五司馬弟出郭相訪兼遺草堂資詩：「客裡何遷次，江邊正寂寥。」又入宅詩三首之一：「客居愧遷次，春酒漸能添。」「遷次」指客中生計困難，春酒多添，正是以酒澆愁，表現出無聊賴的心情。這也是尷尬義。清人浦起龍《讀杜心解》解「客裡」句為「言何所籍以為遷次之資」，意思說：靠誰來得到移居的費用呢？從詩題「草堂資」臆測，把加強詠歎語氣的「何」（作「多麼」講）坐實，把不可分拆的謎語拆成動賓結構講，都是錯誤的。至於像韓愈的贈族姪詩：「歲時易遷次，身命多厄窮。」前句猶如說「春與秋其代序」，「遷次」與杜詩義不同。

歐陽修南京謝上表：「造此六年，外更三守。學偷安而緘口，負素志以愧心。」也是尷尬義。

杜甫送元二適江左詩：「經過自愛惜，取次莫論兵。」清人仇兆鰲《杜詩詳註》引北齊樂歌：「日日飲酒醉，國計無取次。」又白居易詩：「老愛尋思事，慵多取次眠。」「遇客踟躕立，尋花取次行。」「閒停茶椀從容語，醉把花枝取次吟。」清人施鴻保《讀杜詩說》云：「今按：取次疑即造次，急遽倉卒意也。言其經過之處，不得其人，莫便造次論兵，自取禍辱，故云『自愛惜』也。……北齊樂府，……正當作造次解，與詩意同。」按：仇氏所引白詩，都是隨便、不經意的意思。元積小碎詩：「小碎詩篇取次書，等閑題柱意何如？」陸贄奉天請數對羣臣兼許令論事狀：「朝隱奉宣聖旨：……朕見從前以來，事衹如此，所以近來不多取次對人。」」《太平廣記》第一百五十五引唐人呂道生《定

命錄》:「害風阿師取次語。」謂隨便亂說。又卷二百七十八引《逸史》:「汝試取次把一巾帙舉人文章來。」五代徐鉉送周郎中還司詩:「青囊舊有登真訣,莫遣閒人取次聞。」宋人韓琦上巳詩:「等閑臨水還思舊,取次看花便當春。」呂夷簡早春詩:「梅無驛使飄零盡,草怨王孫取次生。」見《詩話總龜》前集卷十二。蘇軾與舒教授張山人參寥師同遊戲馬臺書西軒壁兼簡顏常道詩二首之二:「竹杖芒鞋取次行,下臨官道見人情。」劉無極漾花池詩:「一池春水綠如苔,水上新紅取次開。」見張邦基《墨莊漫錄》卷六。陸游淨智西窗詩:「一窗新綠愜幽情,袖手哦詩取次成。」

「取次」一詞,已見於晉人葛洪《抱朴子》袪惑篇:「其父至頑,其弟殊惡,以殺舜為事。吾常諫諭曰:『此兒當興卿門宗,四海將受其賜,不但卿家,不可取次也。』」

蘇軾上皇帝書:「且天時不齊,人誰無過?國君含垢,至察無徒。若陛下多方包容,則人材取次可用。」這是說用人不可求全責備,若能包容過失,那麼人材就差不多可用了。「取次」略與「將就」相似,這是從不精細、隨便一義引申而來的。

惆悵

猶如說「造次」、輕率的意思。又有倉猝的意思。

醜女緣起:「大王又向臣下道:『卿為臣下我為君,今日商量只兩人。朝暮切須看聽(穩)審,惆悵莫交外人聞。』」(頁 791)給醜女找女婿,是波斯匿王所諱言的,所以要他的臣下不要輕易給外人知道。

「造次」既可作輕率講,也可以作倉猝講;「惆悵」也是這樣。《敦煌掇瑣》,「十四十五上戰場」小曲:「昨夜馬驚轡斷,惆悵無人遮爛(遮

攔）。」這個「惆悵」就是倉猝的意思。「造次」和「惆悵」也是一聲之轉。

憂泰　優泰
同「優泰」，優游安泰。

目連變文：『善男善女是何人，共行幽徑沒災遝（迍）？閑閑夏泰禮貧道，欲説當本修伍（底）因。」（頁 759）「夏」是「憂」的字形相近之誤，「憂泰」即「優泰」，優遊安泰的意思，也就是上文的「逍遙取性無事」。伍子胥變文：「所有功勳，朕自憂加處分。」（頁 25）就是「優加處分」，可證「憂」、「優」兩字通用。《因話錄》卷二：「僕射柳元公……敦睦內外，當世無比，宗族窮苦無告，因公而存立優泰者，不知其數。」可以證釋變文的詞義。又白居易詩裡用「優饒」、「優穩」，如寒食詩：「有官供俸祿，無事勞心力。但恐優穩多，微躬銷不得。」雪中晏起，偶詠所懷，兼呈張常侍、韋庶子、皇甫郎中詩：「三年徼幸忝洛尹，兩任優穩為商賓。」自賓客遷太子少傅分司詩：「優饒又加俸，閒穩仍分曹。」意義和「優泰」相近。

《漢書》賈捐之傳：「禹入聖域而不優。」臣瓚注：「禹之功德裁入聖人區域，但不能優泰耳。」臣瓚是晉代人，可見這個複合詞是早已有了的。

極
疲困。

搜神記李純條：「其犬乃入水中，腕（宛）轉欲濕其體，來向純臥

處四邊草上，周遍臥合（令）草濕。火至濕草邊，遂即滅矣，純得免
難，犬燃死。」（頁878）按：燃字是極字之誤。維摩詰經講經文：「會
中菩薩㯹多。」（頁598）就是極多。張參《五困經文字》木部：『極，
作㯹訛。」燃字是「㯹，㯹」的形近之誤。極作疲睏解，早已見於《戰
國策》齊策三及《史》、《漢》等書，而且晚唐仍有此義，如貫休苦吟
詩：「因知好句勝金玉，心極神勞特地無。」足與變文互證。此處所敍
的義犬，並非燒死，而是疲乏而死，其義顯然。又按：極作疲困解，
是「憋」的假借，説見拙撰《廣雅疏證補義》，這裡從略。

連翩　　聯翩　　連鶣　　連翻

猶如「伶俜」，孤窮無依的樣子。

　　伍子胥變文：「渴乏無食可充腸，迥（迴）野連翩而失伴。」（頁4）
玄應《一切經音義》卷一，大方等大集經第二十六卷音義：「《三蒼》：
『伶俜，猶聯翩也。』亦孤獨皃也。」慧琳《一切經音義》卷三十，新
翻密嚴經第一卷音義：「伶俜，案：伶俜、聯翩，孤獨皃。」「聯翩」
就是連翩，伶俜和聯翩、連翩是一聲之轉。曹植吁嗟篇：「宕若當何
依，忽亡而復存。飄颻周八澤，連翩歷五山。」鮑照與荀中書別詩：
「勞舟厭長浪，疲斾倦行風。連翩感孤志，契闊傷賤躬。」梁人朱超的
道別席中兵詩：「數年共棲息，一旦各聯翩，莫論行近遠，終是隔山
川。」《大莊嚴經論》卷十二：「彼鴿畏鷹故，聯翩來歸我。」杜甫八
哀詩，贈祕書監江夏李公邕：「放逐早聯翩，低垂困炎厲。」寄岳州賈
司馬六丈巴州嚴使君兩閣老五十韻詩：「秉鈞方咫尺，鎩羽再聯翩。」
（蔡夢弼箋：「言為宰執不遠，而乃謫去，如鳥之鎩羽，不能高飛
也。」）又作「連鶣」、「連翻」，《敦煌曲子詞集》，樂世詞：「失羣孤

雁獨連翩，夜半高飛在月邊。霜多雨濕飛難進，暫借荒田一宿眠。」
《法句譬喻經》卷三，忿怒品第二十五：「雁王墮網，為獵師所得。餘
雁驚飛，徘徊不去。時有一雁，連翩追隨，不避弓矢。」

早晚

何時。

　　這是唐人常語，見《詩詞曲語辭彙釋》卷六。變文裡有下面這些
例子。盧山遠公話：「白莊曰：『我早晚許你唸經？』遠公當即不語。
被左右道：將軍實是許他唸經。」（頁 175）唐太宗人冥記：「卿早晚
放朕歸去？」（頁 213）維摩詰經講經文：「厭善緣，貪惡境，早晚情田
能戒者（省）？」（頁 540）父母恩重經講經文：「動經千劫萬劫，不知
早晚復人身。」（頁 696）

　　《北史》藝術萬寶常傳：「〔王〕令言之子嘗於戶外彈胡琵琶，作
翻調安公子曲；令言時臥室中，聞之驚起，曰：『變！變！』急呼其子
曰：『此曲興自早晚？』」《舊唐書》隱逸王遠知傳，貞觀九年璽書：「未
知先生早晚已屆江外？所營棟宇何當就功？」「何當」也是何時。岑參
觀楚國寺璋上人寫一切經院南有曲池深竹詩：「不知將錫杖，早晚躡空
虛？」權德輿薄命篇：「為問佳期早晚是？人人總解有黃金。」白居易
種柳三詠之一：「白頭種松桂，早晚見成林？不及栽楊柳，明年便有
陰。」又紫陽花詩：「何年植向仙壇上，早晚移栽到梵家？」羅隱淮南
高駢所造迎仙樓詩：「鸞音鶴信杳難迴，鳳駕龍車早晚來？」《太平廣
記》卷三十九引《逸史》：「劉公曰：『早晚當至？』曰：『明日合來。』」
又卷三百六十三引溫庭筠《乾䐗子》：「三郎來，與夫人看功曹有何事
更無音書？早晚合歸？」後樑齊己荊門病中寄懷貫微上人詩：「早晚東

歸去，同尋入石門？」譚用之寄友人詩：「早晚煙村碧江畔，掛罾重對蓼花灘？」又感懷呈所知詩：「早晚休歌白石爛，放教歸去臥羣峰？」杜荀鶴江上與從弟話別詩：「相逢盡說歸，早晚遂歸期？」南唐王貞白出塞曲：「歲歲但防虜，西征早晚休？」韓溉水詩：「方圓不定性空求，東注滄溟早晚休？」李中冬日書懷寄惟真大師詩：「煮茶燒栗興，早晚復圍爐？」又海城秋夕寄懷舍弟詩：「早晚萊衣同著去？免悲流落在邊州。」王安石寄曾子固詩：「君嘗許過我，早晚治車軏？」黃庭堅戲答俞清老道人寒夜詩三首之二：「早晚相隨去？松根有伏苓。」任淵注：「唐趙嘏詩：『早晚粗酬身事了？水邊歸去一閒人。』」柳永剔銀燈詞：「如斯佳致，早晚是讀書天氣？」饒節寄夏均父詩二首之二：「而今官意如何似，早晚歸來洗世塵？」陸游醉題詩：「平生最愛嚴灘路，早晚貂裘換釣舟？」又得子聿到家山後書詩：「柯橋道上山如畫，早晚歸舟聽艣聲？」旅次有贈詩：「中原早晚胡塵靜？猴月嵩雲要卜憐。」《太平廣記》卷一百七十九，潘炎條引《嘉話錄》：「薛某給事宅中逢桑道茂。給事曰：『竇秀才新及第，早晚得官？』桑生曰：『二十年後方得官。』」《洗冤集錄》卷三，二十一，溺死：「諸溺河池，檢驗之時，先問元申人早晚見屍在水內。」

　　《魏書》李順傳：「世祖曰：『若如卿言，則効在無遠，其子必復襲世。襲世之後，早晚當滅？』」《顏氏家訓》風操篇：「嘗有甲設讌席，請乙為賓，而且於公庭見乙之子，問之曰：『尊侯早晚顧宅？』」即什麼時候光顧敝宅之意。《洛陽伽藍記》卷二，建陽里東條：「太尉府前甎浮圖，刑制甚古，猶未崩毀，未知早晚造。」又卷四，白馬寺條：「洛陽人趙法和請占早晚當有官爵。」就是請人占卜什麼時候有官爵。據此，北朝已經以「早晚」為何時了。

一餉　一向　一向子　時餉　時向

片刻。

　　王昭君變文:「若道一時一餉,猶可安排;歲久月深,如何可度?」(頁99)大目乾連冥間救母變文:「通神得自在,擲鉢便騰空,于時一向子,上至梵天宮。目連一向至天庭,耳裡唯聞鼓樂聲。」(頁717)維摩詰經講經文:「便須部領眾人行,不要遲疑住時餉。」(頁642)葉淨能詩:「不經時向中間,張令妻即再甦息。」(頁218)大目乾連冥間救母變文:『時向中間,即至五道將軍坐所。」(頁723)「時餉」、「時向」就是「一時一餉」的省說。「餉」和「向」,當以前者為本字;「一餉」就是吃一餐飯的時間。

　　《雲溪友議》卷一,記毗陵慎氏訣別其夫三史嚴灌夫詩:「當時心事已相關,雨散雲飛一餉間。」李煜浪淘沙詞:「夢裡不知身是客,一餉貪歡。」蘇軾雨中過舒教授詩:「此生憂患中,一餉安閑處。」又答金山寶覺禪師:「既渡江,遂蒙輕舟見餞,復得笑語一餉之樂。」「一餉」也是片刻。

　　《法苑珠林》卷九十六引《中阿含經》:「命終之後,生於惡趣,泥犁之中,受極苦痛,一向無樂。」

　　宋金人的詞曲裡有「時霎」的說法,就是「一時一霎」,和「時餉」相同。如歐陽修漁家傲詞:「六月炎天時霎雨,行雲涌出奇峰露。」董解元《西廂記》卷七,正宮脫布衫曲:「不敢住時霎。」

　　《陝北關中兩縣方言分類詞彙》:「〔洛川〕半晌、一晌,皆暫也,亦久也。」

逡巡

猶如説「頃刻」。

變文例子極多，衹舉兩例。維摩詰經講經文：「逡巡便出菴園，傾尅却看居士。」（頁 558）「傾尅」就是「頃刻」，「逡巡」和「頃刻」相對，也就是頃刻的意思。父母恩重經講經文：「若是冤家託蔭來，阿娘身命逡巡失。」（頁 678）這是説分娩的時候，如果是冤家投胎，母親的生命立刻就要喪失。

唐人沈汾《續仙傳》卷下，殷文祥傳：「每自醉歌曰：『解造逡巡酒，能開頃刻花。』」也是「逡巡」、「頃刻」對舉。《太平廣記》卷六十八引唐人裴鉶《傳奇》，封陟條：「輕漚泛水，只得逡巡；微燭當風，莫過瞬息。」「逡巡」與「瞬息」對舉。杜甫麗人行：「後來鞍馬何逡巡，當軒下馬入錦茵。」「逡巡」是快速的意思，形容車馬橫衝直撞，以顯示楊國忠的驕橫。舊解作姍姍來遲，是不合當時情狀的。

姚合除夜詩：「殷勤惜此夜，此夜在逡巡。」羅隱春日登上元石頭故城詩：「萬里傷心極目春，東南王氣只逡巡。」是説王氣只有頃刻之間。歐陽炯貫休應夢羅漢畫歌：「逡巡便是兩三軀，不似畫工虛費日。」五代馮翊子子休《桂苑叢談》，客飲甘露亭條朱衣客詩：「握裡龍蛇紙上鸞，逡巡千幅不將難。」謂片刻千幅，不以為難。

宋人陶穀《清異錄》女行篇：「扈載畏內特甚。未仕時，欲出則謁假於細君。令滴水于地，指曰：『未乾，須前歸。』若去遠，則燃香印，掐至某所，以為還家之驗。因筵聚，纔三行酒，載色慾逃遁。朋友默曉，謔曰：『扈君恐砌水隱形，香印過界耳。是當罰也。吾徒人撰新句一聯，勸清酒一盞。』……別云：『命繫逡巡水，時牽決定香。』」「逡巡水」是説水頃刻之間就要乾。王安石送別韓虞部詩：「京洛風塵嗟阻闊，江湖杯酒惜逡巡。」下句説相聚時間之短暫，李壁注引《秦

紀》「九國之師逡巡逃遁而不敢進」，是錯的。陸游憶昔詩：「共道功名方迫逐，豈知老病只逡巡？」早涼熟睡時：「靈臺虛湛氣和平，投枕逡巡夢即成。」「一念少放逸，禍敗生逡巡。」

董解元《西廂記》卷五：「當日一場好事，頃刻不成；後來萬里前程，逡巡有失。」《西廂記》第二本第一折賺煞曲：「雖然是不關親，可憐見命在逡巡。」

白居易寄題盩厔廳前雙松詩：「閒來一惆悵，長似別交親。早知煙翠前，攀翫不逡巡。」又秋槿詩：「正憐少顏色，復嘆不逡巡。」似乎這裡的「逡巡」有長久的意思。其實不是這樣，「逡巡」仍是頃刻，頃刻尚不可得，是加倍寫時間的短促。白氏的嘆常生詩說：「西村常氏子，臥疾不須臾。前旬猶訪我，今日忽云殂。」「不逡巡」正和「不須臾」詞意相同。黃庭堅次韻遊景叔聞洮河捷報寄諸將詩四首之三：「漢得洮州箭有神，斬關禽敵不逡巡。」「不逡巡」也是不待須臾之間的意思，任淵注引賈誼過秦論「九國之師逡巡而不敢進」，誤與李壁同。

猲

快速。

張義潮變文附錄一：「弓硬力強箭又猲，頭邊蟲鳥不能飛。」（頁117）《變文集》校「又」作「叉」，不知根據什麼。按：『箭又猲」的「猲」是形容詞，和「硬」、「強」並列，其義應該是快。《詩》檜風匪風：「匪車偈兮。」毛傳釋為「偈偈疾驅」，《經典釋文》：「偈，起竭反，疾也。」《漢書》王吉傳引《詩》作「匪車揭兮」。「偈」、「揭」、「猲」同從曷得聲，所以能通用。《集韻》入聲十七薛韻：「輵，車疾皃。通作偈。」這是《詩》「偈兮」的後起分別文。《說文》：「趌，趌趌，怒

走也。」則「偈」、「揭」、「褐」的本字應為「趨」。《説文》又有「駆」篆，解為「馬疾走也」，義類也和「趨」相同。楊樹達《〈詩杕「匪風發兮」「匪車偈兮」解〉》：「偈者，字當讀為轄。《説文》十四篇上車部云：『轄，車聲也。從車，害聲。』所謂車聲者，乃肖聲之詞。害、曷二字古音近，故毛詩假偈為轄也。」（《增訂積微居小學金石論叢》卷第五）楊氏故與毛傳立異，是錯誤的。

絣紘

就是「弘弸」、「弸弘」，張弦發射聲。

佛説阿彌陀經講經文：「掃我（戎）虜於山川，但勞隻箭；靜妖紛（氛）淤紫塞，不假絣紘。」（頁 461）徐復説：「絣紘」疊韻字，為張弦發射聲。《集韻》下平聲十二庚韻：「絣，張弦也，或作絣。披庚切。」「紘」借為「弘」，《説文》：「弘，弓聲也。」「弘」與「絣」同在庚韻。禮鴻按：《集韻》下平聲十三耕韻：「弸，硼弦，弓聲，或作繃。乎萌切。」「弸」也就是「絣紘」、「絣弘」。段玉裁注《説文》：「甘泉賦曰：『帷弸裶其拂汩兮』蘇林云：弸音石墮井弸爾之弸；裶音宏。』李善曰：弸裶，風吹帷帳之聲也。』是則弓聲之義引申為他聲。」

闔

門響聲。

漢將王陵變：「合懼馬門闔地開來，放出大軍。」（頁 38）王重民校「闔」字作「霍」，又云：『合懼』二字意義不明。若作『何懼』，便應上屬為句。」按：「懼」字應作「拒」，拒馬門是遏止敵人衝突的防

禦工事。「闒」字見於《說文》，解為「門聲」。《廣韻》入聲十五鎋韻：「闒，乙鎋切，門扇聲。」從來注《說文》的人祇能引韓愈征蜀聯句「抉門呀拗闒」，此外更無所見，似乎是韓愈好奇，搜用已死的僻字；有了變文，就可以證明這字還活在當時的口語中。王氏校作霍，誤。

　　《桂苑叢談》客飲甘露亭條：「僧戶軋然而啟。」《夷堅甲志》卷十四，建德妖鬼條：「中夜大風雨，千林振動，聲如雷吼，門軋然豁開。」又《丁志》卷十四，龍門山條：「既寢，聞戶外人呼聲，驚怪不敢起。須臾，門軋然自開。」「軋」在這裡是象聲字，字在《廣韻》入聲十四黠韻：「烏黠切，車碾。」《廣韻》黠、鎋兩韻通用，《集韻》「軋」、「闒」二字同在入聲十四黠韻，同乙黠切，「軋然」的「軋」就是「闒」。

峻疾
「峻」通「迅」、「駿」，快速。

　　父母恩重經講經文：「忽然是孝順女兼男，一旦生來極峻疾。」（頁678）意思是母親分娩時快速順利，痛苦不多。「峻」通「迅」，《廣韻》這兩個字音切相同，見前「嚴迅」、「嚴訊」條。又，玄應《一切經音義》卷二，大般涅槃經第一卷音義：「駿疾，子閏、先閏二反。《爾雅》：駿，速也。」又可說「峻」就是駿字的假借。先閏反就是「迅」的音切。而慧琳《一切經音義》卷二十五，釋雲公所製大般涅槃經壽命品音義：「駿疾如，駿戍閏反，速疾也。又音卒閏反，馬之神駿，非此義也。」「戍閏反」應作戍閏反，仍是迅音。照雲公所見，「駿疾」的「駿」義為疾速，而讀音和「峻」、「迅」相同，不讀駿馬的駿音，這應是當時確有這個讀法上的分別（玄應雖不否定子閏反，卻也承認

先閭反），不是鑿空撰造出來的。

《景德傳燈錄》卷二十八，越州大殊慧海和尚語：「且如靈辯滔滔，譬大川之流水；峻機疊疊（疊疊），如圓器之傾珠。」「峻」也是快速無阻的意思。

《莊子》達生篇「孔子觀於呂梁」成玄英疏：「此水瀑布既高，波流峻駛。」「峻」也是快速之意，而非高峻。

《東坡奏議》卷九所錄宋人單鍔吳中水利書：「未築岸之前，源流東下峻急；築岸之後，水勢遲緩。」又：「嘗觀《考工記》曰：『善溝者，水嚙之；善防者，水淫之。』蓋謂上水湍流峻急，則自然下水泥沙嚙去矣。」蘇轍乞禁軍日一教狀：「先朝留意軍事，每歲遣官按閱，錫賚豐厚，遷補峻速。」「峻急」、「峻速」與「峻疾」義同。《法苑珠林》卷四十六引《處處經》：「人命駿速，在呼吸之間。」亦即「峻速」、「峻疾」。

懷挾

同「懷挾」，形容打毬技術高妙，
善於控制而無失誤，來回飛躍的毬好像被懷抱挾持著一樣。

捉季布傳文：『南北盤旋如掣電，東西懷挾似風雲。」（頁 63）按：這兩句是承接上文「試交騎馬捻毬杖，忽然擊拂便過人」來的。劉崇遠《金華子雜編》卷上有打毬的記載，可以和變文互證：「周侍中寶與高中令駢，起家神策打毬軍將，而擊拂之妙，天下知名。李相國公領鹽鐵，在江南，駐泊潤州萬花樓觀春。時酒樂方作，仍使人傳語曰：『在京國久聞相公盛名，如何得一見？』寶乃輒輟樂命馬，馳驟於綵場中。都憑城樓下瞰，見其懷挾星彈，揮擊應手，稱嘆者久之。」「懷挾」

就是「懷挾」，破魔變文：「昭王之世，挾祥夢於千秋。」（頁346）就是「協祥夢」，可證「協」、「挾」互通。這兩處都有「擊拂」、「懷挾」，可知「懷挾」在當時是讚美打毬手段的行語。揣摩起來，「擊拂」的含義寬於「懷挾」，後者偏主於迎逆來毬而言。《水滸傳》第二回描寫高俅服侍端王踢氣毬道：「這氣毬一似鰾膠黏在身上的！」雖然不是騎馬打毬，但「黏在身上」卻正可作「懷協」的註腳。

陳人江總雉子斑：「依花似協妬，拂草乍驚媒。」「協妬」就是「挾妬」。附記。

尋常

經常，常常，表示頻數。

太子成道經：「是時淨飯大王，為宮中無太子，優（憂）悶尋常不樂。」（頁287）百鳥名：『濤河鳥，腳趦趄，尋常傍水覓魚喫。」又：「唸佛鳥，提胡盧，尋常道酒不曾酤。」（並見頁852）唸佛鳥蓋即提壺鳥，其鳴聲似云提胡盧。王禹偁初入山聞提壺鳥詩：「遷客由來長合醉，不煩幽鳥道提壺。」應即此鳥。「尋常道酒」句謂其經常說提胡盧（提胡盧就是沽酒）而實際沒有酤過酒。杜甫曲江二首之二：「酒債尋常行處有，人生七十古來稀。」「尋常」義與變文同。

劣時

立時，當時。

葉淨能詩：「使人唱喏，劣時却迴。」（頁217）徐震諤說：「『劣』同『立』。」案：本篇有好幾個「劣時」，都可以解釋做「立時」，但「劣

時策賢坊百姓康太清，有一女，年十六七，被野狐精魅。」（頁 219）
却不能解作立時，而應該作當時解，纔合適。

立地

立時。

降魔變文：「須達應時順命，更無低昂。當處對面平章，立地便書
文契。」（頁 370）又：『王勅所司，生擒須達並祇陀太子，生杖圍身，
立地過問因由處。」（頁 375）

唐人蘇拯西施詩：「在周名褒姒，在紂名妲己。變化本多塗，生殺
亦如此。君王政不修，立地生西子。」王建霓裳詞十首之二：「一時跪
拜霓裳徹，立地階前賜紫衣。」楊萬里江山道中蠶麥大熟三首之三：
「新晴戶戶有歡顏，曬繭攤絲立地乾。」又歸雲三首之二：「三足鴉兒
出海東，飛光一點染天紅。只消半點歸雲動，立地濛濛暗太空。」又謝
張子儀尚書寄天雄附子百果十包詩：「今古交情市道同，轉頭立地馬牛
風。」明無名氏《楊家府世代忠勇通俗演義》第五十六回：「號令軍士：
仍各將白布二尺做成小旗一面，立地就要拿到帳前聽用。」

乾

白白地，徒然；沒來由，不需如此而如此。

茶酒論：「阿你頭惱（腦），不須乾努。」（頁 268）「乾努」就是白
努。維摩詰經講經文：「今日脈陳頭疼，口苦渴死，唱生（？）腹脹，
唯乾稱怨乞命……」（頁 580）无常經講經文「日晚且須歸去，阿婆屋
裡乾嗔。」（頁 657）頻婆娑羅王后宮綵女功德意供養塔生天因緣變：

「乾竭血肉，徒喪身命。」（頁767）意義都一樣最後一例「乾」和「徒」對說，更加明白。

下女夫詞：『有事速語，請莫乾羞。』（頁274）這個「乾羞」是沒有來由的羞，不必羞。

韓愈誰氏子詩：「又云時俗輕尋常，力行險怪取貴仕。……聖君賢相安可欺，乾死窮山竟何俟？」

《十駕齋養新錄》卷十六，乾愁乾忙條：「《南史》范蔚宗傳有『乾笑』字。韓退之時：『乾愁漫解坐自累，與眾異趣寧相親？』王介甫詩：『賴付乾愁酒一樽。』謂空愁而無益也。偶桓詩：『白首乾忙度歲時。』又云：『乾忙雖是紅塵冷，須聽幽禽快活吟。』亦謂空忙而無用也。」案：「乾笑」、「乾忙」的「乾」應照《養新錄》講作空，「乾愁」的「乾」應解作沒來由、沒原因，玩味韓愈詩的「坐自累」，就可見這個「愁」是自己找來的，沒有值得愁的道理。大抵「乾」字總起來有空的意思，空就是沒有；就沒有作用說，則為徒然，就沒有來由說，則又成為「乾羞」、「乾愁」的「乾」了。錢氏一概解成空而無用，未免籠統。

《景德傳燈錄》卷二十六，溫州瑞鹿寺本先禪師：「若也於如是等參學，任你七通八達，於佛法中儻無個實見處，喚作乾慧之徒。豈不聞古德云：『聰明不敵生死，乾慧豈免苦輪？』」「乾慧」就是空慧。

宋元以來，「乾」字出現得更多，錄《水滸傳》第二十五回一則作例：「原來但凡世上婦人哭有三樣：有淚有聲謂之哭，有淚無聲謂之泣，無淚有聲謂之號。當下那婦人乾號了一歇，却早五更。」

末上

先，最初。

維摩詰經講經文：『末上先呼彌勒，令人毗耶。』（頁 601）

以下是日本波多野太朗說的節略。由於不懂日文，容有錯誤，但大意可知。波多野說見來信及日本極東書店《書報》1960 年 6 月號《增訂版〈敦煌變文字義通釋〉讀後》。

《葛藤語箋》卷五，古宿卷十三，趙州錄：「崔郎中問：『大善知識還人地獄也無？』師曰：『老僧末上人。』」虛堂一，興聖錄：「黃面老漢末上遭他。」龍溪云：「末上，最初義。」家藏寫本《諸錄俗語解》卷下：末上，最初義。唐土（指中國）戲臺開頭演戲的小腳色為末。《類書纂要》，梨園樂工部：末者，附始而言，先出場摠名。謂之末者，乃反言之也。《禪學要鑑》，叢林用語及俗語：末上，卷頭，最初義。又，末頭，用法相同。

禮鴻案：「末上」作最初解，還有一個確證。《景德傳燈錄》卷二十四，昇州清涼院文益禪師：「有一片言語，喚作參同契，末上云：『竺土大仙心。』」「竺土大仙心」是南嶽石頭和尚參同契的第一句。又按：「末」可以解作「端」，所以「末上」、「末頭」也可以作最初解。《莊子》外物篇：「末僂而後耳。」李頤集解：「末上，謂頭前也。」也就是這個說法。《紅樓夢》第九十一回：「舅爺頭上末下的來，留在咱們這裡吃了飯再去罷。」人民文學出版社本注：「頭上末下：頭一次，初次。」可以參證。

趙州觀音院從諗禪師語亦見《景德傳燈錄》卷十：「人問：『和尚還人地獄否？』師云：『老僧末上人。』曰：『大善知識為什麼人地獄。』師云：『若不人，阿誰教化汝？』」

《花間集》卷三，牛嶠柳枝詞：「解凍風來末上青，低垂羅袖拜卿

卿。」意謂柳枝最先發青。晁謙之跋本作「末上」，汲古閣本、宋本《樂府詩集》、《全唐詩》同。南宋淳熙鄂州冊子紙印本、四印齋本作「末上」，誤。湯顯祖評本作「陌上」，那更是未知「末上」的意義的人的臆改了。

《景德傳燈錄》卷二十一，婺州金華山國泰院瑫禪師：「不離當處，咸是妙明真心。所以玄沙和尚道：『會我最後句，出世少人知。』爭似國泰有末頭一句。」

《癸巳存稿》卷一，《左傳》末疾條：「《左傳》昭元年云：『風淫末疾。』有二義：賈逵以末疾為首疾；服虔云：『末疾，頭眩。』案《逸周書》武順解云：『左右手各握五，左右足各履五，曰四支；元首曰末。五五二十五，曰元卒。』則以末為首。古人目足曰跟曰底曰胝，皆以在下為根柢，故以末為首。故曰：『末疾，頭眩』也。……孔疏：『賈逵以末疾為首疾，謂風眩也。』」可見以「末」為首，其來甚古了。

當
從前。

伍子胥變文：「吾當不用弟語，遠來就父同誅，奈何，奈何！」（頁3）秋胡變文：「我兒當去，元期三年，何因六載不皈？」（頁156）又：「秋胡，汝當遊學，元期三週，可（何）為去今九載？」（頁158）「不皈」就是不歸，這裡三個當字，都是從前的意思。又佛說觀彌勒菩薩上生兜率天經講經文說：「內宮天男天女先為人時，曾持佛戒，互相觀察，知非究竟，遂厭欲也。且辯天男觀女生厭。……次辯天女當在人間，觀其男子而生厭離云。」（頁652、653）「當在人間」就是「先為人時」，這更是「當」應該解作從前的確證。

　　《太平廣記》卷四百二十八引《廣異記》:「漳浦人勤自勵者,以天寶末充健兒,隨軍安南,及擊吐蕃,十年不還。自勵妻林氏為父母奪志,將改嫁同縣陳氏。其婚夕,而自勵還,父母具言其婦重嫁始末。自勵聞之,不勝忿怒。婦宅去家十餘里。當破吐蕃,得利劍。是晚,因杖劍而行,以詣林氏。」「當破吐蕃」的當字也作從前解。又卷四百五十七引寶維鎏《廣古今五行記》記會稽郡吏薛重妻被蛇妖所淫,薛殺蛇,後死而復生,説:「始死,有人桎梏之,將到一處。有官寮問曰:何以殺人?」……重曰:『正殺蛇耳。』府君愕然有悟曰:『我當用為神,而敢婬人婦,又訟人!』」「我當用為神」就是説我從前用蛇為神。

　　《法苑珠林》卷三十三引王琰《冥祥記》:「〔費〕崇先又當聞人説:福遠寺有僧欽尼,精勤得道。欣然願見,未及得往,屬意甚至。……及崇先後覿此尼,色貌被服,即窻前所覩者也。」就是從前聽人説過。王琰是南齊人。

比來　比

從前。

　　「比來」和「比」一般作近來講,如韓愈與華州李尚書書:「比來不審尊體動止何似?」大中五年賜沙州僧政勅:「夏熱,師比好否?」(見羅振玉《西陲石刻錄》)但在唐人語中也有作從前解的。醜女緣起:「比來醜陋前生種,今日端嚴遇釋迦。」又:「娘子比來是獸頭,交(教)我人前滿面羞。今日因何端正相?請君與我説來由。」(並見頁798)這兩個「比來」祇能作從前解,不能作近來解。因為醜女生下來就醜,不是近來纔醜起來的。鷰子賦:「比來觸誤(牾),請公哀矜,從今已

後，別解祇承。」（頁 253）這也是説從前觸犯燕子。降魔變文：「老人聞説按聲瞋（嗔），『比來聞道是忠臣。言語二三無准的，虛霑國相理平人。……』」（頁 369）這也是從前聽説怎樣怎樣，而現在又怎樣怎樣的意思。下面的「比來」和「比」，也應解作從前。

《北齊書》段榮傳：「武定四年，從征玉壁。時高祖不豫，攻城未下，召集諸將，共論進止之宜。……曰：吾每與段孝先論兵，殊有英略，若使比來用其謀，亦可無今日之勞矣。」《魏書》外戚胡國珍傳：「臨死，與太后訣云：『……我唯有一子，死後勿如比來威抑之。』靈太后以其好戲，時加威訓，國珍故以為言。」

陸贄奉天論解蕭復狀：「冀寧奉宣聖旨：『……蕭復又有何事，苦欲得住？其意深不可會。卿比來諳此人性行？兼與朕子細思料，若不肯去，其意何在者？』」又議竇參等官狀：「若論今者陰事，則尚未究端由；如據比來所行，必應不至兇險。」「比來」跟「今者」相對，也是從前的意思。

《舊唐書》德宗紀下，貞元十四年勑：「比來朝官或相過從，金吾皆上聞。其間如是親故，或嘗同寮，伏臘歲時，須有往還，亦人倫常理，今後不須奏聞。」《舊唐書》文宗紀下，開成二年：「以前忠武軍節度使杜悰為工部尚書，判度支。時悰既除官，久未謝恩。戶部侍郎李珏奏：杜悰為岐陽公主服假內。珏因言：『比來駙馬為公主行服三年，所以士族之家不願為國戚者以此。』帝大駭其奏，即日詔曰：『制服輕重，必資典禮。如聞往者駙馬為公主行服三年，緣情之義，殊非故實。……』」李珏所奏的「比來」，初看似為近來，但據文宗詔「往者」，則仍是從前。

敦煌唐鈔卷子本唐人唐臨《冥報記》（《涵芬樓祕笈》排印本）卷中：「隋大業中，有客僧行至大山廟，求寄宿。廟令曰：『此無別舍，

唯神廟廡下可宿。然而比來寄者輒死。』……僧至夜，端坐誦經。可一更，聞座中環珮聲。須臾，神出，為僧禮拜。僧曰：『聞比來宿者多死，豈檀越害之耶？願見護。』」

《封氏聞見記》卷九，遷善條：「田神功自平盧兵馬使授淄青節度使，舊判官皆偏裨時部曲，神功平受其拜。及此前使判官劉位已下數人並留在位，神功待之亦無降禮。後因圍宋州，見李太尉與勅使打毬，聞判官張傪至，太尉與之盡禮答拜。神功大驚，歸幕呼劉位問之曰：『太尉今日見張郎中，與之答拜，是何禮也？』位曰：『判官是幕賓，使主無受拜之禮。』神功曰：『神功比來受判官拜，大是罪過，公何不早說！』遂令屈請諸判官謝之曰：『神功武將，起自行伍，不知朝廷禮數。比來錯受判官等拜……』」《舊五代史》禮志下：『比來小祠已上，公卿皆著祭服行事；近日惟郊廟太微宮具祭服，五郊迎氣日月諸祠並祇常服行事。』又食貨志：「城內店肆園囿比來無稅，頃因偽命，遂有配徵。」

《劇談錄》卷上：「某比不熟識于侍郎，今日見之，觀其骨狀，真為貴人。」《太平廣記》卷七十一引《玄門靈妙記》：「比見道家法，未嘗信之。今蒙濟拔，其驗如茲。」又卷一百四十三引竇維鋈《廣古今五行記》：「唐周仁軌……性殘好殺。在州忽於堂階下見一人臂，如新斷來，血流瀝瀝。……仁軌以韋氏黨伏誅，介士抽刀斫之，仁軌舉臂承刃，斫中其臂墮地，與比見者無異。」《舊唐書》王求禮傳：「〔武〕懿宗條奏滄瀛百姓為賊誑誤者數百家，請誅之。求禮執而劾之曰：『此誑誤之人，比無良吏教習，城池又不完固，為賊驅逼，苟狗圖全，豈素有背叛之心哉！』」「比無」即先前沒有的意思。《大唐世說新語》卷二，剛正篇記此事，作「素無良吏教習」，可以參證。《唐摭言》卷八，友放篇：「〔王〕起曰：『我比只得白敏中，今當更取賀拔基矣。』」「比」

也是先前。《舊五代史》梁書王彥章傳：「比是匹夫，本朝擢居方面，與皇帝十五年抗衡，今日兵敗力窮，死有常分。」又《漢書》趙思綰傳：「〔李肅〕與判官程讓能同言于思綰曰：『太尉比與國家無嫌，但負罪懼誅，遂為急計。』」

《景德傳燈錄》卷三十，永嘉真覺大師證道歌：「比來塵鏡未曾磨，今日分明須剖析。」句例和醜女緣起相同。

《水滸傳》第十八回：「我比先曾跟一個賭漢去投奔他，因此我認得。」「比先」也是從前。

《禮記》祭義：「比時具物，不可以不備。」鄭玄注：「比時，猶先時也。」《禮記》的「比」是事先的意思，與上述諸文義為在先的稍異，但意義是相通的，可見「比」作從前講的來源之遠。

當來

將來。

廬山遠公話「賤奴若有此意，機謀阿郎，願當來當來世，死墮地獄，無有出期。」（頁 175）破魔變文：「唸佛座前領取偈，當來必定座蓮花。」（頁 354）維摩詰經講經文：「世上七珍之寶，偏除現在貧窮；身中七聖之財，能救當來嶮道。」（頁 517）

《法苑珠林》卷三，劫量篇第一之一，小三災部：「時有一人，合集閻浮提內男女，唯餘一萬，留為當來人種。」卷六十四引《佛本行經》世尊說偈言：「必以（與）惡友相親近，當來亦墮阿鼻獄。」「必以」即若與。《水經‧河水注》：『此非過去當來諸佛成道處，去此西南行減半由延貝多樹下是過去當來諸佛成道處。」《魏書》崔亮傳：「但令當來君子知吾意焉。」拾得詩：「不憂當來果，惟知造惡因。」元人楊景

賢《劉行首》劇第一折，正末王重陽真人白：「你往汴梁劉家託生，當來為劉行首二十年，還了五世宿債。教你二十年之後，遇三箇丫髻馬真人度脫你。」《孤本元明雜劇》，關漢卿《山神廟裴度還帶》頭折，王員外白：「此人當來，必然崢嶸有日。」又闕名《施仁義劉弘嫁婢》楔子，太白星白：「你當來乏嗣無兒也。」

蘇軾奏淮南閉糴狀二首之一：「當來牓內只說攔截糴場粳米不得過淮河，不曾聲說攔截稻種。今來不甘被望河攔頭所由等攔截稻種，有悮向春布種。」宋人葉紹翁《四朝聞見錄》甲集，太學諸生真綾紙條：『……皂蓋一事，合申廟堂。當來臺臣只乞禁青蓋，今諸生用短簷皂繖，未知合與不合？」這兩個「當來」應作本來解，與變文不同。

敬日　逕日

就是「竟日」，整日。

維摩詰經講經文：「終朝敬日死王摧，何所栖心求解脫？」（頁590）王慶菽校：「原『敬』字，似『散』字。」按這個字就是「敬」的別體，不是「散」字。「敬」同音假借作「竟」。歡喜國王緣：「志心境持。」（頁779）就是志心敬持。「境」可以借作「敬」，當然「敬」也可以借作「竟」。《敦煌曲子詞集》，南歌子詞：「終朝逕日意喧喧。」王重民校「逕」作「竟」，是對的，和變文語意完全相同，「敬」和「逕」都是「竟」一音的通借罷了。

比

本來。

漢將王陵變：「斫營比是王陵過，無拿（辜）老母有何愆」（愆）（頁42）八相變：「比望我子受快樂，因何愁苦轉悲傷？」（頁338）

張文成《遊仙窟》：「十娘曰：『少府不因行使，豈肯相過？』下官答曰：『比不相知，闕為參展，今日之後，不敢差違。』」《敦煌曲子詞集》，鵲踏枝詞：「比擬好心來送喜，誰知鎖我在金籠裡？」「比擬」就是本擬。《北夢瑣言》卷十六，以酒致禍條：「仁矩比節使下小校，驟居內職。」謂本來是小校。

《舊唐書》德宗紀下：「貞元十四年二月壬子朔戊午，上御麟德殿，宴文武百寮。……比詔二月一日中和節宴，以雨雪改用此日。」

《洛揚搢紳舊聞記》卷一，泰和蘇揆父鬼靈條：『老父謂州將曰：『某比約與公同往泰和。夜來思之：男已忝京寮知縣，某行李如是！託你先到泰和報兒子，製新衣，借僕馬來，沿路相接。』」歐陽修《集古錄跋尾》卷四，范文度模本蘭亭序：「余嘗集錄前世遺文數千篇，因得悉覽諸賢筆蹟。比不識書，遂稍通其學。」「比」都是本來。

惹子

猶如說「這些子」、「這點兒」，帶有眇視的意思。『惹』同『偌』，『子』有『小』的意思。

意思。「惹」同「偌」，「子」有「小」的意思。維摩詰經講經文：「念君惹子大童兒，便解與吾論志（至）道。」（頁610）百鳥名：「雀公身寸惹子大，却謙（嫌）老鵄（鴟）沒毛衣。」（頁852）《詩詞曲語辭彙釋》卷一：『惹，與偌同。』所引的例如巾箱本《琵琶記》二十四：「雖

然這頭髮直不得惹多錢，也只把佐（做）些意兒。」又九卷本楊朝英《陽春白雪》前集卷三，楊朝英雙調得勝令曲：「妖嬈，那裡有惹多俏！」也和《琵琶記》的「惹」相同。

《新方言》二：「《論語》：『君子哉，若人！』《公羊傳》：『有明天子，則襄公得為若行乎？』《莊子》外物篇：『任公子得若魚。』若皆訓此。今人指物示人曰若，音如諾。」「惹子」的「惹」也含有指示之意，其遠源即出於古代訓此的「若」。

猥地　猥　隈地
就是背後。

降魔變文：「和尚猥地誇談，千般伎術；人前對驗，一事無能。」（頁 386）「猥地」和「人前」對說，就是不在人前的意思。《敦煌曲校錄》十二時，普勸四眾依教修行：「妻子情，終不久，只是生存詐親厚。未容三日病纏綿，隈地憎嫌百般有。」這是說人生了病，妻子在背後厭惡他討麻煩。

伍子胥變文：「窮洲猥際絕舩（舟）舡。」（頁 4）又：「獨立窮舟（洲）旅岸。」（頁 13）「猥」是「猥」的通用字，「旅」《敦煌變文彙錄》作「梌」，是「猥」字形近之誤。「猥際」、「猥岸」的「猥」是指窮僻無人之處，和「猥地」的「猥」意義相通。

《北夢瑣言》卷五，張濬樂朋龜與田軍容中外事條，說起居郎張濬依附宦官中尉田令孜，「一日，中尉為宰相開筵，學士（樂朋龜）泊張起居同預焉。張公恥於對眾設拜，乃先謁中尉，便施謝酒之敬，中尉訝之。坐定，中尉白諸相曰：『某與起居，清濁異流，曾蒙中外。（「中外」是攀上親戚關係的意思。《後漢書》列女董祀妻傳，蔡琰悲憤詩：

「既至家人盡，又復無中外。」）既慮玷辱，何憚改更？今日猥地謝酒，即又不可。』」「猥地」也是背著人的意思。

《敦煌曲子詞集》，別仙子詞：「曉樓鐘動，執纖手，看看別。移銀燭，猥身泣，聲哽咽。」孫貫文等校「猥」作「偎」。案：「猥身」的「猥」似與「猥地、隈地」同義，「猥身」就是背過身子去，這首詞寫男女分別，女子不願意叫行者看見自己哭泣以增加他的難過。上句「移銀燭」，也是為了掩蓋自己的悲哀；如果祇是偎著身子哭泣，那就用不着移燭了。這樣講似乎更合於男女相別時的情景。杜荀鶴途中春詩：「牧童向日眠春草，漁父隈巖避晚風。」「隈」與「向」相對，也是背的意思，與「猥身」略同。伍子胥變文：「風來拂耳，聞有打紗之聲。不敢前盪，隈形即（却）立。」（頁4）「隈形」和「猥身」意義相似，都是避過人的視線的意思。

《諸錄俗語解》，參攷類語，無事甲條：「慈受深禪師錄：『不向無事閣中隈刀避箭。』」據此，「隈」是避的意思很明白。唐人詩以「隈」為隱避的意思，例子不少，如本篇「慘醋、儳酢」條所引白居易和裴常侍薔薇架詩「蕙慘隈欄避」就是，又如張祐所居即事詩六首之六：「墻頭鸂鶒隈花葉，水面蜻蜓寄草枝。」韋莊塗次逢李氏兄弟感舊詩：「曉傍柳陰騎竹馬，夜隈燈影弄先生。」《全唐詩》段成式隱山書事詩斷句：「隨樵劫媛藏，隈石覷熊緣。」另外有「畏刀避箭」的説法，如馬致遠《漢宮秋》第二折，駕云：「都是些畏刀避箭的。」究其由來，「畏」就是「隈」，非畏懼之畏。參看王貞珉《元曲選釋補箋》，漢宮秋，第二十則。《西遊記》第七十八回：「見一個老軍，偎風而睡。」即避風而睡。

五代李珣南鄉子詞：「帶香遊女隈伴笑，窈窕，競折團荷遮晚照。」即謂隱藏起來與女伴開玩笑。

又案：「猥地」、「隈地」中間，「隈」應是本字，「隈」是隱蔽之處，見《左傳》僖公二十五年杜預注，引申起來，人所不見的地方就叫做「隈地」，背著人也叫做「隈」了。《法苑珠林》卷一百十三引《毗尼母經》：「若欲洟唾，當屏猥處，莫令人惡賤。」就是屏退到隱蔽之處的意思。

婁　嘍　螻　夥

多；夠。

大目乾連冥間救母變文：「前路不婁行即到。」（頁 728）《龍龕手鑑》：「夥，力口反，多也。」「婁」與「夥」同，「不婁」就是不多。多義引申則為夠，所以《龍龕手鑑》解「夥」為「多也」，「夥」就是「夠」字。鷰子賦：「伊且單身獨手，嘍我阿莽虆斫」（頁 249）意謂燕子孤單，夠不上要我如何虆斫，是很容易對付的（參看釋虛字篇，「阿莽」條）。韓擒虎話本：「我把些子兵士，似一斤（片）之肉，人在虎齘，不螻咬嚼，博（嚩）咳之間，並乃傾盡。」（頁 202）「不螻咬嚼」即不夠咬嚼。「嘍」、「螻」也都和「夥」意義相同。

小子

少許，一點兒。

維摩詰經講經文：「常孝順，母（每）忠貞，必遂高齡得顯榮。儻若欺謾小子事，當時迍厄便施行。」（頁 575）

陌目

即「霡霂」，變文裡是汗流之貌。

　　降魔變文：「體上汗流陌目。」（頁363）《説文》：『霡霂，小雨也。』汗流和小雨形狀相似。玄應《一切經音義》卷二十二，瑜伽師地論第三十四卷音義：「霡霂，音脈木，《爾雅》：『小雨謂之霡霂。』今流汗似之也。」又《敦煌掇瑣》字寶碎金：「汗霡霂。」可證。

　　晉人左思吳都賦：「流汗霡霂，而中逵泥濘。」可見用霡霂形容流汗，是很早就有的。《太平廣記》卷三百十引《河東記》，王錡條：「流汗霡霂。」

急手

就是急速。

　　三身押座文：「唸佛急手歸舍去，遲歸家中阿婆嗔。」（頁828）李陵變文：「急手出火，燒却前頭草！」（頁86）又：「急守趁賊來，大家疲乏。」（頁88）「守」應該是「手」字的錯誤。

　　《敦煌曲校錄》，釋法照歸西方讚：「急手專心念彼佛，彌陀净土法門開。」校「急」作「撒」，以為是因「撒」作「煞」，又省而為「急」，這是錯的。《洛陽伽藍記》卷三，菩提寺條：「急手速去，可得無殃。」卷四，白馬寺條記沙門寶公的話道：「東廂屋，急手作。」可見「急手」一詞後魏已有了，不能隨便改掉。蘇軾與蔡景繁十四首之十二：「情愛著人，如黐膠油膩，急手解雪，尚為沾染，若又反覆尋繹，更纏繞人矣。」可知宋人仍有此語，「手」必非誤字。

　　一說：浙江金華方言有「速腳就逃」的説法，「速腳」跟「急手」是同樣的結構。按：《夢溪筆談》卷十一：「驛傳舊有三等，曰步遞，

馬遞，急腳遞。急腳遞最遽，日行四百里，唯軍興則用之。」「急腳」
與「急手」結構也相同。

退故　故退　退

器物陳舊而不用叫退故。

秋吟：『將退故之名衣，作緇徒之冬服。』（頁812）又：「□□□
□嫌生服，退故休披愛着新。」（頁813）秋吟是僧人向貴族乞討衣服
的文章，所謂「退故」，就是舊衣服。因為不用，所以說「退」，這可
以從下面的引文看出來：

敦煌本《水部式》（見《敦煌古籍敘錄》引）：「孝義橋所須竹籚，
配宣、饒等州造送；其洛水中橋竹籚，取河陽橋故退者充。」

唐人李綽《尚書故實》：「右軍孫智永禪師……往住吳興永福寺，
積年學書，禿筆頭十甕，……後取筆頭瘞之，號為退筆塚。」

蘇軾初到黃州詩「祇慚無補絲毫事，尚費官家壓酒囊」自注：「檢
校官例折支，多得退酒袋。」

纖

通「鐵」，即尖字，尖銳。

降魔變文：「哮吼兩眼如星電，纖牙迅抓利如霜。」（頁384）又：
「抓距纖長，不異豐城之劍。」（頁386）丁卷「迅抓」作「峻爪」，按：
「迅」通作「峻」，「抓」就是爪牙的爪。變文前講獅子，後講金翅鳥，
說牙說爪，都不應作纖細解。《廣雅》釋詁：「鐵，銳也。」曹憲音子
廉切。王念孫《疏證》：「《爾雅》：『山銳而高，嶠。』郭璞注云：言

纖峻。」……今俗作尖。」慧琳《一切經音義》卷九十八，廣弘明集卷二十二音義：「鐵銳，或俗作尖。」郭璞所説「鐵峻」，正和變文丁卷「纖牙峻爪」相合，可證「纖」就是「鐵」。

《太平廣記》卷四百三十二引五代王仁裕《玉堂閒話》：「此物（指虎）若不設機械，困而取之，則千夫之力，百夫之勇，曷以制之？勢窮力竭而取之，則如牽羊拽犬，雖有纖牙利爪，焉能害人哉！」

當才

有任事的才能。

維摩詰經講經文：「丁寧金口讚當才，切莫依前也讓推。」（頁603）又：「自知為使不當才，怕帶頟（類一累）世尊不敢去。」（頁605）按：陸贄奏議也有「當才」之語，可知這是唐人常語。請許臺省長官薦舉屬吏狀：「近者每須任使，常苦乏人。臨事選求，動淹旬朔。姑務應用，難盡當才。」下文又説：「夫如是，則苟無其才，孰敢當任！苟當其任，必竭其才。」又可知「當才」是有任事的才能。又論齊暎齊抗官狀：「齊抗文學足用，精敏罕儔。掖垣之駁議司言，南宮之掌賦承轄，俾居其任，皆謂當才。」意義相同。變文下文説：「問疾多應不是才。」（頁606）「不是才」跟「不當才」大意相同，但「當」不能簡單直接地解釋為「是」。「當」是相當、當值的意思，「當才」就是才能與所任之事相當。

《宋史》竇貞固傳：「乞降詔百僚，令各司議定一人，有何能識，堪何職官，朝廷依奏用之。若能符薦引，果謂當才，所奏之官望加獎賞；如乖其舉，或涉徇私，所奏之官宜加黜罰。」

塞當

適合，恰合。

維摩詰經講經文：「今朝不往（枉）逢居士，與我心頭恰塞當。要寶藏人得寶藏，求清涼者得清涼。」（頁 611）按：『塞』有相當的意思，「塞當」二字同義連文。《漢書》王襃傳：「不足以塞厚望，應明指。」顏師古註：「塞，當也。」王莽傳中：「欲以承塞天命，克厭上帝之心。」顏註：「塞，當也。厭，滿也。」「塞」字顏不注音，宜音賽。

第六篇　釋虛字

隔是

猶如説「已是」。

　　李陵變文：『隔是虜庭須決命，相煞無過死即休。」（頁 87）大目乾連冥間救母變文：「隔是不能相救濟，兒亦隨孃孃身死獄門前。」（頁 736，737）

　　解「隔是」作已是，始於洪邁《容齋隨筆》卷二，亦作「格是」，《詩詞曲語辭彙釋》卷二又增廣了例證，可以參看。維摩詰經講經文另有「隔事」，應與「隔是」，義異，未詳。

的畢

一定，必然。

　　葉淨能詩：「臣見陛下飲似不樂，臣與陛下邀得一箇飲流，此席的

畢歡矣。」（頁221）按：「畢」通作「必」，猶如歡喜國王緣「當來畢定免輪迴」（頁780）就是必定，又如「必其」也作「畢期」，「必若」，也作「畢若」，見後「必其」條。《詩詞曲語詞彙釋》卷四，謂「的，猶定也，引白居易出齋日喜皇甫十早訪詩：「除却朗之攜一榼，的應不是別人來。」又百日滿假詩：「但拂行衣莫迴顧，的無官職趁人來。」以為「的應」就是定應，「的無」就是定無，是很確切的。《變文集》校記説曾毅公校「的」作「酌」，亦通。這是錯誤的。

弱

「若」的假借字。

李陵變文：「小弱不誅，大必有患。」（頁88）這裡「小弱」似乎就是弱小，其實「弱」是「若」的假借字。蘇聯科學院亞洲人民研究所所藏的《維摩碎金》：「有弱滿輪明月，讓光於星亞（斗）之前；萬刃（仞）高山，辟峭拔丘陵之下。」以變文證變文，「弱」假借作「若」，信而有徵。

可中

假使，倘或。

鷰子賦：「賴值鳳凰恩擇（澤），放你一生草命。可中鷂子搦得，百年當時了竟。」（頁253）這是説雀兒幸虧碰著鳳凰，放它活命；假使被鷂子捉到，就會立時致之於死的。又一篇道：「鷰子語雀兒，此言亦非嗔。緣君修理屋，不索價房錢。一年十二月，月別伍佰文；可中論房課，定是賣君身。」（頁265）這是説雀兒雖然佔據過燕子的屋子，

但也給它修理了，所以願意不討房價；倘若要算起房租來，雀兒沒有這許多錢，就祇好賣身來還了。大目乾連冥間救母變文：「文牒知司各有名，符弔下來過此處。今朝弟子是名官，𧪄與閣梨檢尋看。可中果報（教）逢名字，放（訪）覓縱（蹤）由亦不難。」（頁 724、725）這是說假如文牒裡有名字，就不難尋訪目連母親的蹤跡了。

這一條已見《詩詞曲語辭彙釋》卷一，可參看。

或若　忽若　忽然　忽爾　忽而　忽期
忽　忽其　忽如　若忽

假使，倘或。「或」是正字，「忽」是同音假借字。

前漢劉家太子傳：「汝緣年少，或若治國不得，有人奪其社稷者，汝但避投南陽郡。」（頁 160）這是用的正字。佛說阿彌陀經講經文：「忽湧身於霄漢，頭上火焰而炵炵；或隱質於地中，足下清波而浩浩。」（頁 455）前用假借字，後用正字。以下各例，都用假借字。

降魔變文：『者迴忽若得強，打破承前併藩。」（頁 386）下句意義不明，但上句「忽若」就是倘若，却是很明顯的。佛說觀彌勒菩薩上生兜率天經講經文：「可中修善到諸天，居處生涯一切全。要飯未曾燒火燭，須衣何省用金錢。花開花合分朝暮，龍起龍眠辯歲年。忽若共君生那裡，尋常自在免憂煎。」（頁 654）這段文章，「可中」和「忽若」并用，都是「倘或」的意思。

降魔變文：「佛是誰家種族？先代有沒家門？學道諮稟何人？在身有何道德？不須隱匿，具實說看。忽然分寸差殊，手下身當依法。」（頁 377）又：『更試一迴看看，後功將補前過。忽然差使更失，甘心啟（稽）首歸他。」（頁 387）維摩詰經講經文：「端的忽然知去處，將身

願人法王家。」（頁612）這是說倘或知道去處，就願入法王家。捉季布傳文：「若是生人須早語，忽然是鬼奔丘墳。」（頁55）「忽然」和「若是」相對，意義極為明顯。

孟姜女變文：「姜女哭道：『何取此，玉貌散在黃沙裡。為言墳隴有標提（題），壞壞髑髏若箇是？』一一捻取自看之，咬指取血從頭試。『若是兒夫血入骨，不是杞梁血相離。果報（教）認得却迴還，幸願不須相惟（違）棄。』大哭咽喉聲已閉，雙眼長流淚難止。『黃（皇）天忽爾逆人情，賤妾同向長城死！』」（頁33）末兩句說，假使皇天逆了人情，使姜女認不出杞梁的屍骨，那末姜女願意和杞梁一同死在長城下面。伍子胥變文：「窮州根際絕舡（舟）舩，若為得達江南岸？下倉（上蒼）儻若逆人心，不免此處生留難。」（頁4）「上蒼」這一句和孟姜女變文「皇天」句語意相同。伍子胥變文：「吾死之後，願弟得存。忽爾天道開通，為父讎冤殺楚。」（頁3）後文說：「儻逢天道開通日，誓願活捉楚平王。」（頁8）「忽爾」就是「儻」（即倘）。

秋胡變文：「於後忽爾兒來，遣妾將何申吐？」（頁156）又：「忽而一朝夫至，遣妾將何申吐？」（頁157）這都是假使秋胡回來的意思。

捉季布傳文：「忽期南面稱尊日，活捉紛（粉）骨細颺塵。」（頁54）這裡的「忽」字甲卷作「忽」，週一良校：「忽」字似不誤，『忽』猶言『倘』。下文『忽然買僕身將去』，『忽然』猶謂『倘然』。」周校是對的。「期」字借作「其」。王昭君變文「賤妾儻期蕃裡死。」（頁99）徐震堮校：「期」同『其』，『倘其』猶言『倘然』。」「忽其」也就是「倘然」，也可以講作「如其」。

葉淨能詩：「忽要拔地移山，即使一神符。」（頁216）「忽」字也是「忽」字之誤，其誤和捉季布傳文甲卷相同。「忽要」就要「若要」。又：『尊師匆妄昇天，須去即去，須來便來。」（頁216）玩索文義，「匆

窀」也是「忽要」之誤，《變文集》校作「從容」，是錯的。

沈汾《續仙傳》卷中，羅萬象傳：「忽一食，則十數人之食不足；或不食，則莫知歲月。」忽是假借字，或是正字，兩字並見。

陳子昂諫靈駕入京書：「況國無兼歲之儲，家鮮匝時之蓄，一旬不雨，猶可深憂。忽加水旱，人何以濟？」《酉陽雜俎》前集卷十三，冥蹟篇：「其子聽之感慟，因自誓：忽若作人，當再為顧家子。」又卷十，物異篇：『上清珠：……四方忽有水旱兵革之災，則虔懇祝之，無不應驗也。」《舊唐書》韓休傳：「時梁州都督李行褒為部人誣告，云有逆謀。則天令〔韓〕大敏就州推究。或謂大敏曰：『行褒，諸李近屬，太后意欲除之。忽若失旨，禍將不細！』」

唐人呂溫的衡州夜後把火看花留客詩：「紅芳暗落碧池頭，把火遙看更少留。半夜忽然風更起，明朝不復上南樓。」這詩的意思，是留客賞玩已經在「暗落」的花，希望能抓緊時間，不要等花被風吹盡。後面兩句是說，假使半夜裡風起，把花吹光，那麼明天就要不忍再上南樓了。「忽然風更起」是擬想中的事，不是作詩時的實事；如果以為這是記的實事，那就和題目中的「留客」、第二句中的「更少留」語意不合了。《景德傳燈錄》卷十七，道膺禪師：「如好獵狗，只解尋得有蹤迹底。忽遇羚羊挂角，莫道迹，氣亦不識。」

《太平廣記》卷三百四十九引《河東記》：「疾病若此，胡不取一妻，俾侍疾？忽爾病卒，則如之何？」卷四百三十七引《廣異記》：「郎君家本北人，今竄南荒，流離萬里，忽有不祥，奴當扶持喪事北歸。」

《敦煌雜錄》盧貝跛蹄雇作兒契：「若作兒偷他苽（瓜）果菜如（茹？）羊牛等，忽如足（捉）得者，仰在作兒身上。」「忽如」就是「忽然」。

《文選》陸機君子有所思行注：「《說苑》曰：『晉東郭氏上書於獻

公，公曰：「食肉者已慮之矣。」對曰：「忽使肉食失計於廟堂，藿食寧得不肝腦塗地也？」」這是「忽」作假使解的很早的用例。

　　白居易題西亭詩：「幸有酒與樂，及時歡且娛。忽其解郡印，他人來此居。」

　　《樂府詩集》並州歌題記引《樂府廣題》：『晉汲桑……殘忍少恩。六月盛暑，重裘累裀，使人扇之。忽不清涼，便斬扇者。」《唐律疏議》卷八，衛禁下：「駕行皆有隊仗，或闌仗而行。忽有人射箭至隊仗所，及至闌仗內者，各得絞罪。」又卷二十五，詐偽律疏議：「父母云亡，在身罔極，忽有妄告，欲令舉哀，若論告者之情，為過不淺。」《漢書》高後紀「計猶豫」顏師古注：「《爾雅》曰：猶如麂，善登木。」此獸性多疑慮，常居山中，忽聞有聲，即恐人來害之。」又遊俠傳陳遵傳「一旦叀礙，為瓽所轠」顏注：「言瓶忽縣礙不得下，而為井瓽所擊，則破碎也。」岑參詠郡齋壁畫片雲詩：「只怪偏凝壁，回看欲惹衣。丹青忽借便，移向帝鄉飛。」白居易請罷兵第二狀，請罷恆州兵事宜：「一人若逃，百人相扇；一軍若散，諸軍必搖。事忽至此，悔將何及！」《太平廣記》卷四百二十二，周邯條引裴鉶《傳奇》：「有一黃龍極大，鱗如金色，抱數顆明珠熟寐。水精欲劫之，但手無刃，憚其龍忽覺，是以不敢觸。」「忽」就是「或」。又：「龍忽震怒，作用神化，搖天關，擺地軸，搥山岳而碎丘陵，百里為江湖，萬人為魚鼈，君之骨肉焉可保？」（宋曾慥《類說》卷三十二引作「忽值龍震怒」）又卷四百九十四，杜豐條引唐人牛肅《紀聞》：「車駕今過，六宮偕行。忽暴死者，求棺如何可得？」《舊唐書》崔日用傳：『因人奏事，言：『太平公主謀逆有期，……忽姦宄得志，則禍亂不小。』」《杜陽雜編》卷上：「忽有水旱兵革之災，上每虔祝之，無不應驗。」薛調劉無雙傳：「忽有所覩，即疾報來。」《景德傳燈錄》卷十，趙州觀音院從諗禪師：

「雪峰忽若問汝云：『和尚有何言句？汝作麼生祗對？』」又卷十二，郢州芭蕉山慧清禪師：「僧問：『賊來須打，客來須看，忽遇客賊俱來時，如何？』」宋李清照《金石錄》後序：「忽聞城中緩急，奈何？」《歲時廣記》卷十五，嚴火禁條引《歲時雜記》：「鎮陽距太原數百里，寒食火禁甚嚴。有輒犯者，閭裡記其姓名。忽遇風雹傷稼，則造其家眾口交徧謫之。」《清平山堂話本》錯認屍：「二人通同奸騙女兒，倘忽丈夫迴日，怎的是好！」《警世通言》作「倘或」。

《世說新語》文學篇：「殷中軍雖思慮通長，然於才性偏精。忽言及『四本』，便若湯池鐵城，無可攻之勢。」

《三國志》蜀志楊戲傳引《襄陽記》：「楊顒，字子昭，楊儀宗人也。入蜀為巴郡太守，丞相諸葛亮主簿。亮嘗自校簿書，顒直入諫曰：『為治有體，上下不可相侵，請為明公以作家譬之。今有人使奴執耕稼，婢與（典）炊爨，雞主司晨，犬主吠盜，牛負重載，馬涉遠路，私業無曠，所求皆足，雍容高枕，飲食而已。忽一旦盡欲以身親其役，不復付任，勞其體力，為此碎務，形疲神困，終無一成。……』」《晉書》范汪傳：『庾翼將悉郢漢之眾以事中原，軍次安陸，尋轉屯襄陽。汪上疏曰：『……以翼宏規經略，忽遇釁會，大事便濟。……』」又張華傳，記太子左衛率劉卞謀廢賈後於華，華曰：「今天子當陽，太子，人子也，吾又不受阿衡之命，忽相與行此，是無其君父，而以不孝示天下也。」這三處的「忽」也應作倘或解。《神異經》西北荒經：「西北海外有人，……但日飲天酒五斗，不食五穀，唯飲天酒。忽有飢時，向天仍飲。」《神異經》舊題東方朔撰，顯是偽托，但不能晚到晉以後。《後漢書》呂布傳：「將軍舉動，不肯詳思，忽有得失，動輒言誤。」又獨行傳譙玄傳，玄上書諫成帝：「夫警衛不脩，則患生非常。忽有醉酒狂夫，分爭道路，既無尊嚴之儀，豈識上下之別？」則以

「忽」為「或」，西漢末年已經如此了。又《宋書》劉鍾傳：「今若緩兵相守，彼將知人虛實。涪軍忽并來力距我，人情既安，良將又集，此求戰不獲，軍食無資，當為蜀子虜耳。」又徐湛之傳：「會稽公主，……西征謝晦，使公主留止臺內，總攝六宮。忽有不得意，輒號哭。」《太平廣記》卷三百七十六引南朝宋劉義慶《幽明錄》，說晉元帝時士人甲死後被換上胡人康乙腳復生，「胡兒並有至性，每節朔，兒並悲思，馳往抱甲腳號咷；忽行路相逢，便攀援啼哭。」宋人晁載之《續談助》卷四，載梁殷芸《小說》：「〔晉成〕帝嘗在後前，乃曰：『阿舅何為云人作賊，輒殺之？人忽言阿舅作賊，當復云何？』」也是較早的用例。

《宋書》劉進宣傳：「今我往勞困，彼來甚逸。忽使師行不利，人情波駭，大勢挫衄。」又二凶傳：「劭欲殺三鎮士庶家口，江夏王義恭、何尚之說之曰：『凡舉大事者不顧家口，且多是驅逼。今忽誅其餘累，正足堅彼意爾。』」《北史》司馬膺之傳：「黃門郎陸杳，貴遊後進，膺之嘗與某，杳忽後至，寒溫而已，某遂輟。」又吐谷渾傳：『又有可蘭國，……頑弱不知鬭戰，忽見異人，舉國便走。」《急就篇》「縛束脫漏亡命流」顏師古注：「既被縛束，忽脫漏，則亡其籍而流迸也。」《太平廣記》卷三百三十六，宇文覿條引《廣異記》：「但宇文生命薄無位，雖獲一第，終不及祿。無（我）當救其三死；若忽為官，雖我亦不能救。」「若忽」與「忽若」同義。

唐陳束之謂罷兵戍姚州書：「夷漢雜居，猜嫌必起。留兵運糧，為患更重。忽若反叛，勞費更多。」《西遊記》第八回：「求人忽若渾如此，是我平生豈偶然？」

唐人劉恂《嶺表錄異》（《武英殿聚珍版叢書》本）卷中：「彼中居人，忽有養鵝鴨，常於屎中見麩金片。」這裡的「忽」也是「或」字

之借，不過是「或人」的「或」，不作「倘或」解。《舊唐書》姚南仲傳，南仲上疏：「臣恐君子是非，史官褒貶，大明忽虧於掩蝕，至德翻後於堯舜。」「忽」也是「或」，意謂可能。

《淮南子》原道：「夫舉天下萬物，蠉蠉貞蟲，蝡動蚑作，皆知其所喜憎利害者，何也？以其性之在焉而不離也。忽去之，則骨肉無倫矣。」「忽去之」的忽也是假若的意思。這似可說是用忽作若解的最早用例。

其

如其，假使。

搜神記：「河間有一家，姓趙名廣。櫪上有一白馬，忽然變作人面。其家大驚怕，往問先生劉安。安曰：『此怪大惡！君須急速還家，去舍三里，披髮大哭。』其家人大小聞哭聲，並悉驚怖，一時走出往看。合家出後，四合瓦舍忽然崩落。其不出者，合家總死。」（頁869）「其不出」就是如其不出。

唐無名氏《補江總白猿傳》：「諸婦人曰：『……但求美酒兩斛、食犬十頭、麻數十斤，當相與謀殺之。其來必以正午後，慎勿太早，以十日為期。』」這裡的「其」字不指白猿，因為白猿「日始逾午，即欻然而逝，半晝往返數千里，及晚必歸，此其常也」過午出去，晚上回來，無論「其來必以正午」或「正午後」都不可能屬於白猿。這句應該讀到「正午後」斷句，是婦人約歐陽紇來的時候，因為白猿過午出去，所以要歐陽紇正午以後纔來，而且「慎勿太早」，太早了就會碰到。「其來」就是「如其來」。這樣用法並非晚起，後魏酈道元《水經注》瀁水注：「段元章善風角。弟子歸，元章封笥藥授之，曰：『路有

急難，開之。』生到葭萌，從者與津吏諍，打傷。開箇，得書，言：『其破頭者，可以此藥裹之。』」「其破頭」就是「如其破頭」。《法苑珠林》卷三十三引《法句喻經》：「過去世時，有城名波羅奈，有長者婦將婇女五百人至城外大祠祀。其法難急，他性（當作姓）之人不得到邊，無問親疎，其有來者，擲著火中。」「其有」就是「如有」。王引之《經傳釋詞》卷五，引《詩經》、《禮記》、《左傳》說明「『其』猶『若』也」，則是從古有之的用法，不過到近俗的語言裡反覺特異罷了。

　　其、若尚有連文之例。《雜寶藏經》卷二：「其若尊者阿那律來，汝當自食？施於尊者？」又作「若其」。《賢愚經》卷三：「若其出家，成自然佛。」

必其　畢期　必若　畢若　必期　必　若必
倘若。

　　鷰子賦：『必其欲得磨勘，請檢《山海經》中。」（頁253）維摩詰經講經文：「畢期有意親聞法，情願相隨也去來。」（頁554）「畢」、「必」變文同音通用，例多不贅。「畢期」就是「必其」，和「忽期」、「儻期」相同，見前。歡喜國王緣：「必若有人延得命，與王齊受（壽）百千年。」（頁775）維摩詰經講經文：『畢竟若未除心內黑，定隨心意定漂沉。」（頁565）這裡因常語有「畢竟」一詞，衍了一個竟字，「畢竟若」應作「畢若」，就是「必若」。

　　本條可參看《詩詞曲語辭彙釋》卷二，張氏說：「必義之為倘為若，自古而然。」引先秦、西漢凡四例，這裡再補漢及以後一些例子。《漢書》司馬相如傳上：「必若所言，固非楚國之美也。」上半句意謂，

倘若像你所講，「必」是倘若，「若」是像，這裡「必若」不是一個詞。
《論衡》變虛篇，子韋對宋景公：「君有三善言（言字據黃暉説補），故有
三賞，星必三徙，……臣請伏於殿下以伺之；星必不徙，臣請死耳。」
「星必不徙」的「必」，黃暉説：「猶若也。」《抱朴子》仙藥篇：「《神
藥經》曰：『必欲長生，當服山精。』」又《神仙傳》卷四，劉安傳：「王
必若見少年則謂之有道，皓首則謂之庸叟，恐非發石採玉、探淵索珠
之謂也。」《津逮祕書》本晉干寶《搜神記》卷一，董永條：「主曰：『婦
人何能？』永曰：『能織。』主曰：『必爾者，但令君婦為我織縑百
疋。』」《晉書》溫嶠傳：「必其凶悖，自可罪人斯得；如枉入姦黨，宜
施之以寬。」又束皙傳：「武帝嘗問摯虞三日曲水之事。虞對曰：『漢
章帝時，平原徐肇以三月初生三女，至三日俱亡。邨人以為怪，乃招
攜至水濱洗祓，遂因以水泛觴。其義起此。』帝曰：『必如所談，便非
好事。』」又熊遠傳：「必使督護得才，則賊不足慮也。」又：「然農穰
可致，所由者三：一曰天時不愆，二曰地利無失，三曰人力咸用。若
必春無纖霖之潤，秋繁滂沱之患，水旱失中，雩禳有請，雖使羲和平
秩，后稷親農，理疆畎於原隰，勤蔽藜於中田，猶不足以致倉庾盈億
之積也。」又習鑿齒傳：「時〔桓〕溫有大志，追蜀人知天文者至，夜
執手問國家祚運修短，答曰：『世祀方永。』溫疑其難言，乃飾辭云：
『如君言，豈獨吾福，乃蒼生之幸。然今日之語，自可令盡，必有小小
厄運，亦宜説之。』」又藝術鳩摩羅什傳：「羅什母辭龜茲往天竺，留
羅什住，謂之曰：『方等深教，不可思議，傳之東土，惟爾之力；但於
汝無利，其可如何？』什曰：『必使大化流行，雖苦而無恨。』」《南史》
宋本紀上，武帝紀：「桓玄必守臣節，當與卿事之；不然，與卿圖之。」
《資治通鑑》卷一百十二作「桓玄若守臣節……」。《北史》王羆傳：「諸
人若有異圖，可來見殺；必恐城陷沒者，亦任出城；如有忠誠，能與

王羆同志，可共固守。」又隋煬帝紀：「若有識存亡之分，悟安危之機，翻然北首，自求多福；必其同惡相濟，抗拒王師，若火燎原，刑茲無赦。」《魏書》楊播傳：「津以賊既乘勝，士眾勞疲，柵壘未安，不可擬敵，賊必夜至，則萬無一全。」《隋書》百官志上：「必有奇才異行殊勛別降恩旨敘用者，不在常例。」《梁書》徐摛傳：「會晉安王綱出戍石頭，高祖謂周捨曰：『為我求一人，文學俱長，兼有行者，欲令與晉安遊處。』捨曰：『臣外弟徐摛，形質陋小，若不勝衣，而堪此選。』高祖曰：『必有仲宣之才，亦不簡其容貌。』以摛為侍讀。」又韋粲傳：『聞侯景作逆，……倍道赴援。至豫章，奉命報云：賊已出橫江。粲即與內史劉孝儀共謀之，孝儀曰：『必期如此，當有別敕，豈可輕信單使，妄相驚動？』」《魏書》尒朱榮傳：「今璽運已移，天命有在，宜時即尊號。將軍必若推而不居，存魏社稷，亦任更擇親賢，共相輔戴。」《法苑珠林》卷一百九引《晉文雜錄》（未知作者）：「鷹求像未獲，泝江西上，暫息林間，遇見婆羅門僧，持此像行，曰：『欲往徐州，與吳蒼鷹供養。』鷹曰：『必如來言，弟子是也。』」所記為東晉時事。《大唐世說新語》卷一，匡贊篇：「杜如誨聰明識達，王佐之才。若大王守藩，無用之；必欲經營四方，非此人不可。」唐人沈汾《續仙傳》卷中，王可交傳：「酒之（「之」字《太平廣記》卷二十引作「是」，應據改）靈物。必若得入口，當換其骨；瀉之不出，亦乃命也。」杜荀鶴題會上人院詩：「必能行大道，何用在深山！」《景德傳燈錄》卷七，定州柏巖明哲禪師：「必見水中月，如何攪取？」《舊五代史》晉高帝紀一：「若且寬我，我當奉之；必若加兵，我則外告鄰方，北搆強敵。」又盧文紀傳：「況地處舟車之要，正當天下之心，必若未能解圍，去亦非晚。」梅堯臣題老人泉寄蘇明允詩：「淵中必有魚，與子自徜徉；淵中苟無魚，子特翫滄浪。」「必」、「苟」都是倘若的意思。歐

陽修滁州謝上表：「必欲為臣明辯，莫若付於獄官；必欲措臣少安，莫若置之閑處。」又南省策試五道，第一道：「必若取人以才，考行以實，舉賢者上賞以旌功，不肖者黜地以明罰，自然無冒舉之過，有得人之盛。」

　　《文選》辨命論李善注：「若必為仁而無報，何故修善而立名乎？」《太平廣記》卷三百三十五，章仇兼瓊條：「大使若住蜀，有無涯之壽；若必入朝，不見其吉。」「若必」與「必若」同。又卷四百二，青泥珠條：「必若見賣，當致重價。」

未省　不省　不省曾　何省　未省曾　不醒　省
未曾，沒有。

　　佛說觀彌勒菩薩上生兜率天經講經文：「要飯未曾燒火燭，須衣何省用金錢？」（頁654）「未曾」、「何省」對說，「何省」就是何曾，就是未曾。維摩詰經講經文：『彌勒名叨幷（菩薩），位忝無生，化人之方便素虧，度眾之勲勞未省。剜眼截頭之苦行，未省施為；捨身捨命之殊因，何曾暫作？」（頁595）「未省」和「何曾」』相對，意思也一樣。佛說阿彌陀經講經文：「軌範每常長不闕，威儀未省暫離身。」（頁452）不知名變文：「憶得這身待你來，交（教）人不省傍粧臺。洗面河頭因擔水，梳頭坡下拾柴迴。」（頁814）也都是「未曾」的意思。維摩詰經講經文：「惡事長時與破除，善緣未者教沉屈。」（頁518）又：「仏（佛）威神，令曉悟，未者經云生猒募（慕），聽受身心法（諸）法中，未曾妄（忘）失於行句。」（頁526）又：「接引無辭憚，高低未者偏。」（頁536）「未者」、「末者」都是「未省」之誤。

　　大目乾連冥間救母變文：「長者聞語意以（似，據周紹良《敦煌變文

彙錄》校）悲，心裡迴惶出語遲。弟子閻浮有一息，不省既有出家兒。
和尚莫怪苦盤問，世上人倫有數般。乍觀出語將為異（易），收氣之時
稍似難。俗間大有同名姓，相似顏容幾百般。形容大省曾相識，只竟
思量沒處安。」（頁718）這裡說的是目連尋訪死後上生天宮的父親，
而父親在生未見目連出家，不敢相認。「形容大省曾相識」，「大」是
「不」字之誤；假若相識，就不會「只竟思量沒處安」了。這個「大」
字，是涉上文「俗間大有同名姓」的「大」而誤的，應據「不省既有
出家兒」句例改。「不省曾」也就是「不省」，就是未曾。《舊唐書》韋
昭度傳也有此例，可以為證：「邠州王行瑜求為尚書令，昭度奏議云：
『國朝已來，功如郭子儀，未省曾兼此官。』」又陸游見鵲補巢戲作詩：
「山居四十餘年住，未省曾添一把茅。」語例亦同。

　　杜甫見王監兵馬使說近山有白黑二鷹羅者久取竟未能得詩二首之
二：「黑鷹不省人間有，度海疑從北極來。」敦煌《雲謠集雜曲子》傾
盃樂詞：「憶昔笄年，未省離閤。」白居易恨詞：「翠黛眉低斂，紅珠
淚暗銷。從來恨人意，不省似今朝。」又尋春題諸家園林詩：「平生身
得所，未省似而今。」是說沒有像今天這樣怨恨，像今天這樣得所。歐
陽修送致政朱郎中詩：「平生不省問田園。」即未曾問田園。《唐摭言》
卷十二，酒失篇，史芡上李中丞書：「自拜揖馬塵，十有三載，盃酒歌
詠，久蒙提攜，未省竟有差失。中丞因賜賞鑑，辟書府。」《太平廣記》
卷四百四十九引戴君孚《廣異記》，汧陽令條：『騎尋至門，通云：劉
成謁令。令甚驚愕：初不相識，何以見詣？既見，升堂坐，謂令曰：
『蒙賜婚姻，敢不拜命？』初令在任，有室女年十歲，至是十六矣。令
云：『未省相識，何嘗有婚姻？』」《舊五代史》唐書李襲吉傳：「比者
僕與公實聯宗姓，原忝恩。……嚮向仁賢，未省疎闊。」又周書馮道
傳：「道微時嘗賦詩云：『終聞海嶽歸明主，未省乾坤陷吉人。』」後樑

杜荀鶴傷病馬詩：「騎來未省將鞭觸，病後長教覓藥醫。」南唐王貞白從軍行：「從軍朔方久，未省用干戈。祇以恩信及，自然戎虜和。」歐陽修依韻答杜相公寵示之作詩：「平生未省降詩敵，到處何嘗訴酒巡！」蘇軾和子由次王鞏韻詩：「平生未省為人忙，貧賤安閑氣味長。粗免趨時頭似葆，稍能忍事腹如囊。」蘇轍初發嘉州詩：「余雖生江陽，未省到嘉樹。」又和子瞻渦口遇風詩：「平生未省見，驚顧欲狂走。」又次韻姚道人詩：「獨怪區區踐繩墨，相逢未省角巾敧。」（黃山谷集中也有此詩，題為次韻文安國紀夢。）趙德璘《侯鯖錄》卷五，商調蝶戀花詞十曲之一：「錦額重簾深幾許，繡履彎彎未省離朱戶。」《括異志》卷五：「見君居常以禮自持，未省一言及亂。」王涯閨人贈遠五首之四：「啼鶯綠樹深，語燕雕樑晚。不省出門行，沙場知近遠？」是說閨人從來沒有出門過。元稹寄庾敬休詩：「小來同在曲江頭，不省春時不共遊。」也是未曾的意思。牛僧孺《玄怪錄》崔紹條：「平生履善，不省為惡，今有何事，被此追呼？」陸游數日不出門偶賦詩：「衰甚身如作繭蠶，經旬不省出茅菴。」《聊齋志異》西湖主：「羈旅之臣，生平不省拜侍。」

　　《北夢瑣言》卷四，崔禹昌不識牛條，記朱全忠與崔問答：「乃問曰：『莊中有牛否？』禹昌曰：『不識得有牛。』——意是無牛，以時俗語『不識得有』對之。」「省」本來有知道、識得的意思，「未省」、「不省」當沒有講，恰好和「不識得有」當沒有相似。不過後來「不省」直作未曾解了。

　　「不省」又作「不醒」，《太平廣記》卷五十引裴鉶《傳奇》，裴航條：「後有仙女，鬟髻霓衣，云是妻之姊耳。航拜訖，女曰：『裴郎不相識耶？』航曰：『昔非姻好，不醒拜侍。』」「醒」和「省」同音通用。

　　也有祇用「省」作曾經解的。白居易畫竹歌：「西叢七莖勁而健，

省向天竺寺前石上見。東叢八莖疏且寒，憶曾湘妃廟裡雨中看。」省和曾對說，二字義同。賈島寄賀蘭朋吉詩：「會宿曾論道，登高省議文。」又送令狐相公詩：「罷耕田料廢，省釣岸應榛。」「省釣」猶如說舊曾釣處。「罷耕」和「省釣」互文見義，「罷耕」包有從前耕過之意，「省釣」包有現在久已罷釣之意。又贈僧詩：「從來多是遊山水，省泊禪舟月下濤。」李商隱評事翁賜寄餳粥走筆為答詩：「粥香餳白杏花天，省對流鶯坐綺筵。今日寄來春已老，鳳樓迢遞憶鞦韆。」「省對」就是曾對，與「今日」相對而言。唐人李郢張郎中宅戲贈詩二首之二：「謝家青妓邃重關，誰省春風見玉顏？」李洞敍舊遊寄栖白詩：「省衝鼉沒投江島，曾看魚飛憶海檣。」黃滔和吳學士對春雪獻韋令公次韻詩：「梁苑還吟客，齊都省創宮。」蘇軾作詩寄王晉卿忽憶前年寒食之遊走筆為此：「扣門狂客君不麾，更遣傾城出翠幃。書生老眼省見稀，畫圖但覺周昉肥。」謂曾經見到過的女子像這樣的美人是稀有的，「省」也是曾。

麗水一帶說「未曾」為〔misəŋ〕，「勿曾」為〔fəʔsəŋ〕，與「省」、「醒」音同或音近。

乍可　乍　乃可　詐　奈可

寧可，情願。

捉季布傳文：「侯瓔（嬰）拜舞辭金殿，來看季布助歡忻，『皇帝捨愆收敕了，君作無憂散憚（誕）身。』季布聞言心更大，『僕恨多時受苦辛。雖然奏徹休尋捉，且應潛伏守灰塵。若非有勅千金詔（召），乍可遭誅徒現身。』」（頁68）這是說如果漢皇不拿千金來召他，就寧願遭誅。王昭君變文：「乍可陣頭失却馬，那堪向老更亡妻」（頁106）胡人看重鞍馬，陣頭失馬，更是大事，而單于寧願失馬，不願亡妻，

説明他愛昭君之切。此外的例子，如鷰子賦：『乍可從君懊惱，不得遣我脱枷。」（頁 252）蘇武李陵執別辭：「乍可□□沙漠，恓恓虜庭，北闕之下，求得錐寸（寸錐）置利（《變文集》校作「身」），煞父（母）天子，誰能手事？」（頁 849）降魔變文：「乍可決命一迴，不能虛生兩度。」（頁 374）

目連緣起：「今得離於地獄，化為母狗之身，不淨乍可食之，不欲當時受苦。」（頁 710）這是説寧可化作母狗，拿糞便來充飢，不願受地獄的苦楚。下文説：「我乍人間食不淨，不能時向在阿鼻。」語意和這裡相同，「乍」就是「乍可」。少一個「可」字，是因為「可」本來是語助詞，有沒有不影響意義，見釋容體篇「慢慢、漫漫塲塲」條。

漢將王陵變：「王陵謂曰：『乍減者（這）御史大夫官以（與）陵作衙官以否？陵道捉便須捉，陵道斬便須斬。……』」（頁 38）這是王陵問灌嬰，願意不願意降低御史大夫的身分，給王陵充當衙官，聽王陵的命令行事。這裡「乍」作情願解。

醜女緣起：『乃可不要富貴，亦不藉你官職。」（頁 793）「乃可」也是寧可。

《敦煌遺書總目索引》，斯坦因刧經錄，3287 卷，樂住山：「乍可居山一束草不羨世上萬重氈。」

《舊唐書》馬周傳，周上疏：「縱使術踰儕輩，伎能有取，乍可厚賜錢帛，以富其家，豈得列預士流，超授高爵！」又忠義程千里傳：「橋壞墜坑，反為希德所執。仰首告諸騎曰：『……為我報諸將：乍可失帥，不可失城。』」

《朝野僉載》卷一，記錢塘縣主簿夏榮對杭州刺史裴有敞的夫人説：「使君命合有三婦，若不更娶，於夫人不祥。」夫人説：「乍可死，此事不相當也。」高適封丘作詩：「乍可狂歌草澤中，寧堪作吏風塵

下？」元稹決絕詞：「乍可為天上牽牛織女星，不願為庭前紅槿枝。」又夢遊春詩：「不言意不快，快意言多忤。忤誠人所賊，性亦天之付。乍可沈為香，不能浮作瓠。」齊己黃雀行：「殷勤避羅網，乍可遇鵬（鷳）鷯。鵬（鷳）鷯雖不仁，分明在寥廓。」《苕溪漁隱叢話》前集卷五十六引王梵志詩：「梵志翻著襪，人皆道是錯。乍可刺你眼，不可隱我腳。」傳為韓愈的辭唱歌詩：「乍可阻君意，艷歌難可為。」杜荀鶴秋日閑居寄先達詩：「乍可百年無稱意，難教一日不吟詩。」

宋辛棄疾六州歌頭詞：「嘆青山好，簷外竹，遮欲盡，有還無。刪竹去，吾乍可，食無魚。愛扶疎，又欲為山計，千百慮，累吾軀。」「刪竹去」三句是說想刪竹而又愛竹，這幾句話用蘇軾於潛僧綠筠軒詩「可使食無肉，不可使居無竹。無肉令人瘦，無竹令人俗」的話，不過因為叶韻的關係而改「肉」作「魚」罷了。「乍可食無魚」就是「寧可食無魚，不可居無竹」的意思。這一條也見於《詩詞曲語辭彙釋》卷一，《匯釋》也引六州歌頭，這裡略加推衍。又玉樓春詞：「故人別後書來勸，乍可停盃強喫飯。」

李白設辟邪伎鼓吹雉子斑曲辭：「乍向草中耿介死，不求黃金籠下生。」唐人汪遵屈祠詩：「不肯迂迴入醉鄉，乍吞忠梗沒滄浪。」《能改齋漫錄》卷八，三詩皆用清渾字條，參寥詩：「乍為含垢千尋濁，不作驚人一掬清。」「乍」也是「乍可」。

張籍促促詞：「願教牛蹄團團羊角直，君身常在應不得。」這裡以《全唐詩》為據本，別本「羊」作「一」，應以《全唐詩》為勝。「願」字《全唐詩》校道：「一作乍。」也應以作「乍」為是。「乍」就是寧願，意思是寧願見到異樣的事情，也要丈夫常在，祇是辦不到罷了。

謝靈運述祖德詩二首之一：「臨組乍不緤，對珪甯肯分」按：這兩句直襲左思詠史詩「臨組不肯緤，對珪寧肯分？」而略加變易，「乍不

綵」即寧願不綵。這大概是見到最早的「乍」作寧願解的例。

《魏書》李孝伯傳：「〔李曾〕出為趙郡太守，令行禁止，刼盜奔竄，太宗嘉之。并州丁零數為山東之害，知曾能得百姓死力，憚不入境。賊於常山界得一死鹿，謂趙郡地也，賊長責之，還令送鹿故處。隣郡為之謠曰：『詐作趙郡鹿，猶勝常山粟。』其見憚如此。」「詐」就是「乍可」的「乍」。

唐人鮑溶歸雁詩：「乍甘煙霧勞，不顧龍沙縈。」「乍甘」也是寧願。

周紹良《補敦煌曲子詞》錄自莊嚴堪所藏《維摩詰經》背後所錄的十三首失調名的詞之九：「乃可刀頭劍下死，夜夜不辦守空房。」《北史》魏濟陰王小新成傳：「乃可死作惡鬼，不能生為叛臣。」《梁書》太祖五王臨川靜惠王宏傳：「宏少而孝謹。齊之末年，避難潛伏，與太妃異處，每遣使參問起居。或謂宏曰：『逃難須密，不宜往來。』宏銜淚答曰：『乃可無我，此事不容暫廢。』」《魏書》獻文六王北海王詳傳：「乃可重選慎官，依律劾禁，不宜輕改法令，削黜羣司。」唐釋道宣《續高僧傳》卷六，道超傳：「又聞龍光寺僧整，始就講說，彌復勇銳，嘆曰：『乃可無七尺，事何在於人後？』惆悵疾心，累日廢業。」《法苑珠林》卷九十九，六度篇第八十五之三，持戒部：「寧當抱渴而死，弗飲水蟲；乃可被繫而終，無傷艸葉。」（比丘之法不得傷草，如被草繫縛，則如法不能毀繫。見本卷引《大莊嚴論》。）肅州防戍都給歸義軍的報告（斯 389 卷，引見《中華文史論叢》第一輯，唐長孺：關於歸義軍節度使的幾種資料跋）：「其龍王弟不聽充只（質）：『若發遣我迴鶻內入只（質），奈可自死。』」「奈可」與「乃可」同，都是寧可的意思。

「乍可」又作「怎可」講，這是另一個意義。《龍筋鳳髓判》卷一，

考功判：「雞冠比玉，乍可依稀？魚目參珠，曾何髣髴？」

假使　設使　假如　假令　設令　正使　正令　借使　借令　借如　假即使，縱予連詞。

維摩詰經講經文：「假使百千萬年，以滄海水洗之，亦不能淨。」
（頁585）不知名變文：『假使千人防挼（援），直饒你百種醫術，自從渾沌（沌）以來，到而今留得幾個？」（頁817）破魔變文：「假使有拔山舉頂（鼎）之士，終埋在三尺土中。」（頁344）降魔變文：「假使身肉布地，尚不辭勞，況復小小輕財，敢向佛邊怪（悋）惜？」（頁371）廬山遠公話：「假使祁（祇）婆濃藥，鷂鵲行針，死病到來，無能勉（免）得。」（頁180）无常經講經文：「設使這身歸大夜，是伊不作也無憂。」（頁666）左街僧錄大師壓座文：「設使身成童子兒，年登七八歲髻鬟垂，父憐漏（編？）草竹為馬，母惜胭頤黛染眉，女郎（即）使聞周氏教，兒還教念百家詩，算應未及甘羅貴，早被无常暗裡追。」（頁840，《變文集》斷句錯誤，今改正）《中國語文》1961年11、12月號，胡竹安敦煌變文中的雙音連詞，文謂：「假使」、「設使」本來是假設連詞，變文中多作縱予連詞。上列各例，第一例有「亦」呼應，第二例與「直饒」互文，第七例與前幾句的「饒、前饒」相對應，各例偏句中的意思都不是一般的假設，如「有拔山舉鼎之士」、「身肉布地」都帶有誇張口氣，「祇婆濃藥、鷂鵲行針」、「身成童子兒」、「這身歸大夜」等也僅作為姑且假定的條件而已。「假使」作「即使」講，在唐代其他文獻中也有，但不多見。如白居易凶宅詩：「假使居吉干，孰能保其躬？」又山路偶興詩：「獨吟還獨嘯，此興殊未惡。假使在城時，終年有何樂？」陸贄請許臺省長官舉薦屬吏狀：「假使聖如伊周，如楊

墨，求諸物議，孰免譏嫌？」《雲溪友議》卷中：「假使潘岳復生，無
以悼其幽思也。」《百喻經》卷上：「汝大愚癡，無有智慧。此驢今日
適可都破，假使百年，不能成一。」唐以後的文獻中「假使」仍作假設
連詞，直至現代。如《朱子語類輯略》卷八：「假使縣空白撰得一人如
此，則能撰之人，亦自大有見識，非凡人矣。」禮鴻按：胡氏引證很明
確，但《朱子語類輯略》的「假使」仍是即使，不是假設連詞。又如
《容齋四筆》卷七，文潞公平章重事條載司馬光乞詔文彥博置之百僚之
首以鎮安四海奏：「切惟彥博一書生耳，年逼桑榆，富貴已極，夫復何
求！非有兵權死黨可畏懼也。假使為相，一旦欲罷之，止須召一學
士，授以詞頭。白麻一出，則一匹夫爾。何難制之有！」《劉知遠諸宮
調》第二：「洪義致怒，兩手搦得棒煙生；假使石人，着後應當也傷
損。」可知「假使」到宋、金間仍有作縱予連詞用的。又，變文中還有
王昭君變文「假使邊庭突厥寵，終歸不及漢王憐」（頁 101）和太子成
道經「若說人間恩愛，不過父子之情；若說此世因緣，莫若親生男女。
假使百蟲七鳥，駈駈猶為子此（衍文）身」（頁 293）二例，胡氏沒有
引。《孔氏談苑》卷一：「其後韓絳西討，河東起兵八萬人。時太原遣
卒三千，皆丁壯強硬，令至軍前交割。曉夕奔走，飢不得食，困不得
息。既而班師，不用遣還，形已如鬼，風吹即仆。假使見虜，則不戰
成禽矣。」這是宋人用「假使」作假設連詞的例子。

　　《法苑珠林》卷六十二引《報恩經》：「假使熱鐵在我頂上，終不
以苦退於佛道。」卷九十九引《大莊嚴論》：「假使毀犯戒，壽命百千
年，不如護禁戒，即時身命滅。」《佛本行集經》卷四十九，五百比丘
因緣品第五十：「爾時馬王，告諸商人：『汝等當知：彼羅剎女，不久
應來，或將男者，或將女者，顯示於汝，慈悲哀哭，受於苦惱。汝等
於時，莫生染著愛戀之心。汝等若起如是意言：彼是我婦，彼是我

男，彼是我女，汝等假使乘我背上，必當墮落，為彼羅剎之所噉食。汝等若作是意念：彼非我許，我非彼物，非我男女，於時汝等，設使以手執我一毛而懸之者，我於是時，安隱將送汝諸人輩渡彼鹹水，到達彼岸。」「假使乘我背上」和「設使以手執我一毛而懸之」互相映襯，一則極言其穩，一則極言其危，都是縱予的語氣。《賢愚經》卷十二波婆離品第五十：「時憍陳如尋即說言：『假使有人得百車珍寶，計其福利，不如請一淨戒沙門，就舍供養，得利弘多。』舍利弗言：『設令有人得一閻浮提滿中珍寶，猶不如請一淨戒者就舍供養，獲利彌多。』目犍連言：『正使有人得二天下滿中七寶，實不如請一清淨沙門，於舍供養，得利極多。』」又「時阿那律復自說言：『正令得滿四天下寶，其利猶復不如請一清淨沙門，詣舍供養，得利殊倍。』」《雜寶藏經》卷二，波斯匿王醜女賴提緣第二十：「王將此人入於後園而約勑，言：『吾生一女，形貌醜惡，不中示人。今欲妻卿，可得尒不？』時長者子白王言：『王所約勑，假使是狗，尚猶不辭。何況王女，而不可也？』」《佛本行集經》是隋譯，《賢愚經》、《雜寶藏經》是元魏譯。按：《論衡》感虛篇：「使堯之時天地相近不過百步，則堯射日矢能及之；過百步，不能得也。假使堯時天地相近（此下脫「不過百步」四字），堯射得之，猶不能傷日。」《三國志》吳志周瑜傳裴松之注引晉人虞溥《江表傳》，記周瑜語蔣幹：「假使蘇張更生，酈叟復出，猶撫其背而折其辭，豈足下幼生所能移乎！」又周魴傳注引同書：「令於郡界求山谷魁師為北賊所聞知者，令與北通。……竊恐此人不可卒得。假使得之，懼不可信。」又比佛經出現得早。《大唐世說新語》卷二，極諫篇，載充容徐惠諫太宗造玉華宮書：「假使和雇取人，豈無煩擾之弊？」劉知幾《史通》雜說上，推成敗由命的說法道：「惡名早著，天孽難逃，假使彼四君才若桓文，德同湯武，其若之何？」《晉書》姚泓

載記：「宜遷諸鎮戶內實京畿，可得精兵十萬，足以橫行天下，假使二寇交侵，無深害也。」呂隆載記：「今連兵積歲，資儲內盡，強寇外逼，百姓嗷然無餬口之寄，假使張、陳、韓、白，亦無如之何。」《梁書》蕭子恪傳：「昔劉子輿自稱成帝子，光武言：『假使成帝更生，天下亦不復可得，況子輿乎？』」《魏書》韓麒麟傳：「然君子之門，假使無當世之用者，要自德行純篤，朕是以用之。」《舊唐書》韋玄同傳，論選舉疏：「假使平如權衡，明如水鏡，力有所極，照有所窮。」《陸宣公翰苑集》卷十，賜吐蕃將書：「假使踰於萬匹，亦當稱彼所求。」白居易過裴令公宅二絕句之二：「梁王舊館雪濛濛，愁殺鄒枚二老翁。假使明朝深一尺，亦無人到兔園中。」又凶宅詩：「四者如寇盜，日夜來相攻。假使居吉土，孰能保其躬！」又贈王山人詩：「言長本對短，未離生死轍。假使得長生，才能勝夭折。」歐陽修乞罷上元放燈劄子：「目下陰雪未解，假使便得晴明，坊市不免泥淖。」《洗冤集錄》卷二，五，疑難雜說下：「假使驗得甚實，吏或受賂，其事亦變。」

白居易座中戲呈諸少年詩：「縱有風情應淡薄，假如老健莫誇張。」又五年秋病後獨宿香山寺三絕句之三：「更過今年年七十，假如無病亦宜休。」《太平廣記》卷三百五十七引《河東記》：「賊禿奴，遣爾辭家剃髮，因何起妄想之心？假如我真女人，豈嫁與汝作婦耶！」以「假如」為即使，跟以「假使」為即使相同。

司馬遷報任少卿書：「僕之先人，非有剖符丹書之功；文史星曆，近乎卜祝之間；固主上所戲弄，倡優畜之，流俗之所輕也。假令僕伏法受誅，若九牛亡一毛，與螻蟻何異！」《三國志》吳志陸抗傳：「江陵城固兵足，無所憂患。假令敵沒江陵，必不能守，所損者小。」《南史》到溉傳，溉答任昉詩：「余衣本百結，閩中徒八蠶，假令金如粟，

詎使廉夫貪！」梁人朱超詠剪綵花詩：「假令春已度，終住手中開。」
《顏氏家訓》涉務篇：「江南朝士，因晉中興，南渡江，卒為羈旅。至
今八九世，未有力田，悉資俸祿而食耳。假令有者，皆信僮僕為之。」
《北史》郭祚傳：「祚持身潔清，重惜官位。至於銓授，假令得人，必
徘徊久之，然後下筆。」《隋書》音樂志上：「朕君臨南面，道風蓋闕。
嘉祥時至，為媿已多。假令巢佯軒閣，集同昌戶，猶當顧循寡德，推
而不居。況於名實頓喪，自欺耳目」《唐律疏議》卷二十四，鬪訟四：
「匿名之書不合擫校，得者即須焚之，以絕欺詭之路。……被告者，假
令事實，亦不合坐。」李白上李邕詩：『大鵬一日同風起，摶搖直上九
萬里。假令風歇時下來，猶能搊却滄溟水。」《舊唐書》劉洎傳：「今
太子一侍天闈，動移旬朔；師傅以下，無由接見。假令供奉有隙，蹔
還東宮，拜謁既疎，且事欣仰，規諫之道，固所未暇。」白居易請罷兵
第三狀：「劉濟大姦，過於羣輩。……假令劉濟實忠實盡，陛下難阻其
心，猶須計量重輕，捨小圖大。」姜夔昔遊詩十五首之四：「假令無恨
事，過此亦依依。」「假令」義與「假使」同。《漢書》王莽傳中：「正
有它心，宜令州郡且尉安之。」顏師古注：「假令〔高句驪侯〕驟有惡
心，亦當且尉安。」按：王念孫《讀書雜誌》，歷舉《漢書》五個「正」
字，說「正猶即也」，而謂「此五字師古皆無注」。其實王莽傳「正」
字就是五個「正」字之一，師古已以「假令」注之；王氏却說無注，
這是他不知道「假令」就是即使，殊為疏舛。

　　《廣雅》釋詁：『假，弛也。」王念孫《廣雅疏證補正》：「桓十三
年《左傳》：『見莫敖而告諸天之不假易。」言天道之不相寬假也。僖
三十三年《左傳》云：『敵不可縱。』《史記》春申君傳作『敵不可假』，
《秦策》作『敵不可易』，是假、易皆寬縱之意也。」據此可知「假使」
就是縱使，與現代作假設連詞不同，其來源是很遠的。

　　「假使」、「假令」在《資治通鑑》裡多作「借使」、「借令」，陸機辯亡論也用「借使」，宋人用「借使」、「借令」的頗多，《通鑑》祇各舉一例。陸機辯亡論下：「借使中才守之以道，善人禦之有術，敦率遺典，勤民謹政，循定策，守常險，則可以長世永年，未有危亡之患也。」《通鑑》卷一百九十六，唐紀十二，太宗貞觀十五年：「借使遂良不記，天下亦皆記之。」又卷一百五十一，梁紀七，武帝大通元年：「〔崔〕孝芬曰：『臣蒙國厚恩，實無斯語，借令有之，誰能得聞！』」歐陽修詩解，十五國風解：「借使周天子至甚無道，則周之樂工敢以周王之詩降同諸侯乎！」郭若虛《圖畫見聞志》卷一，敍論，論古今優劣：「至如李〔成〕與關〔仝〕、范〔寬〕之跡，徐〔熙〕暨二黃〔筌、居寀〕之蹤，前不謝師資，後無復繼踵，借使二李〔思訓、昭道〕三王〔維、熊、宰〕之輩復起，邊鸞、陳庶之倫再生，亦將何以措手於其間哉！」蘇軾上神宗皇帝書：「且夫常平之法也可謂至矣，所守者約，而所及者廣。借使萬家之邑止有千斛，而谷（穀）貴之際千斛在市，物價自平。」辛棄疾玉樓春用韻答傅巖叟葉仲洽趙興國詞：「人間踏地出租錢，借使移將無著處。」喻汝礪具茨集序：「借使文帝盡用其言，誼亦安能有所建立於天下乎！」《苕溪漁隱叢話》後集卷三十八引《許彥周詩話》：「唐清遠道士同沈恭子遊虎丘詩……嗚呼，借使非神仙，亦一才鬼也。」卷三十九引嚴有翼《藝苑雌黃》：「余謂柳〔永〕作此詞，借使不忤旨，亦無佳處。」王安石上歐陽永叔書：「若萬一幸被館閣之選，則於法當留一年。借令朝廷憐憫，不及一年，即與之外任，則人之多言，亦甚可畏。」又贈曾子固詩：「吾語羣兒勿謗傷，豈有曾子終皇皇！借令不幸賤且死，後日猶為班與揚。」曾幾同逢子韻寄逮子促其歸詩：「借令不共黃花酒，莫與西風作後塵。」楊萬里暮宿半塗詩：「借令今夕寒，我醉亦不知。」又聞一二故人相繼而逝感嘆書懷

詩：「造物本嗇與，我乃多取媸。借令彼不怒，退省我獨安？」陸游寄題方伯謩遠菴詩：「借令不用老山林，尚欲著書垂萬世。」

陸贄論關中事宜狀：「借如吐蕃實和，回紇無憾，戎狄貪詐，乃其常情，苟有便利可窺，豈肯端然自守！」「借如」同「假如」，也是即使。

還有用「假」一字作縱予連詞的。《周書》晉蕩公護傳，載齊主令人為宇文護母閻姬與護書：「假汝貴極王公，富過山海，有一老母，八十之年，飄然千里，死亡且夕，……汝雖窮榮極盛，光耀世間，汝何用為！於吾何益！」《資治通鑑》卷一百五十三，梁紀九，武帝大通元年，魏北海王顥使祖瑩作書遺魏主：「朕泣請梁朝，誓在復恥，正欲問罪於爾朱，出卿於桎梏。卿託命豺狼，委身虎口；假獲民地，本是榮物，非卿所有。」《魏書》楊播傳：「汝等若能存禮節，不為奢浮憍慢，假不勝人，足免尤誚，足成名家。」駱賓王上吏部裴侍郎書：「假物議之無嫌，實吾斯之未信。」宋人熊克《中興小紀》卷四：「或勸〔張〕益謙委城遁者。〔郭〕永曰：『北守所以遮梁宋，敵得志則席捲而南，朝廷危矣。假力不敵，猶當死守，徐挫其鋒，以待外援。』」

又按：胡竹安說唐以後的文獻中「假使」仍作假設連詞，引《朱子語類輯略》例，《語類》的「假使」仍為縱予連詞而非假設連詞，已如前述。現在再要補充的，是「假使」作假設連詞用，唐代以前已有其例。《三國志》魏志張既傳「使參軍成公英督千餘騎挑戰」裴松之注引魚豢《魏略》：「會〔韓〕遂死，英降太祖。……公抵掌謂曰：但韓文約可為盡節，而孤獨不可乎？」英乃下馬而跪曰：『不欺明公，假使英本主人在，實不來在此也。』」魚豢是魏人，「假使」作假設連詞，三國時已有用例。又，《顏氏家訓》雜藝：「王褒地冑清華，才學優敏，後雖入關，亦被禮遇，猶以書工，崎嶇碑碣之間，辛苦筆硯之役。嘗

悔恨曰：『假使吾不知書，可不至今日邪！』」是北齊用「假使」作假
設連詞的例。

遮莫　遮不　占不
儘管。

「遮莫」作儘管講，是唐宋元人習語。破魔變文：「遮莫金銀盈庫
藏，死時爭豈與君將？」（頁344）此外不須多舉例子。又作「遮不」、
「占不」，這却是很少見的。妙法蓮華經講經文：「直饒珠寶如山岳，遮
不綾羅滿殿堂，煞鬼忽然來到後，阿誰能替我無常？」（頁490）徐震
堮校道：『遮不』當作「遮莫」。初看好像對的，但醜女緣起「天然既
沒紅桃色，遮莫七寶叫身鋪」兩句（頁793），次句乙卷作「占不頭盈
白王（玉）梳」，可見「占不」即「遮莫」，而「遮不」也就是「占不」，
「不」字不能隨便改。何以又作「遮不」，「莫」和「不」是否有意義上
的關聯，尚難解釋。

宋閩刻本《山谷琴趣外編》，醉落魄，止酒用前韻作二首呈吳元祥
詞：「愛割金荷，一盌淡莫托。」明嘉靖寧州祠堂本《豫章黃先生詞》
「莫托」作「不拓」。按：「不拓」即「不托」、「飥」、「餺飥」，宋明
本「莫」、「不」異文，和「遮莫」亦作「遮不」相似，附記備考。又，
「遮莫」元曲中也作「者莫」、「者麼」、「折莫」、「折麼」、「折末」，
例從略。

《搜神記》卷十八，載張華以犬試狐，狐曰：「我天生才智，反以
為妖，以犬試我。遮莫千試萬慮，其能為患乎？」

長短

終究，到底。

維摩詰經講經文：「菩提不是觸塵收，何處説言身上覓，菩提不是觸塵攝，爭得交他性上求？菩提相狀既全无，菩提長矩何曾有？」（頁598）「矩」是「短」的錯誤，參看釋事為篇「短午」條。「長短何曾有」就是終究何曾有，到底何曾有。按唐人「長短」一詞，《詩詞曲語辭彙釋》釋謂：「猶云總之或反正也。」這個解釋是對的，但就變文語氣而言，則應解作終究或到底為宜。唐人薛能留別關東舊遊詩：「我去君留十載中，未曾相見及花紅。他時住得君應老，長短看花心不同。」羅隱秋夕對月詩：「姮娥謾偷藥，長短老中閨。」是語意接近於終究或到底的例子。

蘇聯東方研究所藏唐人卷子佛報恩經講經文：「到年長大解思寸（忖），長短却來尋覓兄。」

須

通用作「雖」。

漢將王陵變：『王陵須是漢將，住在綏州茶城村。」（頁41）又：「陵母天生有大賢，聞喚王陵意慘然。須是女兒懷智節，高聲便答楚王言。」（頁42）張義潮變文附錄二：「流沙古賽（塞）改（沒）多時，人物須存改舊儀。」（頁118）晏子賦：「梧桐樹雖大裏空虛，井水雖深裏無魚。」（頁244）原卷兩個「雖」字都作「須」，《變文集》校者據乙卷改前一字，據甲、乙、丁卷改後一字作「雖」。降魔變文：「園須即好，荵蒜極多，臭穢動（熏）天，聖賢不堪居住。」（頁364）又：「園雖即好，林木芙（扶）疏，多有酒坊猖（娼）姪之室，長眾生之昏闇，

滋苦海之根源。」（頁 365）前用「須」而後用「雖」，意義是一樣的。大目乾連冥間救母變文：「貧道須是出家兒，力小那能救慈母？」（頁 735）韛韛書後附的十二時：『人定亥，君子須貧禮常在。」（頁 860）搜神記扁鵲條：「太子須死，猶故可活之。」（頁 867）以上各條，《變文集》或改或不改，其用「須」作「雖」則一，大抵都是方音聲近而字也不分，現在湖南人大多讀「雖」作「須」，江蘇如皋也如此。本條已見《詩詞曲語辭彙釋》卷一。又《法苑珠林》卷三十七引《唐高僧傳》，唐雍州義善寺釋法順傳：「忽感一犬，……徑入窟內，口銜土出；須更往返，勞而不倦。」王安石送明州王大卿詩：「屬城舊吏須疲懶，尚可揮毫敵李舟。」黃庭堅戲咏臘梅詩：「雖無桃李顏，風味極不淺。」《詩話總龜》卷二十引《王直方詩話》記此作「雖」作「須」。《千家詩》載宋人盧梅坡雪梅詩：「梅須遜雪三分白，雪却輸梅一段香。」

却
再，復。

　　前漢劉家太子傳：「今投甚處，興得軍兵，却得父業？」（頁 161）唐太宗人冥記：「陛下若答得，即却歸長安；若□□（答不）得，應不及再歸生路。」（頁 213）「却」和「再」相對成文。破魔變文：「醜女却猶（獲）端正身，口過懺（懺）除得解免。」又：「魔女却獲端正，還歸本天。」（並見頁 354）長興四年中興殿應聖節講經文：「樗榆凡木遶亭臺，伐倒何須又却裁（栽）？」（頁 424）

　　本條已見《詩詞曲語辭彙釋》卷一。又《水滸傳》第九回：「管營道：『果是這人證候在身，待病痊可却打。』」是說病好後再打殺威棒。

　　杜甫羌村詩三首之二：「嬌兒不離膝，畏我復却去。」蔡夢弼箋：

「謂以拾遺之職所繫也。」陳師道別三子詩：「枕我不肯起，畏我從此辭。」明白地是用杜詩，任淵注就引杜甫這兩句。可見蔡、陳都以為杜詩的意思是他的兒女怕他有官職，還要離開家庭；「却」就是復，「復却」同義連文。而近時釋者，以為杜甫剛到家，風塵跋涉，面目可畏，所以嬌兒退避，這樣講法又何以解「不離膝」三字呢？

敬

「更」的同音假借字，再。

韓擒虎話本：「臣願請軍，敬與隨（隋）駕兵士交戰。」（頁 202）維摩詰經講經文：「曾終十善重仏僧，敬莫交身沉六趣。」（頁 584）這兩個「敬」字都應解釋作更。韓擒虎話本所說的是任蠻奴已被韓擒虎戰敗，現在再要去交戰；維摩詰經講經文的「敬」和「曾」字相應，「敬莫」就是更莫。無常經講經文：「更擬説，日西垂，坐下門徒各要歸。」（頁 661）《敦煌曲校錄》，十二時，普勸四眾依教修行：「敬疑講，日將西，計想門徒總大歸。」「疑」就是「擬」的誤字，「大」就是「待」的假借字，見釋事為篇「大、大擬、大欲」條。十二時和無常經講經文語意完全相同，是「敬」借作「更」的確證。「更」和「敬」聲韻都相同，只有開口齊齒的差別，戲曲中更鼓的「更」就唸作齊齒音，如《玉簪記》琴挑的「更深漏深」，可見「敬」是能借作「更」的。

《雲謠集雜曲子》，竹枝子詞：「待伊來敬共伊言：須改枉（狂）來段（斷）却顛。」「敬」也是更字的假借，玩味詞意，這要講的話以前早已講過，現在更要講得叮嚀鄭重罷了。

復

更，表示比較級中的差比，即「比……更……」的意思。

　　降魔變文：「面北（比）嗔（靛）而更青，目類朱而復赤。」（頁387）『復』與『更』同義對文。蘇軾被酒獨行徧至子雲威徽先覺四黎之舍詩三首之一：「半醒半醉問諸黎，竹刺藤梢步步迷。但尋牛矢覓歸路，家在牛欄西復西。」即西邊更西邊。

頗

和「叵」相同，就是「不可」。

　　降魔變文：「過去百千諸佛，皆曾止住其中，說法度人，量塵沙而頗笇。」（頁365）「笇」是「算」的俗寫，「量塵沙而頗算」，是說所度的人，數目和塵沙一樣多得不可算。《廣韻》上聲三十四果韻，「頗」、「叵」兩個字都音普火切，所以「頗」可以借作「叵」。《說文新附》：「叵，不可也。從反可。」韓愈答柳柳州食蝦蟆詩：「叵堪朋類多，沸耳作驚爆。」《舉正》：「閩杭本曾謝校同作叵，蜀本作頗。」這一異文也說明「叵」、「頗」通用。

　　《孤本元明雜劇》元人闕名《閥閱舞射柳捶丸記》頭折，韓魏公白：「頗奈北番虜寇無賴，侵犯邊境。」「頗奈」就是「叵耐」。

直得　置得　直到

「致得」的假借，表示有所使而然，即「由於……致使……」之意。

　　廬山遠公話：『遠公便為眾宣揚大涅槃經義，直得諸方來聽，雨驟雲奔，競來聽法。」（頁171）這和同篇「不知道安是何似生？敢（感）

得〔聽〕眾如雲，施利若雨」（頁173）語意完全相同，可見「直得」和「感得」意思相近。捉季布傳文記述朱解買了季布為奴，後來看到季布騎馬擊毬、盤槍弄劍等等本領，就「朱解當時心大怪，愕然直得失精神」（頁63），這是說由於見了季布的技藝，致使朱解愕然失神。齖䶗書：『齖䶗新婦甚典硯，直得親情不許見。』（頁858）這是說由於新婦的典硯（見「典硯」條），致使親戚不許見她。其他的例子如廬山遠公話：「十月滿足，生產欲臨，百骨（此字疑衍）節開張，由如鋸解，直得四支體折，五臟疼痛。」（頁179）維摩詰經講經文：「解歌音，能律呂，簫韶直得陰雲布。」（頁629）蘇武李陵執別辭：「李陵聞誚，直得身皮骨解。」（頁848）意思都一樣。

　　破魔變文：「伏惟我府主僕射，神資直氣，岳降英靈，懷濟物之深仁，蘊調元之盛業……致得歲時豐稔，管境謐寧。」（頁345）「致得」和上面所釋「直得」的意思相同，「直得」就是「致得」的假借。「直」是「值」字的聲符，古代「直」、「值」二字多通用，「直」應該可以讀如「值」，而「值」、「致」的字音最為相近。就發聲而言，「致」屬知母，「值」屬澄母（「直」也屬澄母），都是舌上音。就韻而言，《廣韻》「致」在去聲六至，「值」在去聲七志，唐人至、志二韻是同用的。如韓愈寄皇甫湜詩「四」和「吏」、「字」、「值」叶韻，齖䶗書「淚」和「意」叶韻，都是至韻和志韻相叶。宋人兩韻也同用，如王安石車載板詩二首之二：「疑即賈長沙，當時所遭值。」與首聯「至」字相叶。《玉篇》「致」陟利切，「值」除利切，反切下字相同，簡直可以視為同韻。既然「致」、「值」聲韻都相近，「直」的讀音又和「值」相近，「直得」也就可以借作「致得」了。降魔變文：「峻嶺高岑總安致。」（頁370）「安致」就是「安置」。醜女緣起：『自嘆前生惡業因，置令醜陋不如人。』（頁797）「置令」就是「致令」，《變文集》就校作「致」字。「置」

字就是從「直」得聲的，這也可以作「直得」借作「致得」的旁證。

蘇聯科學院亞洲人民研究所藏敦煌變文三種（1962年莫斯科東方出版社，列・尼・孟西科夫校譯註序本）中的維摩詰經講經文（即維摩碎金，參後「可畏」條注）道：「王孫這日便排諧，置得六宮人浩浩。」「置得」就是「直得」，也可以助證「直得」就是「致得」。韓偓寄京城親友二首之二：「相思凡幾日，日欲詠離衿。直得吟成病，終難狀此心。」

《景德傳燈錄》卷六，撫州石鞏慧藏禪師：「師把西堂鼻孔拽，西堂作忍痛聲云：『大殺拽人鼻孔，直得脫去。』」又，洪州百丈山懷海禪師：「師謂眾曰：『佛法不是小事。老僧昔被馬大師一喝，直得三日耳聾眼黑。』」卷二十一，泉州招慶縣道匡禪師：「若有此個人，非但四事供養，便以瑠璃為地，白銀為壁，亦未為貴；帝釋前引，梵王從後，攪長河為酥酪，變大地為黃金，亦未為足。直得如是，猶更有一級在。」

元積紅荊詩：「庭中栽得紅荊樹，十月花開不待春。直到孩提盡驚怪，一家同是北來人。」「直到」的意義應該和「直得」相同，就是說由於荊樹不到時間就開花，致使最小的小孩也奇怪起來。

姚合崔少卿鶴詩：「入門石徑半高低，閒處無非是藥畦。致得仙禽無去意，花間舞罷洞中棲。」陸龜蒙薔薇詩：「倚墻當戶自橫陳，致得貧家似不貧。」《舊五代史》外國傳，契丹傳：「聞此兒有宮婢二千，樂官千人，終日放鷹走狗，躭酒嗜色，不惜人民，任使不肖，致得天下皆怒。」歐陽修論止絕呂夷簡暗入文字劄子：「臣謂夷簡身為大臣，久在相位，尚不能為陛下外平四夷，內安百姓，致得二虜交搆，中國憂危……」又河北奉使奏草，乞推究李昭亮：「李昭亮身為大將，不能統轄，致得保奏兵士作亂。」又論燕度勘滕宗諒事張皇大過劄子：「傳

聞燕度勘鞫滕宗諒事，支蔓勾追，直得使盡邠州諸縣枷杻。」歐陽修的奏議，「致得」、「直得」並見，也可推知兩者本是一個詞兒。蘇軾乞將合轉一官與李直方酬獎狀：「只緣直方先公後私，致得先後捕獲之數不盡應法。」李幼武《皇朝道學名臣言外行錄》卷九，尹焞：「先生日看《光明經》一部，有問之，曰：『母命不敢違。』朱子云：『如此，便是平日闕却諭父母於道一節，便致得如此。』」又初、二刻《拍案驚奇》中常見「致得」一詞，如初刻卷十二：「又只因一句戲言，致得兩邊錯認，得了一個老婆。」二刻卷二十：「丁氏到了女監，想道：『只為我一身，致得丈夫受此大禍。不若做我一個不着，好歹出了丈夫。』」

直得
必須、祇有的意思。

金剛般若波羅蜜經講經文：「須轉念，若磋跎，知是漂沉不要過。眼暗耳聾看即是，要力（腰身）曲台又如何？直得剩轉金剴（剛）教，般若乞（無）過遍數多。」（頁428）這是說要免去漂沉，祇有多唸誦金剛經，「直得」和「無過」文意正好相互呼應。又：「善法直得次第修，虛施功果沒因由。无漏果圓生淨土，乃為功德月（行）灘籌（儔）。祭神祀求鬼（鬼求）邪福，政（正）見門中3』（事）不收。一種是修諸善法，何如向仏（佛）法裡用心求？」（頁432、433）這是說修善法，必須有選擇，只有修佛法纔有功德，假使祭祀鬼神以求邪福，就不能成正果。這個「直得」當「必須」講。這裡的「直」字就是《孟子》「直不百步耳」的「直」，作「但」解，所以可作祇有解，又引申則為必須。

《法苑珠林》卷五十二，齊相州石鼓山竹林聖寺感應緣：「〔僧亾名〕至期與好事者五六人直詣石窟寺，山僧曰：『何以得來？』曰：『欲

往竹林，道由於此。』僧曰：『世人可笑，專聽妖言。此山東西，我並遊涉，何處有寺？古有斯言，不勞往也。』名曰：『彼客致詞，極非孟浪，何有虛也？只得尋之。尋而不獲，非余咎也。』」叵名的意思是以前與客僧約至竹林寺相訪，所以必須去尋；尋而不獲則咎不在己，不尋則為負約；「只得」之為必須，義頗明顯，與變文「直得」同。

將為　　將作　　將

以為，認為。

維摩詰經講經文：「謂此仏（佛）土，以為不淨。」又：「謂此仏（佛）土，將為不淨。」（並見頁 568）這證明「將為」就是「以為」。董永變文：『將為當時總燒却，檢尋却得六十張。』（頁 113）廬山遠公話：「初見汝説，實載驚疑，將（這字衍）將為腦（惱）亂講筵，有煩聽眾。」（頁 187）祇園因由記：「忽然半夜，佛施神光，朗而（如）白日。須達既見，將為天明。」（頁 406）意義都是一樣。

「將為」一詞，「將」字義實而「為」字義虛。古代的「以為」一詞，本來是由兼語式演化而來的。《論語》「吾以汝為死矣」這句話裡的「為」是準繫詞，後來把兼語搬了個位置，就成為「吾以為汝死矣」的形式，「以為」就連成一個詞了。「將為」也是這樣，「為」本來是兼語式中的準繫詞。維摩詰經講經文：「舍利弗！勿作是意，便將此土為不淨世界。」（頁 568）《敦煌雜錄》開元皇帝贊：「將此閻浮為快樂。」《根本説一切有部毗奈耶雜事》卷二十六：「露體人間行，誰將此，為智？令他眾共見，了無羞恥心。」這都是「將為」是由「將……為」演變而來的明證。又，鷰子賦：『將作你吉達到頭，何期天還報你』（頁 251）《敦煌曲子詞集》水調詞：「為言無谷還逢谷，將作無山更有山。」

「將作」就是「將為」，「作」也是準繫詞，這又證明「為」字本來是虛字。南唐徐鉉寄外甥苗武仲詩：「且將聚散為閑事，須信榮枯是偶然。」「將」、「信」相對「為」、「是」相對，可以説明「將」和「為」的詞義和詞性。伍子胥變文：「丈夫為讎發憤，將死由（猶）如睡眠。」（頁7）就是視死如歸的意思（《敦煌曲子詞集》劍器詞：「視死亦如眠」）；《舊唐書》禮儀志七，刑部郎中田再思議：「父在為母三年，行之已踰四紀。出自高宗大帝之代，不從則天皇后之朝。大帝御極之辰，中宮獻書之日，往時參議，將可施行。」就是認為可以施行。又武承嗣傳，敬暉等請削武氏諸王王爵表：「則天皇帝親政之時，武氏諸王亦分外職。今居京輦，不降舊封。天下之心，竊將不可。」又文學李邕傳：「素有聲稱，後進不識。京洛阡陌聚觀，以為古人，或將眉目有異。」又高適傳：「國家若將已戍之地不可廢，已鎮之兵不可收，當宜即停東川，併力從事，猶恐狼狽。」就是竊以為不可，以為眉目與常人不同，以為已戍之地不可廢，已鎮之兵不可收；韋應物新秋夜寄諸子詩：「無將別來近，顏鬢已蹉跎。」又示全真元常詩：「無將一會易，歲月坐推遷。」司空曙留盧秦卿詩：「無將故人酒，不及石尤風。」朱灣詠壁上酒瓢呈蕭明府詩：「莫將成廢器，還有對樽時。」「無將」、「莫將」就是不要以為；李白同族弟金城尉叔清燭照山水壁畫歌：「了然不覺清心魄，祇將疊嶂鳴秋猿。」姚鵠將歸蜀留獻恩地僕射詩二首之一：「自持衡鏡採幽沈，此事常聞曠古今。危葉只將終委地，焦桐誰料却為琴！」「祇將」、「只將」就是祇以為；杜荀鶴寄從叔詩：「苦吟天與性，直道世將非。」「將非」就是以為非；《太平廣記》卷一百二十五，引《博異志》崔無隱條（原作《博異記》，據《廣記》引用書目、《通志》藝文略、輯本《崇文總目》、《宋史》藝文志改正，舊題谷神子纂）：「轉入荒澤，莫知為計，信足而步。少頃，前有燈光。初將咫尺，而可十

里方到。」「初將」就是初時以為；於此可見，「將為」兩個字裡，「為」字可以省去，而「將」字不能省，所以說「將」字義實而「為」字義虛。

唐德宗時馬雲奇白雲歌：「遠戍只將煙正起，橫峰更似雪猶殘。」又：「雲飛入袖將為滿，袖卷看雲依舊空。」

《隋書》禮儀志五：『帽……文帝項有瘤疾，不欲人見，每常著焉。相魏之時，著而謁帝，故後週一代將為雅服。」又文四子房陵王勇傳：「先是勇嘗從仁壽宮參起居還，塗中見一枯槐，根幹蟠錯，大且五六圍，顧左右日：『此堪作何器用？』或對日：『古槐尤堪取火。』于時衛士皆佩火燧，勇因令匠者造數千枚，欲以分賜左右，至是獲於庫；又藥藏局貯艾數斛，亦搜得之；大將為怪。」

《法苑珠林》卷六十九記焚毀《三皇經》事，云：「故知代代穿鑿，狂簡寔繁；人人妄作，斐然盈卷；無識之徒，將為聖説。」《莊子》齊物論：「且汝亦大早計。」成玄英疏：「今瞿鵲纔聞言説，將為妙道，此計用之太早。」又徐无鬼：「濡需者，豕蝨是也。擇疏鬣，自以為廣宮大囿。」成玄英疏：「言蝨寄豬體上，擇疏長之毛鬣，將為廣大宮室苑囿。」李德裕忠諫論：「雖桀紂桓靈之君，未能忘名。自知為惡多矣，畏天下人知之。將為諫己則惡不可掩，故不欲人之諫也。」白居易李德裕相公貶崖州詩三首之二（這三首詩蘇轍、胡仔以為不是白居易所作，見《苕溪漁隱叢話》後集卷十三）：「昨夜新生黃雀兒，飛來直上紫藤枝，擺頭撼腦花園裡，將為春光總屬伊。」聶夷中雜興詩：「兩葉能蔽目，雙豆能塞聰。理身不知道，將為天地聾。」《舊唐書》任瓌傳：「卿將家子，深有謀略。觀我此舉，將為濟否？」又周允元傳：「聞此言足以為誡，豈特將為過耶？」《雲笈七籤》卷六十四，無名氏《玄解錄》（敍云：大中九年乙亥歲五月十七日甲子纂）：「夫學煉金液、還

丹，并服丹砂、硫黃，並諸乳石等藥，世人苦求得之，將為便成至藥，不得淺深，竟學服餌。」《舊五代史》盧文紀傳，後唐末帝謂文紀曰：「予自鳳翔來，首命卿為宰相。聽人所論，將為便致太平。」

《景德傳燈錄》卷三十，丹霞和尚翫珠吟二首之一：「吾師權指喻摩尼，采人無數溺春池，爭拈瓦礫將為寶，智者安然而得之。」

《邵氏聞見錄》卷十八，記邵雍和司馬光詩：「冠蓋紛華塞九衢，聲名相軋在前呼。獨君都不將為事，始信人間有丈夫。」梅堯臣謝賓客輓歌三首之二：「豈將千里別，遂作九泉乖？」蘇軾乞不給散青功錢斛狀：「恐州縣不曉朝廷本意，將為朝廷復欲多散錢穀，廣收利息。」可見宋人還用「將」和「將為」作以為講。明人馮夢龍《警世通言》小夫人金錢贈年少卷：「你將為常言俗語道：『呼蛇容易遣蛇難。』怕日久歲深，盤費重大。」

《太平廣記》卷八引晉人葛洪《神仙傳》：「而愚者不知是陵所造，將為此文從天上下也。」《漢魏叢書九十六種》本《神仙傳》作「將謂」。按：「將謂」、「將為」都是以為的意思，《廣記》應有所本。又《廣記》卷四百三十七，裴度條引《集異記》：「犬入其戶，將謂李已睡，乃跳上寢床，當喉而嚙。」與《漢魏叢書》本同。並且《神仙傳》卷六，李少君傳：「意雖見其有異，將為天性，非術所致。」則《廣記》為是。據此，晉代已有「將為」這個詞兒。《晉書》刑法志：「魏明帝時，宮室盛興，而期會迫急。有稽限者，帝親召問，言猶在耳，身首已分。王肅抗疏曰：『陛下之所行刑，皆宜死之人也；然眾庶不知，將為倉卒。願陛下下之於吏，而暴其罪。』」《宋書》顏峻傳：「議者將為官藏空虛，宜更改鑄。」《北史》尉古真傳：「司徒戶曹祖崇儒，文辯俱不足言，〔尉古瑾〕將為當世莫及。」《北齊書》宋遊道傳：「文襄謂曰：『吾近書與京師諸貴，論及朝士：卿僻於朋黨，將為一病。今卿真

是重舊即義人。』」

《法苑珠林》卷二十五引南齊王琰《冥祥記》，記晉釋道開被羌人所捉，關在柵中，「便潛誦《觀世音經》，不懈乎心。……忽有大虎，……前嚙木柵，得成小關，可容人過，已而徐去。達初見虎嚙柵，必謂見害。既穿柵而不入，心疑其異，將是觀音力。」「將是」即以為是。

《舊唐書》儒學敬播傳：「必期反茲春令，踵彼秋荼，剏次骨於道德之辰，建深文於刑措之日，臣將以為不可。」「將以為」義同「將為」，這樣的說法是少見的，可能「以」字是誤衍。

狀　狀若
倣傚；像。

維摩詰經講經文：「經云：時魔波旬從万二千天女，狀帝釋，鼓樂絃歌，來詣我所。」（頁 620）這是仿效義，謂裝成帝釋的樣子。降魔變文：『身體羸劣，狀餓鬼形。』（頁 377）這是像的意思。這兩種意義，唐人詩文裡都有所見，而後一義的例子更多。前一義的，如李白觀博平王志安少府山水粉壁詩：「粉壁為空天，丹青狀江海。」後一義的，如《唐會要》卷七十二，馬篇：「貞觀二十一年八月十七日，骨利幹遣使朝貢，獻良馬百匹，其上十匹尤駿。……上乃敘其事曰：……殊毛共櫪，狀花藥之交林；異色同羣，似雲霞之間彩。』」《法苑珠林》卷十二，六道篇第四之六，地獄部之餘：「至一大城，崔嵬高峻，城邑青黑狀錫。」卷四十九引《唐高僧傳》：「唐雍州謂南縣南山倒狗谷，崖有懸石，文狀倒狗，因以名焉。」卷六十八，邪正相翻：「且夫善惡無爽，狀麟I翻以日虧；報應有歸，等鯨亡而星現。」「狀」與「等」

相對，也是像的意思。「麟鬭」、「鯨亡」本《淮南子》天文：「麒麟鬭而日月食，鯨魚死而彗星出。」按：此「邪正相翻」之文有「自東漢至我大唐」語，知是唐人之文。敬括木蓮賦：「狀中浦之芙蓉。」（據《文苑英華辯證》卷八。《英華》題為木連賦，據《辯證》説改。）《酉陽雜俎》卷十九，廣動植類之四，木篇引崔融瓦松賦：「煌煌特秀，狀金芝之產霤；歷歷虛懸，若星榆之種天。」杜甫雨二首之一：「殊俗狀巢居，曾臺俯風渚。」意謂曾臺和巢居相似。嚴維書情獻劉相公詩：「孤根獨棄慙山木，弱植無成狀水萍。」可與變文互證。

蘇聯東方研究所藏唐人卷子佛報恩經講經文：「眾皆知，悉奔慕，牧星簇兮如海注。」「牧」是「狀」字之誤，「狀」即如。

晉廬山諸道人遊石門詩序：「霄霧塵集，則萬象隱形；流光迴照，則眾山倒影。開闢之際，狀有靈焉，而不可測也。」「狀」就是似。梁昭明太子蕭統錦帶書十二月啟，姑洗三月：「魚游碧沼，疑呈遠道之書；燕語雕樑，狀對幽閨之語。」《水經》河水「又東過黎陽縣南」注引《耆舊傳》：「東郡白馬縣之神馬亭，實中層峙，南北二百步，東西五十許步，狀邱斬城也。自外耕耘墾斫，削落平盡。」「狀邱斬城也」句，武英殿本校語道：「案此句有脱誤，未詳。」按：這一句誠然不很明白，但「狀」就是像，「邱斬城」是所像之物，而其形體很高峻，却是可知的。又穀水注：「作九層浮圖。浮圖下基方一十四丈，自金露槃下至地四十九丈。……按釋法顯《行傳》，西國有爵離浮圖，其高與此相狀。東都西域，俱為莊妙矣。」又：「遊觀者升降阿閣，出入虹隍，望之狀鳧沒鸞舉矣。」又濁漳水注：「漳水又東北歷望夫山。山之南有石人竚於山上，狀有懷于雲表，因以名焉。」「狀」也是似。據上面所引五處文字，可知南北朝已拿「狀」作像似解。

《法苑珠林》卷一百三引《維摩詰經》：「無始以來所造諸惡，猶

如闇室；懺悔正解，狀若明燈。」「狀若」也就是「狀」，就是像。「狀若」的結構跟「喻若」相同，參見下條。

喻若　預若　喻如　喻　愈如　諭　喻似　諭若
如似、好像的意思。

孟姜女變文：『預若紅花標（摽）落，長無覩萼之暉。」（頁34）廬山遠公話：「此即喻於何等？預探若採花蝴蝶，般（盤）旋只在虛空，忽見一窠牡丹，將身便採芳藥。」（頁181，原集句讀錯誤，今改）又：「一者，喻若春楊（陽）既動，萬草皆生，不論淺谷深嶺，處處盡皆也（花）發。……二者，喻如繩（繩）木之義，便即去邪歸正。三者，喻湧眾之義，湛湛不滅不流。……四者，喻如江海，能通萬斛之船。……五者，喻於天地覆載眾生。……六者，喻如經緯，能成錦綵羅紈。……七者，喻如路逕，解通往來之人。」（頁187、188）所引廬山遠公話第二段內，「喻若」、「喻如」、「喻」雜出，意義相同，不辨自明。第一段「預探若」的「探」字是因涉下文「採」字而誤的衍文，應刪去。「預若」即喻若，「喻於何等」和「預若」正相呼應。「喻於何等」就是像什麼，「喻若」、「預若」、「喻如」、「喻」就是像。這幾個詞兒未嘗不可解作「比如；打個譬方，好像……」但李正封與韓愈晚秋郾城夜會聯句詩：『誘接諭登龍，趨馳狀傾蕐。」「諭」就是「喻」，和「狀」字相對成文，都是「像」的意思。又《太平廣記》卷五十引《傳奇》，裴航條：「別見一大第連雲，珠扉晃日，內有帳幄屏幃，珠翠珍玩，莫不臻至，愈如貴戚家焉。」「愈如」即「喻如」，在這裡祇能解釋作像，可知變文也不宜把「喻若」、「喻如」分開來解釋，而應看作詞素意義相同的複合詞了。

唐釋尚顏與陳陶處士詩：「鍾陵城外住，喻似玉沈泥。道直貧嫌殺，神清語亦低。」「喻似」也是「好像」。

《法苑珠林》卷三十四引《分別功德論》：「如來執鉢水謂羅雲曰：『汝見此水不？』對曰：『已見。』佛言：『此水滿鉢，無所減者，喻持戒完具，無所損落。』復瀉半棄，謂羅雲曰：『汝見此水不？』對曰：『見之。』佛言：『此水失半，喻戒不具足。』復瀉水盡，示羅雲曰：『見此空鉢不？』答曰：『已見。』佛言：『犯戒都盡，喻如空鉢。』復以鉢覆地，示曰：『汝見此不？』答曰：『已見。』佛言：『已犯戒盡，當墮地獄，喻鉢口向地也。』」卷三十九引《涅槃經》：「是大乘典《大涅槃經》，於聲聞經最為上首，喻如牛乳味中最勝。」卷四十一引《雜寶藏經》：「王復問言：『出家在家，何者得道？』斯那答言：『二俱得道。』王復問言：『若二俱得道，何用出家？』斯那答言：『譬如去此三千餘裡，若遣少健，乘馬齎糧，捉於器仗，得速達不？』王答言：『得。』『若遣老人，乘於瘦馬，復無糧食，為可達不？』王言：『縱令齎糧，猶恐不達，況無糧也？』斯那答言：『出家得道，喻如少壯；在家得道，如彼老人。』」卷四十六引《分別功德論》：「聲聞家戒，喻若膝華，動則分解；大士持戒，喻若頭上插華，行止不動。」卷五十八引《僧祇律》：「宜審諦觀察，勿行卒威怒。善友恩愛離，枉害傷良善。喻如婆羅門，殺彼那俱羅。」

《漢書》宣帝紀「羽林孤兒」應劭注：「天有羽林大將軍之星。」下有「林，諭若林木之盛」句，不知是否應劭注文？假若是的，那麼「喻若」一詞後漢已有，但恐是後人添注進去的。又，宋人陸佃《埤雅》釋鳥引《博物志》：「孔雀尾多變色，或紅或黃，喻如雲霞。」今本《博物志》無此文。據此可知「喻如」一詞晉時已有。

及以

與類連詞，義同與。

　　太子成道經：「武士推新婦及以孩兒，便令人火。」（頁 295，《變文集》火字下連堆字為句，今按堆是推之誤，此推字應連下「人火已」三字作一句）甲卷「及以」作「並與」，從今天來看，「並與」義明顯。但南齊求那毗地譯的《百喻經》捲上，水火喻：「昔有一人，事須火用，及以冷水。即便宿火，以澡盥（《法苑珠林》卷三十一引作罐）盛水，置於火上。後欲取火，而火都滅；欲取冷水，而水復熱。」就是要火用與冷水用。又治鞭瘡喻：「我欲觀於女色，及以五欲。」就是女色與五欲。又見他人塗舍喻：「聞聖人說法：修行諸善，捨此身已，可得生天，及以解脫。便自殺身，望得生天，及以解脫。」就是生天與解脫。可見「及以」已成為一個詞兒，自有由來，不宜專以甲卷為是。

煞　嗽　曬　大嗽　大晒　大曬
大煞生　太嗽　大殺　賽

是一個「甚辭」，有「很」、「大」或「十分」、
「非常」、「之極」等意思，誇張色彩較濃。

　　父母恩重經講經文：「人家父母恩偏煞。」（頁 690）維摩詰經講經文：『上住須彌福德強，平扶日月感（威）神嗽。』（頁 530）醜女緣起：「大王夫人喜歡曬。」（頁 799）這三個字的意義用法都一樣，都安在形容詞的後頭，作為它的補語。維摩詰經講經文：「舍利弗林間竂（晏）座（坐），嗽被輕呵。」（頁 592）又：「初出塵，絕離染，習種性根浮淺。」（頁 596）這兩個「嗽」字，一個是動詞「呵」的狀語，一個是形容詞「浮淺」的狀語，各居於所狀之前。歸總起來，凡是單用

「煞」、「暴」、「曬」等字的，可以作狀語，也可以作補語。「曬」字作狀語的雖然沒有發現，但推理應該如此。

妙法蓮華經講經文：『起坐共君長一處，擬走東西大暴難。』（頁492）又一篇道：「業繩斷處超三界，却覓凡夫大煦難。」（頁503）「煦」就是「暴」的誤文。維摩詰經講經文：「大暴威儀十相全，端嚴爭似牟尼主！」（頁549）太子成道經：「殿下大晒尊老（高），老相亦復如是。」（頁292）三身押座文：「只是眾生惡業重，敬信之心大曬希。」（頁827）「大暴」、「大晒」、「大曬」都作為形容詞的狀語而在所狀者之前，沒有放在後頭作補語的。

在《變文集》中，衹有維摩詰經講經文裡有這樣一個例：「毗耶城裡人皆見，盡道神通大煞生。」（頁643）「大煞」帶上語助詞「生」而安在名詞「神通」後頭，作為「神通」的表語，這個「生」字和「可憐生」、「太瘦生」、「太憨生」等相同，是前一字為形容詞的記號。「大煞生」和「煞」、「大暴」在用法上似乎有這樣的區別。

《景德傳燈錄》卷六，洪州百丈山惟政禪師：「師曰：『某甲不會，請師伯説。』〔南泉〕曰：『我大殺為汝説了也。』」

歐陽修漁家傲詞：「昨日為逢青傘蓋，慵不採，今朝陡覺凋零煞。」

《劉知遠諸宮調》第十二，大石調玉翼蟬曲：「劉安撫從怒惡，不似今番煞」

《詩詞曲語辭彙釋》卷四，從許多宋元人的詩詞看來，「煞」字多讀去聲，音晒，所以變文又作「晒」、「曬」，而「暴」又是「晒」的異體，白居易感情詩：「中庭暴服玩，忽見故鄉履。」可證。又，宋人詞中有「忒煞」一詞，就是「大煞」。宋詞「忒煞」有時放在動詞或形容詞後頭，作為補語，《彙釋》所引的如《花草粹編》六，蘇軾踏莎行：

「這箇禿奴，修行忒煞，雲山頂上曾持戒。」劉過香竹子：「匆匆去得忒煞，這鏡兒也不曾蓋。」但變文裡還沒有這樣用法。又白居易如夢令詞：「頻日雅歡幽會，打得來來越暾。」等於說「打得火熱」。「越暾」和「大暾」「忒暾」相似，而用作補語，已和宋詞相同。又，《鑑誡錄》卷十，歸生刺條，歸處訥詠奸漢詩：『更有一般奸太暾，聚錢唯趁買金銀。』「太暾」就是「大暾」，用作形容詞「奸」的補語。

　　九卷本《陽春白雪》前集卷二，無名氏雙調壽陽曲：「胡來得賽，熱莽得極。」「賽」也就是「煞」的同音通用字。

非不　非分　非甚

是「甚辭」，猶如說「非常」。

　　唐太宗人冥記：「臣與李乹風為知與（己）□□（朝廷），將書來苦囑，非不慇懃。臣與（以）李乹風，更與陛□□（下注）五年，計十年，再歸長安城。」（頁212）「非不慇懃」就是非常殷勤，極其殷勤。降魔變文：「須達忸怩反側，非分仿徨。」（頁365）頻婆娑羅王后宮綵女功德意供養塔生天因緣變：「非分憂惶，忸怩反側。」（頁766）「非分」是越過常度的意思。降魔變文：「太子聞語，非甚驚惶。」（頁367）又：「須達既奉勑旨，心中非甚憂惶。」（頁378）語意都和「非分仿徨」同。

　　唐永泰元年（765）—大曆元年（766）河西巡撫使判集（伯2942），判諸國首領停糧：「沙州率糧，非不辛苦。首領進奉，湡此興生。雖自遠而來，誠合優當；淹留且久，難遂資糧。理貴（適）埒，事宜停給。」這是說沙州繳納糧食，非常辛苦，而諸國首領前來，要長期給予資糧，無法供應，所以判定停給。「非不」義同非常。又兩界來往般次食頓遞：「尚書處置，非不分明。猶恐妄人，輒敢違越。」義亦

同。又唐寶應元年（762）寶昊撰為肅州刺史劉臣璧答南蕃書（伯2555）：「和使論悉藺琛至，遠垂翰墨，兼惠銀盤。覩物思賢，愧佩非分。」「非分」也是非常的意思。寶昊此書，據北京大學《敦煌吐魯番文獻研究論集》中鄧小南校釋一文。「非」原卷作「非」，字形有殘缺。

可畏

也是甚辭，猶如說「非常了不起」。

維摩詰經講經文：「我適離處，別却道場，甚生富貴端嚴，可畏光花（華）熾盛。」（頁610）「可畏」和「甚生」相對，有非常的意思。金剛般若波羅蜜經講經文：「世界非常可晨寬，容納塵埃有甚難？五嶽四櫝（瀆）偕總受，不論江海及諸山。」（頁439）按：「可晨」是「可畏」之誤。妙法蓮華經講經文：「入三解脫門，得四無晨」（頁509）王慶菽疑「晨」即「晨」字，徐震堮校：「字當作『畏』，『四無畏』見《智度論》。」自然以徐校為確。「畏」字作「畏」，和「晨」字形體很相近，所以「可畏」誤作「可晨」。「非常」、「可畏」同義連用，「可畏寬」猶如說寬得駭人，了不起的寬，是高度誇張的語氣。佛說觀彌勒菩薩上生兜率天經講經文：「於是彌勒既辭人世，欲往天宮，乃現神色，便昇空裡。……仙樂隱隱以引前，天女依依而後送，一道光明可畏。」（頁648）也是了不起的意思。又蘇聯科學院亞洲人民研究所藏敦煌變文三種中的兩篇，維摩詰經講經文（前篇卷末題記為維摩碎金，後篇無題，今擬此題，以與《敦煌變文集》一致），前篇說：「十方賢聖盡歌楊（揚），可畏釋迦牟尼佛。」後篇說：「可畏維摩大井（菩薩），堪誇居士大英才。」都是竭力誇張頌美之辭，解作了不起，語意最切

《太平廣記》卷四百七十一引李復言《續玄怪錄》，薛偉條，謂偉

為蜀州青城縣主簿，化身為巨鯉，被司戶僕張弼買得，提之而行，「入縣門，見縣吏坐者弈棋，皆大聲呼之，罷無應者，唯笑曰：『可畏魚，直三四斤餘。』」「可畏魚」即「了不起的大魚」之意。明鈔本《廣記》作「好大魚」，是出於臆改，南宋臨安書棚本李錄仍作「可畏」，可證明鈔《廣記》之非。

《資治通鑑》卷二百四十九，唐紀六十五，宣宗大中十二年：「上詔刺史毋得外徙，必令至京師，面察其能否，然後除之。令狐綯嘗徙其故人為鄰州刺史，便道之官。上見其謝上表，以問綯。對曰：『以其道近，省送迎耳。』上曰：『朕以刺史多非其人，為百姓害；故欲一見之，訪問其所施設，知其優劣，以行黜陟。而詔命既行，直廢格不用，宰相可畏有權！』」這是說了不起地有權。五代劉崇遠《金華子雜編》捲上作「宰相可謂有權」，應是傳寫之誤。

《鑑誡錄》卷八，衣錦歸條：『段相國文昌……物業蕩空，文章迴振。洎跨衛行卷，鄉里笑之。歷三十年間，衣錦還蜀。蜀人有贈詩曰：『昔日騎驢學忍飢，今朝忽著錦衣歸。等閒畫虎驅紅斾，可畏登龍入紫微。……』」這個「可畏」也是讚歎稱美之詞。又，《金華子雜編》卷下：『韋楚老少有詩名，……常跨驢策杖經闤中過，布袍貌古，羣稚隨而笑之。即以杖指畫，厲聲曰：『上不屬天，下不屬地，中不累人，可畏韋楚老。』引羣兒令笑，因吟咏而去。」也是了不起的意思。

王羲之雜帖：「頃時行，可畏愁人。」可畏愁人就是非常愁人，可與變文「世界非常可畏寬」互證。

不方　不妨　無妨

也是甚辭，「很」的意思。

　　佛説阿彌陀經講經文：「我有一女在家，性行不方柔順。」（頁458）醜女緣起：「性行不妨慈善。」（頁792）就是很柔順，很慈善。

　　維摩詰經講經文裡光嚴童子的話：「我見世尊宣勅命，令問維摩居士病，初聞道着我名時，心裡不妨懷喜慶。」（頁604、605）案上文有大段文章竭力渲染光嚴喜慶的心情，如「金口之語，玉齒慈音，呼我名於蓮花舌中，喚我號於人天會裡。……不邀諸德，偏道我名。對彌勒（須彌）前却記纖塵，向海水畔偏誇滴露。深生暫（慚）愧。豈敢忘恩？……」（頁603）這最足以證明「不妨」是甚辭。又佛説阿彌陀經講經文：「輸者自合甘心，贏（贏）者無妨感激。」（頁457）「無妨」和「不妨」意義也相同。

　　《景德傳燈錄》卷八，韶州乳源和尚：「上堂云：『西來的的意不妨難道，大眾莫有道得者，出來試道看！』」「不妨難道」就是非常難講。又卷二十八，大法眼文益禪師：「問：『維摩與文殊對談何事？』師曰：『汝不妨聰明。』」也應該解作非常聰明。

然　乃然　然乃

就是「乃」。

　　漢將王陵變：「楚將見漢將走過，然知是斫營漢將。」（頁39）「然知」就是「乃知」。降魔變文：「須得對面試諫（諫），然可定其是非。」（頁377）「然可」就晃「乃可」。搜神記王子珍條：「弟到家，訪覓怨家殺却，然得免其難。」（頁882）「然得」就是「乃得」。李陵變文：「惣（總）是公孫遨（敖）下佞（佞）言，然始煞却將軍母。」（頁95）大目

乾連冥間救母變文：『一切罪人，皆從王邊斷決，然始下來。」（頁725）「然始」就是「乃始」。伍子胥變文：「先斬一身，然誅九族。」（頁4）「然誅」以解作「後誅」為宜，但「後」的意義也是從「乃」來的。《變文集》校，「然」字下補「後」字，破壞了四字排句的形式，是不對的。葉净能詩：「捕賊官且（具）事由申上尹，到觀中親自禮揭（謁），然問姓名，瞻仰之極。」（頁219、220）《變文集》也在「然」下補「後」字，其誤相同。

金剛般若波羅蜜經講經文：「政（正）信乃然生净土，邪心衹是自家欺。」（頁434）王慶菽校這個「乃」字作「自」，而她的校記第十一條說：「本卷凡『乃』字均簡寫作『乃』，今一律改為『乃』。」徐震諤說：「『乃』皆作『乃』字，不應此處獨異。『乃然』與『乃』同義。」徐說是對的。

維摩詰經講經文，文殊告如來的話：「今我若自往問，實愧不任；須仗聖威，然乃去得。」（頁639）「然乃」也就是「乃」。

《後漢書》百官志五劉昭註：「期無俟極聖然克行，明賢粗識亦足立。」「然克行」就是「乃克行」。《太平廣記》卷四百五十六引張華《博物志》：「天門山……其下有逕途微細，行人往，忽然上飛而出林表，若昇仙，遂絕世。如此者漸，不可勝紀，往來南北，號為仙谷。……有智能者，謂他人曰：『此必妖怪，非是仙道。』因以石自繫，而牽一犬入其谷，犬復飛去。然知是妖邪之氣以噏之。」（今本《博物志》亦載此事，文有異。）「然知」也就是乃知。白居易素屏謠：「爾不見當今甲第與王宮，織成步障銀屏風，綴珠陷鈿貼雲母，五金七寶相玲瓏。貴豪待此方悦目，然肯寢臥乎其中。」「然肯」就是乃肯。《法苑珠林》卷五十一，西晉鄮縣塔感應緣：「自古至今，四大良日，遠近來寺，建齋樹福；然於夜中，每見梵僧行道誦經贊唄等相。」宋人謝絳遊

嵩山寄梅殿丞書：『……今因其便，又二三子可以為山水遊侶，然亟與之議。皆喜見於色，不戒而赴。』兩個「然」字都是「乃」。

唐人張讀《宣室志》卷四，吳郡任生條：「任生笑曰：『鬼甚多，人不能識耳。我獨識之。』乃顧一婦人，衣青衣，擁嬰兒，步於岸。生指曰：『此鬼也。其擁者，乃嬰兒魂也。』」「乃顧」《太平廣記》卷三百四十七作「然顧」，應是未經改易之本。

《後漢書》馮勤傳「初來被用，後乃除為郎中」注：「《東觀記》：『魏郡太守范橫上疏薦勤，然始除之。』」《北齊書》高德政傳：「又說者以為昔周武王再駕孟津，然始革命。」又皮景和傳：「頻有勅使催促，然始度淮。」《周書》異域突厥傳：「死者……擇日取亡者所乘馬及經服用之物並屍俱焚之，收其餘灰，待時而葬。春夏死者候草木黃落，秋冬死者候華葉榮茂，然始坎而瘞之。」《北史》韓褒傳：「每入朝見，必有詔令坐，然始論政事。」又儒林孫靈暉傳：「靈暉少明敏，有器度。得惠蔚手錄章疏，研精尋問，更求師友，三《禮》三《傳》，皆通宗旨，然始就鮑季詳、熊安生質問疑滯。」《唐律疏議》卷二十六，雜律上：「但公家之事須行，及私家吉凶疾病之類，皆須得本縣本坊文牒，然始合行。」《舊唐書》禮儀志七，右補闕盧履冰上言：「准禮：父在為母，一週除靈，三年心喪。則天皇后請同父沒之服，三年然始除靈。」《北夢瑣言》序：「厥後每聆一事，未敢孤信，三復參校，然始濡毫。」司馬光《涑水記聞》卷三：范諷「求出知兗州，將行，謂上曰：『陛下朝中無人，一旦紀綱大壞，然始召臣，將無益。』」

《太平廣記》卷四百六十三，飛涎鳥條引《外荒記》：「有他禽之如綱也，然乃食之。」

《後漢書》朱穆傳，穆著崇厚論：「世士誠躬師孔聖之崇則，嘉楚嚴之美行，……貴丙、張之弘裕，賤時俗之誹謗，且道豐績盛，名顯

身榮，載不刊之德，播不減之聲，然知薄者之不足，厚者之有餘也。」「然知」就是乃知，宋劉攽《東漢書刊誤》謂案文「然」下不可少「後」字，劉校是錯誤的。《後漢書》百官志五「太傅但曰傅」注：「斯無俟極聖然克行，明賢粗識亦足立。」《三國志》魏志杜夔傳：「夔、玉（紫玉）更相白於太祖。太祖取所鑄鐘雜錯更試，然知夔為精而玉之妄也。」「然」亦作乃講。《搜神記》卷十九：「後有一蛇夜出，經柱側，傷于刃，病不能登。于是覺之，發徒數百，攻擊移時，然後殺之。」《太平廣記》卷四百五十六引作「然得殺之」，「後」顯為傳寫者所改，當從《廣記》改正。又《魏書》陸俟傳：「然簡英略之將，任猛毅之雄，南取荊湘，據其要府。」《資治通鑑》卷一百十八，晉紀四十，安帝義熙十四年：「可敕義真經裝速發，既出關然可徐行。」歐陽詹上鄭相公書：「自茲循資歷級，然得太學助教。……自茲循資歷級，然得國子助教。」李華與外孫崔氏二孩書：「婦人亦要讀書解文字，知古今情狀，事父母舅姑，然可無咎。」

　　《舊唐書》太宗紀：「獲賊兵精騎甚眾，還，令仁杲兄弟及賊帥宗羅睺、翟長生等領之。太宗與之遊獵馳射，無所問；然賊徒荷恩懾氣，咸願効死。」這裡的「然」相當於「於是」。《三國志》魏志文帝紀注引《獻帝傳》：「上古之始有君也，必崇恩化以美風俗，然百姓順教而刑辟屠焉。」「然」字的用法與《舊唐書》同，校者或以為「然」下奪「後」字，不確。

　　《法苑珠林》卷九十四引《增一阿含經》：「婆提長者昔作何業，生在富家？復作何惡，然不得食此極富之樂？」這裡的「然」也可以解作「乃」，但為轉折連詞，用與「而」同。附記於此。

都來

總共，總是或完全；算來。

作總共講的，如佛說阿彌陀經講經文：「經說比丘之眾，其數都來多少？經：千二百五十人俱。」」（頁454）這就是上文所說的「共計一千二百五十人」（頁453）。

作總是或完全講的，如：父母恩重經講經文：「只為長時，驅馳辛苦，形貌精神，都來失緒。」（頁683）就是完全失緒。又：「慈母意，總恩怜，護惜都來一例看。」（頁687）這個「都來」就是總是的意思。又如董永變文：「日日都來總不織，夜夜調機告吉祥。」

（頁111）「都來」和「總」連用，意思一樣，就是「日日總不織」，加上「都來」，僅僅湊足七個字而已。

作算來講的例最多，如：董永變文：「便與將絲分付了，都來只要兩間房。」（頁111）八相變：「雞皮鶴髮身憔悴，耳聾眼暗不能行。此老都來不將去，必定流傳與後生。」（頁335）維摩詰經講經文：「攪長河為蘇（酥）酪，只在巡逡；變大地為黃金，都來頃尅（頃刻）。」（頁534）又一篇：「淨土何曾遠，認得還須顯。都來咫尺間，迷心終不見。」（頁565）又：「人身事，豈堅持，聚散都來幾許時？」（頁583）醜女緣起：「心知是朕親生女，醜差都來不似人。」（頁790）

「都來」的「都」本來有總和總共的意義，「都來」也就有這兩個意義。既有總共的意義，也有總計、計算的意義；變文裡有「都計」，或「都計算」，的說法，如妙法蓮華經講經文：「一砂將喻一人，都計不知有幾？」（頁504）董永變文：「阿郎把數都計算，計算錢物千疋強。，（頁111）「都計」、「都計算」就是計算，「都」也有了計算的意義。作算來講的「都來」在意義上不是計算，而是審察情勢，但這也是從計算的意義虛化而來的。

　　歐陽修青玉案詞：「一年春事都來幾？已過了，三之二。」這是説共有多少，「都來」在這裡就是上海人説的「一塌刮子」。董解元《西廂記》卷五：「都來四十字，治病賽盧醫。」意義在算來和總共兩者之間。假如作總共講，可以講作「總共不過四十個字，……」語意似乎更深切一些。柳永滿江紅詞：『不會得都來些子事，甚恁底（抵）死難拚棄？』謂總共不過這點事。郭忠恕《佩觽》卷上：「五十二家書，都來穿鑿。」是全部的意思。秦韜玉寄李處士詩：「呂望甘羅道已彰，只憑時數為開張。世塗必竟皆應定，人事都來不在忙。」馮延巳謁金門詞：「年少都來有幾？」范仲淹御街行詞：「都來此事，眉間心上，無計相迴避。」應作算來講。

剛

就是偏偏的意思。

　　妙法蓮華經講經文：「有何意，捨榮花（華），剛要求聞《妙法花》？」（頁490）「剛要」就是偏要。

　　本條見《詩詞曲語辭彙釋》卷二，變文裡祇見到一處。《敦煌曲子詞集》魚（虞）美人詞：「金釵釵上綴芳菲，海棠花一枝。剛被蝴蝶遶人飛，拂下深深紅蕊落，汙奴衣。」是説海棠綴在釵上，偏偏被蝴蝶拂落，含有對蝴蝶不滿的意思。宋章淵《槁簡贅筆》：「唐宣宗時有婦人以刀斷其夫兩足，宣宗戲語宰相曰：『無乃碎挼花打人？』蓋引當時人有詞云：『牡丹含露真珠顆，美人折向庭前過。含笑問檀郎：花強妾貌強？檀郎故相惱，剛道花枝好。一餉發嬌嗔，碎挼花打人。』」五代孫魴柳詩十一首之二：「東風多事剛牽引，已解纖纖學舞腰。」杜荀鶴送李鐔遊新安詩：「一間茅屋居不穩，剛出為人平不平。」貫休山居詩：

「天意剛容此徒在，不堪惆悵不堪陳。」宋人徐夢莘《三朝北盟會編》卷十一載馬擴《茅齊自敍》：「斡離不云：『燕京為未了，且言臨時商量；西京是已了，割還貴朝——却言不要，不成剛強與得？』」末句意謂，難道偏要硬給你們麼？

清人褚人獲《堅瓠乙集》卷三，岳蒙泉詩條：「岳蒙泉正詠陳橋兵變：『阿母素知兒有志，外人剛道帝無心。』又：『黃袍不是尋常物，誰信軍中偶得之！』」剛字義同。岳正未知何代人；若為宋人，則不敢譏切本朝開國之君。

可　豈可
就是「豈」。

伍子胥變文：「共子爭妻，可不慚於天地？」又：「可不聞道『成謀不說，覆水難收』？」（並見頁 2），廬山遠公話：「汝可不聞道外書言『堪與言，即言；不堪與言，失言』？」（頁 186）「可不」就是「豈不」。李陵變文：「奈何十萬餘騎，不敵五十（千），可得嗔他大語？」（頁 85）「可得」就是「豈得」，是說豈能嗔怪漢兵誇口。父母恩重經講經文：「人家積穀本防飢，養子還徒（圖）被（備）老時。可料長成都不孝，直饒十個也何為！」（頁 696）「可料」就是「豈料」。

晏子賦：「黑羊之肉，豈可不食？黑牛駕車，豈可無力？黑狗趂兔，豈可不得？黑雞長鳴，豈可無則？」（頁 244）太子成道經：「婦女有則：在家從父；出嫁從夫；及至夫亡，任從長子。」（頁 291）「有則」、「無則」的「則」就是法則，按時長鳴，就是有則。這幾句的意思是：「黑羊的肉，難道不能吃？黑牛駕車，難道沒有力嗎？黑狗趕兔子，難道趕不到嗎？黑雞長鳴，難道不會守法則嗎？」「豈可」祇作

「豈」解，不能把「可」字當作「可否」的「可」字講。搜神記齊人空車條：「君從小已來，豈可無施恩之處，不見有一人來救君之難？」（頁888）「豈可無」就是「豈無」。

《魏書》韓麒麟傳：「既欲彰忠心於萬代，豈可為逆亂於一朝？」「豈可」也就是「豈」。

蘇拯蜘蛛論詩：「映日張羅網，遮天亦何別？儻居要地門，害物可堪說？」「可堪」就是豈堪。嚴武巴嶺答杜二見憶詩：「可但步兵偏愛酒，也知光祿最能詩。」「可但」就是豈但。《太平廣記》卷二百四十九引《啟顏錄》：「〔長孫〕玄同在幕內坐，有犬來，遺糞穢於牆上，玄同乃取支床傳自擊之。傍人怪其率，……玄同曰：『可不聞苟利社稷，專之亦可？』」「可不聞」就是豈不聞，苟諧狗音，專諧塼音，利諧瀉利之利，謂糞便。《法苑珠林》卷十：「汝可不知此餓鬼城，云何此中而索水耶！」「可不知」即豈不知。《唐摭言》卷七，知己篇：「李太白始自西蜀至京，名未甚振，因以所業贄謁賀知章。知章覽《蜀道難》一篇，揚眉謂之曰：『公非人世之人，可不是太白星精耶？』」「可不是」即豈不是。

韓愈楸樹詩二首之二：「幸是枝條能樹立，可煩蘿蔓作交加？」《舉正》：「蜀本謝校作『可煩』。」《考異》：「『可』或作『何』，祝本、魏本作『何』，廖本、王本作『可』。」「可煩」就是豈煩，校者不知「可」解作豈，改作「何」字，語意雖通而實非原來面目了。韓詩還有遊城南十六首，題于賓客莊：「馬蹄無入朱門跡，縱使春歸可得知？」寄崔二十六立之：「不脫吏部選，可見偶與奇？」「可」都應作豈解。白居易請罷兵第二狀，請罷恆州兵事宜：「忽見利生心，承虛入寇，以今之勢力，可能救其首尾哉？」李商隱華清宮詩：「當日不來高處舞，可能天下有胡塵？」「可能」就是豈能。白居易與諸客空腹飲詩：「醉

後歌尤異，狂來舞可難。拋盃語同坐，莫作老夫看。」「可難」就是豈難，這是說平時難，醉後狂來就不難了。又欲與元八卜鄰先有是贈詩：「可獨終身數相見，子孫長作隔牆人。」「可獨」就是豈獨，是說不但自己和元八終身作鄰居，兩家子孫也永遠作鄰居。蘇軾過太行詩：「未應愚谷能留柳，可獨衡山解識韓？」謂豈獨衡山能識韓愈，太行山也能識蘇自己。又與眉守黎希聲三首之三：「且夕自汴東去，愈遠風問，可勝悵然？」「可勝」就是豈勝。劉商行營病中詩：「心許征南破虜歸，可言羸病臥戎衣？」「可言」就是豈謂，哪裡想到。《杜陽雜編》卷上：「〔朱泚〕至寧州彭源縣，為心腹衛士韓旻、薛綸、朱維孝等逼而墜井，將殺之。泚謂旻曰：『汝等朕所鍾愛，今將敗績，可忍共殺耶？』」「可忍」就是豈忍。李商隱和孫朴韋蟾孔雀詠：「可在青鸚鵡，非關碧野雞。」「可在」就是豈在。方干題桐廬謝逸人江居詩：「由來朝市為真隱，可要棲身向薜蘿？」「可要」就是豈要。《寶真齋法書贊》卷十，宋杜正獻（衍）與歐公書簡帖，第四帖：「猥念衰羸，不校往復。雖認厚意，可喻覥顏？」「可喻」就是豈能言喻的意思。《侯鯖錄》卷一：「宋子京博學，作詩云：『可但魚知丙，非徒字識丁。』」王安石送何正臣主簿詩：「可但諸公能品藻，會須天子擢平津。」又次韻陸定遠以謫往來求詩詩：「可但風流追甫白，由來家世出機雲。」「可但」就是豈但，與嚴武詩同。又八公山詩：「身與仙人守都廁，可能雞犬得長生？」這是說淮南王劉安自己還被仙人罰守廁所，豈能雞犬升天呢？蘇舜元與舜欽瓦亭聯句詩：「重瞳三顧可易得？亮輩本亦生吾曹。」「可易」就是豈易。宋李幼武《皇朝名臣言行錄》卷一，黃庭堅語：「人生歲衣十疋，日飯兩盂，……其不應凍餓溝壑者，天不能殺也。今蹙眉終日，正為百草憂春雨耳。青山白雲，江湖之湛然，可復有不足之嘆邪？」「可復」就是豈復。蘇軾杭州牡丹開時僕猶在常潤周令作詩見寄

次其韻複次一首送赴闕詩後篇：「莫負黃花九日期，人生窮達可無時？……君看六月河無水，萬斛龍驤到自遲。」秦觀蝶戀花詞：「屈指豔陽都幾許，可無時霎閒風雨？」「可無」就是豈無。陳師道敬酬智叔三賜之辱兼戲楊理曹詩二首之二：「從來相戒莫打鴨，可打鴛鴦最後孫！」這是戲楊之語，謂鴨尚且不打，難道打鴛鴦孫嗎？楊萬里乙未和楊謹仲教授春興詩：「黃帽正堪供短棹，白頭可更獻長楊？」這是詩人自謂頭白之年，豈應再去獻賦，「可更」就是豈更。陸游寄葉道人詩：「若信王侯等螻蟻，可因富貴失神仙？」「可因」就是豈因。又舒悲詩：「丈夫不徒死，可作一丘貉？」「可作」就是豈作。又秋夜遣懷詩：「六年歸臥水雲鄉，本自無閒可得忙？」閉門詩：「閉門高臥鏡湖傍，元自無閒可得忙？」東窗偶書詩二首之二：「山川置掌猶能取，日月無膠可得黏？」楊萬里三月晦日閒步西園詩：「嶺南春去盡從伊，元自無花可得飛？」「可得」就是豈得。

　　《大唐世說新語》卷六，舉賢篇說：張循憲把張嘉貞薦給武后，願意把自己的官讓給他，武后說：「卿能舉賢，美矣！朕豈可無一官自進賢耶！」「豈可無」即「豈無」，與搜神記同。《法苑珠林》卷一百二，唐司元大夫妻蕭氏感應緣（不著出處）：「世人多有信邪事道，不樂佛法，既見汝獠婢尚能誦得三本梵經，豈可不生信心？」《洛陽搢紳舊聞記》卷五，焦生見亡妻條：『且人平昔之情如此，豈可為鬼之後與平昔之情頓殊乎？」《涑水記聞》卷十四：「岐王夫人，馮侍中拯之孫也。失愛於王。……岐王宮遺火，……王乳母素憎夫人，與王二嬖人共譖之日：火殆夫人所為他。」王……哭于太后日：『新婦所為如是，臣不可與同處。』太后怒，謂上：『必斬之！』上素知其不睦，必為左右所陷，徐對日：『彼公卿家子，豈可遽爾！俟按驗得實，然後議之。』」歐陽修論兩制以上罷舉轉運使副省府推判官等狀：「上言者又云：『不

因請託，人莫肯言。』此又厚誣之甚也。今內外臣寮無大小曾受人舉者十八九，豈可盡因請託而得？自兩府大臣而下，至外處通判以上，人人各曾舉官，豈可盡因請託而舉？若云其它舉官不請託，只此勅舉官須請託，即非臣所知也。今兩制之中，好人不少，繁難要害之地，皆已委任信用，豈可不如外郡通判等不堪委任舉官？況兩制之臣，除此勅外，亦更別許舉官，豈可舉他官則盡公，惟此勅則頓徇私請？」這些反詰句中的「豈可」，都作豈、難道講。《夢溪筆談》卷二十六：「薰陸，即乳香也。本名薰陸，以其滴下如乳頭者，謂之乳頭香，鎔塌在地上者，謂之塌香，如臘茶之有滴乳、白乳之品，豈可各是一物？」「豈可」也就是豈，「可」不作可以講。《水滸全傳》第七十三回：「劉太公的女兒端的是甚麼人搶去？只是你這裡剪徑的，你豈可不知道些風聲？」無名氏《比事摘錄》（此書魏程不避好名條稱「元程思廉」，褚夏年壽條又引至元丙子事，疑是明人所輯，但所摘事應有出處，未詳）狄柳友誼條：「狄仁傑為并州法曹，時同僚鄭崇質當使絕域，崇質母老且病。仁傑曰：『彼母如此，豈可使之有萬里之憂！』詣長史藺仁基請代之。仁基允其代行。仁基素與司馬李孝廉不叶，因相謂曰：『吾輩豈可不自愧乎！』」「豈可不」就是豈不。

　　《論衡》語增篇：「夫不與尚謂之矔若腒；如德劣承衰，若孔子栖栖，周流應聘，可骨立跛附僵仆道路乎？」又寒溫篇：「齊魯接境，賞罰同時。設齊賞魯罰，所致宜殊；當時可齊國溫魯地寒乎？」《論衡》的兩個「可」都應作豈解。據此知「可」東漢已作豈解。《晉書》符堅載記：『堅曰：『帝王厤數，豈有常哉？……劉禪可非漢之遺祚？然終為中國之所并。』《顏氏家訓》教子篇：「又宜思勤督訓者，可願苛虐於骨肉乎？誠不得已也。」又風操篇：「《禮》云：『見似目瞿，聞名心瞿。』……必不可避，亦當忍之。猶如伯叔兄弟酷類先人，可得終身腸

斷，與之絕耶？」「可」字義同。

　　《搜神記》卷十六，秦臣伯絛：「琅琊秦巨伯，年六十。嘗夜行飲酒，道經蓬山廟。忽見其兩孫迎之，扶持百餘步，便捉伯頸著地，罵：『老奴，汝某日捶我，我今當殺汝！』……伯歸家，欲治兩孫。孫驚愷，叩頭言：『為子孫，寧可有此？恐是鬼魅。』」「寧」古語本作豈解，「可」也是豈，與「寧」同義連文，合作一個複合詞，有難道義。

　　本條已見《詩詞曲語辭彙釋》卷一，可參看。

剩　賸　勝

多，盛。

　　金剛般若波羅蜜經講經文：「直得剩轉金剛（剛）教，般若兮（無）過遍數多。」（頁 428）誦經叫「轉」，「剩轉」就是多誦經，所以下句說「無過遍數多」。歡喜國王緣：「三八士（事）須斷酒肉，十齋真要剩燒香。……唅佛座前領取偈，剩搣（拋）散施總須（依甲卷補）知。」（頁780）就是「多燒香」、「多拋散施」。維摩詰經講經文：「剩烈（列）奢花（華）豔質。」又：「莫不剩裝美貌。」（並見頁620）「剩裝」就是「盛裝」，「剩列」就是「盛列」，多和盛的意義是相成的。

　　《周書》寇儁傳：「家人曾賣物與人，而剩得絹五匹。」杜甫即事詩：「秋思拋雲髻，腰肢賸寶衣。」謂腰肢瘦削，寶衣顯得寬大，與多義相近。

　　《唐律疏議》卷七，衛禁上：「諸得出入者，剩將人出入，各以其罪罪之。」「剩將人」就是多帶人。《法苑珠林》卷一百十引唐人王玄策《西國行記》：「其王（阿育王）心知繼室奸宄，飲氣而怒，剩加刑繼室；所是時輔佐，並流配雪山東北磧鹵不毛之地。」《大唐世說新語》

卷十二，酷忍篇：「許敬宗又揚言於朝曰：『田舍兒剩種得十斛麥，尚欲換舊婦，況天子富有四海，立皇后，有何不可！』」「剩種得」就是「多種得」。《資治通鑑》卷一百九十九作「田舍翁多收十斛麥，尚欲易婦」。

白居易留題開元寺上方詩：「數來猶未厭，長別豈無情。戀水多臨坐，辭花剩繞行。」又贈夢得詩：「祗有今春相伴在，花前膢醉兩三場。」李商隱李夫人詩三首之二：「剩結茱萸枝，多擎秋蓮的。」

《北夢瑣言》卷十，新趙意醫條：「趙鄂亦言疾已危，與梁生所說同矣。謂曰：『只有一法。請官人剩喫消梨，不限多少；時咀嚼不及，捩汁而飲；或冀萬一。』」

《景德傳燈錄》卷二十五，杭州報恩寺慧明禪師：「上坐離都城到此山，則都城少上坐，此山剩上坐。」

《苕溪漁隱叢話》後集卷十七，載南唐孫魴金山寺詩：「天多剩得月，地少不生塵。」

蘇軾乞增脩弓箭社條約狀二首之一：「今已取會到本路州軍所免折科錢物數目，比之和買價例，每歲剩費錢七千九百九十八貫五十六文，所獲精銳，可用民兵三萬餘人，費小利大。」「剩費」就是多費。又庚辰歲人日作詩聞黃河已復故流：「典衣剩買河源米，屈指新篘作上元。」又答蘇伯固三首之二：「寄惠鍾乳及檀香，大濟要用。乳已足剩，不煩更寄也。」秦觀次韻李安上惠茶詩：「從此道山春困少，黃書剩校兩三家。」是說喝茶能解困，所以能多校黃本書。《孔氏談苑》卷二：「雷大簡判設案，御廚每日支麵一萬斤；後點檢，每日剩支六千斤。」陸游卜居詩：「借春乞火依鄰里，剩釀村醪相往還。」楊萬里探梅詩：「却緣久住成幽事，剩看南枝一度開。」《能改齋漫錄》卷十七載，南宋人阮閱洞仙歌贈官妓趙佛奴詞：「待不眨眼兒覷著伊，將眨眼

工夫，剩看幾遍。」（這首詞《彊邨叢書》本《阮戶部詞》不載，清人張宗橚《詞林紀事》卷九，末句作「看伊幾遍」，應以吳氏所錄為是。）「剩看幾遍」就是多看幾遍。

　　九卷本《陽春白雪》後集卷四，缺名中呂粉蝶兒套：「一個冠兒上剩鋪廣翠，一個頭袖上多綴珍珠。」元人張憲白紵舞詞：「急管繁弦莫苦催，真珠剩買烏程酒。」

　　「剩」又作甚解，舉一例於此。陸游贈道侶詩：「剩欲相招同此事，疑君未辦一生閑。」「剩欲」就是很想。

　　「剩」元人雜劇中又作「勝」，同音通用。張國賓《合汗衫》劇第四折，太平令曲：「梁武懺多看幾卷，消災呪勝讀幾遍。」白樸《墻頭馬上》劇第一折：「小姐不快時，少做女工，勝服湯藥。」喬吉《揚州夢》劇第一折：「看花呵致成症候，飲酒呵灌的醉休。我則待勝簪花，常帶酒。」《梨園按試樂府新聲》卷下，無名氏迎仙客十二月曲，十月：「酒頻沽，橙羨剞，煖閣紅爐，勝有風流處。」「羨」、「勝」都是多。「勝」有多義，杭州大學中文系學生邊新燦指出。

　　蘇軾答李端叔書：「足下又復創相推與，甚非所望。」「創」乃剩字之誤。「剩相推與」即盛相推與，參前引維摩詰經講經文「莫不剩裝美貌」語。

　　本條可參看《詩詞曲語辭彙釋》卷二。

只竟

即「至竟」，究竟、到底的意思。

　　大目乾連冥間救母變文：「長者聞語意以悲，心裡迴惶出語遲：『弟子閻浮有一息，不省既有出家兒。和尚莫怪苦盤問，世上人倫有數

般。乍觀出語將為異（易），收氣之時稍似難。俗間大有同名姓，相似顏容幾百般。形容大（不）省曾相識，只竟思量沒處安。闍梨苦死來相認，更說家中事意看。』」（頁718）這裡說的是輔相長者死後生天，其子目連出家得羅漢果，上天宮相認，輔相因未知目連出家，和自己知道的兒子的情況不合，不肯造次相認。「只竟思量沒處安」，意謂造次相認，想起來到底不妥當。唐詩中多見「至竟」，如杜牧桃花夫人廟詩：「至竟息亡緣底事？可憐金谷墜樓人。」又作「止竟」，詳《詩詞曲語辭彙釋》卷三。變文的「只竟」，是「至竟」的又一寫法，可補《匯釋》之闕。

貫休風琴詩：「至竟心為造化功，一枝青竹四弦風。」楊萬里月臺夜坐詩二首之一：「秋日非無熱，秋宵至竟清。」

《後漢書》方術傳論：「及徵樊英、楊厚，朝廷若待神明，至竟無它異。」這是「至竟」一詞之早見者。

只手　只首
猶如說「實在」、「誠然」，作狀語用。

大目乾連冥間救母變文：「賢者是何人，此間都集會，閑閑無一事，遊城塓（郭）外來？貧道今朝至此間，心中隻手深相怪。」（頁719）醜女緣起：「只首思量也大奇，朕今王種豈如斯！」（頁788）「手」和「首」變文通用，如「了手」也作「了首」，見釋事為篇。這兩篇都作實在講，是說心裡實在奇怪，實在想起來奇怪。妙法蓮華經講經文：「若是世間七寶，只首交（教）汝難求，可能捨得己身，與我充為高座？」（頁496）這個「只首」應解為「誠然」、「果然」，是一種讓步語氣。

　　《雲溪友議》卷七，李宣古贈崔雲娘子詩：「何事最堪悲？雲娘只首奇。瘦拳拋令急，長嘴出歌遲。……」這是嘲弄妓女的詩，「只首」也作實在講，意思在於誇大。

　　《景德傳燈錄》卷十八，福州玄沙師備禪師：「師與韋監軍喫果子。韋問：『如何是日用而不知？』師拈起果子曰：『喫。』韋喫果子了再問之。師曰：『只首是日用而不知。』」這個「只首」應作「誠然」、「果真」講，有惋惜的語氣。

不那

表示原因的連詞，猶言「無如」，意謂由於某種原因而具有某種能力、資格，使對方不能勝過，無可辭免。「不那」就用以領起獲得這種能力、資格的原因。

　　這個詞兒見於降魔變文：「老身雖居臣下，不那爾（耳）順之年，君子由（猶）仁（事）伍更，夫子問於泰（太）廟。」（頁370）這是首陀天王變成的老人向祇陀太子說的話，意謂由於自己年老，經歷多，因而有評議太子與須達爭吵的資格。五更即「三老五更」的五更，《禮記》文王世子：「遂設三老五更，羣老之席位焉。」鄭玄注：「三老五更各一人也，皆年老更事致仕者也。」又：「應時便開庫藏，般（搬）出紫磨黃金，選壯象百頭馱舁即送。不那聖力加被，須臾向周。」（頁370）這是說須達得釋迦聖力保佑，所以壯象馱黃金，將黃金佈在祇陀太子花園的地上，須臾之間就接近佈遍。又：「我今雖為小聖，不那諮稟處高，祗如顯政（正）摧邪，絕是小務。」（頁379）這是舍利弗自謂，由於他是釋迦的徒弟，所以有能力鬥法勝過六師。「不那」的「那」是「奈何」的合音，「不那」就是無可奈何，使對方或事勢無可奈何，

必須就我之範，在乎我有年高，得到聖力加被和諮稟處高等原因：「不那」之所以成為表原因的連詞，蓋由於此。

事須 士須 事必 是須 是必

應須的意思，表示祈使或事勢應該如此。

韓擒虎話本：「若也已後為君，事須再興佛法。」（頁 197）維摩詰經講經文：「事須速疾來歸舍，只向門前待我兒。」（頁 607）目連緣起：「吾今賜汝威光，一一事須記取。」（頁 710）歡喜國王緣：「三八士須斷酒內，十齋真要剩燒香。」（頁 780）「士」是「事」的假借。祇園因由記：「友曰：『我要汝父事必相見。』」（頁 405）以上表示祈使語氣。醜女緣起：「若諸朝官赴我筵會，小娘子事須出來相見。」（頁 795）表示事勢應該如此。

《齊民要術》雜說：「且須調習器械，務令快利；餧飼牛畜，事須肥健。」表示祈使。《資治通鑑》卷一百三十四，宋紀十六，順帝昇明元年：「〔王敬則〕手取白紗帽加〔蕭〕道成首，令即位，曰：『今日誰敢復動？事須及熱！』」表示事勢之應然。《魏書》獻文六王廣陵王傳：「廷尉所司，人命之本。事須心平性正，抑強哀弱。」又：「雖未經三載，事須考黜。」又刁雍傳：「夫欲育民豐國，事須大田。此土乏雨，正以引河為用。」《北史》隋本紀上：「人生子孫，誰不念愛？既為天下，事須割情。」又侯深傳：「我兵少，不可力戰，事須為計以離隙之。」《法苑珠林》卷一百十六引《唐高僧傳》：「賓客極多，事須看視。」《唐律疏議》卷二十七，雜律下疏議：「若行下處多，事須抄寫。」白居易論和糴狀：「若利害相懸，則事須追改。」《遊仙窟》：「兒意相當，事須接引。」劉禹錫和樂天鸚鵡詩：「誰遣聰明好顏色，事須安置

入深籠。」又和僕射牛相公二首之二：「只恐重重世緣在，事須三度副蒼生。」方干偶作詩：「夜學事須憑雪照，朝廚爭奈絕塵何！」蔣防霍小玉傳：「盧亦甲族也，嫁女於他門，聘財必以百萬為約，不滿此數，義在不行。生家素貧，事需求貸。」《舊唐書》食貨志下：「當軍興之時，與承平或異；事須兼儲布帛，以備時需。」大中九年越州都督府給予日本僧人的過所：「事須給過所者。」（見沈起煒著《隋唐史話》下冊，頁 46，中國青年出版社。）《舊五代史》晉高祖紀一：「我三千里赴義，事須必成。」又禮志下：『……今所司修奉祧廟神主及諸色法物已備，合預請參詳，事須具狀申奏。」都是理應如此的意思。歐陽修在河北轉運使任內有訪問逐州利害牒，內用「事須」，義同，文繁不錄。南宋熊克《中興小紀》卷十，朱勝非言：「陛下志在撥亂，事須務實，乃可圖功，不當徇虛名。」

　　金、元劇曲裡多見「是須」、「是必」，見《詩詞曲語詞彙釋》卷一和《元劇俗語方言例釋》。兩書舉了十一個例子，都是祈使語氣，這應是「事須」、「事必」之變。朱氏釋「是」為「勢」，與所舉例子語氣不合。張氏則謂：「是，猶務也。」也衹是按整句的祈使語氣推求得來的假象。按：這類詞語的上一字本應從變文作「事」，「是」是音近借用。「事須」、「事必」，是由「於事，必須……」凝縮而成的形式。並非「事」、「是」本身有「應」、「須」、「務」、「必」等義，衹要看變文和劇曲裡絕無「事」、「是」獨用而有這些意義的，就可以知道了。陸贄論裴延齡姦蠹書：「兩司既相論執，理須辨鞫是非。」《法苑珠林》卷一百六，受戒篇第八十七之三，八戒部之餘：「既受得戒已，理須識相護持。若不識相，遇緣還犯。」《太平廣記》卷二百四十二，李睍條引唐人牛肅《紀聞》：「兒女長成，理須婚娶。」《舊五代史》賈緯傳：「與公鄉人，理須相惜。」《靖康要錄》卷一：「今來事不獲已，理須權

宜措置。」「理須」和「事須」是相類似的。又《廣記》卷三百二十九，張守珪條引《廣異記》：「騎來漸逼，守珪謂左右：『為之奈何？若不獲已，事理須戰。』」卷四百五十一，李麝條引同書：「其後李充租綱入京，與鄭同還。至故城，大會鄉里飲宴，累十餘日。李催發數四，鄭固稱疾不起，李亦憐而從之。又十餘日，不獲已，事理須去。」「事理須」是「事須」、「理須」的混合體，可知「事須」的「事」就是「事理」的「事」。又，《魏書》田益宗傳：「吾百口在彼，事理須還，不得顧汝一子也。」「事理須」凝縮即成「事須」。

陸游小雨詩：「小雨暗林塘，寒聲遶畫廊，事需求暫假，宜睡稱燒香。」自注：「事須二字，蓋唐人公移中語也。」按：這兩個字多見於公文中，實際不限於此，上面所舉各例可見。

宋晁載之《續談助》引《殷芸小説》，曹公卞夫人與太尉夫人袁書（亦見《古文苑》）：「主簿股肱近臣，征伐之計，事須敬諮。」《小説》原注：「出魏武楊彪傳。」余嘉錫考定是魏時人魚豢《魏略》中的楊彪傳。據此，這個詞兒三國時已有。《南齊書》東南夷傳：「而梅生等保落奉政，事須繩總。」

鎮 衙

常常，長久。

「鎮」字或者單用，或者和「常」、「長」對舉，或者和「長」字連用。單用的例子，如伍子胥變文：『自從逃逝鎮懷憂。』（頁16）左街僧錄大師壓座文：「三界眾生多愛癡，致令煩惱鎮相隨。」（頁840）和「長」字對舉的例子，如妙法蓮華經講經文：「三八鎮遊諸寺舍，十齋長具斷昏（葷）辛。」（頁509）維摩詰經講經文：「愚情未悟，破（被）

六塵鎮昧於情田；真理難分，致三毒長時於染污。」（頁 538）和「常」字對舉的例子，如无常經講經文：『鎮聞妙法，常歷耳根。」（頁 657）

「鎮、長」連用的例子，如无常經講經文：『鎮長煩惱相拘牽。」（頁 668）

「鎮」又作「衜」。不知名變文：「可惜却娘娘百疋錦，衜教這裡忍飢來。」（頁 814）「衜」就是「衜」字形近之誤。王慶菽校作「道」，以為就是「倒」，這是錯的，《敦煌變文彙錄》裡這個字正作「衜」。《西廂記》第一本第二折：「衜一味風清月朗。」王季思注：「《篇海》：『衜，音淳，真也，正也，不雜也。』按，今名作『整』或『鎮』，如言『整日』、『鎮日』是。」

唐太宗詠燭詩二首之一：「鎮下千行淚，非是為思人。」唐高宗大唐三藏聖教序記：「道名流慶，歷遂古而鎮常；赴感應身，經塵劫而不盡。」

韓愈杏花詩：「浮花浪蘂鎮長有，纔開還落瘴霧中。」唐馮翊子《桂苑叢談》，張綽有道術條，張綽述德陳情詩：「今日東漸橋下水，一條從此鎮長清。」前蜀顧敻春曉曲：「鎮長獨立到黃昏，却怕良宵頻夢見。」宋人趙扑和何節判觀水詩：「西流終古恨，南浦鎮時忙。」朱熹春谷詩次韻秀野閑居十五詠之六：「地僻芳菲鎮長在，谷寒蜂蝶未全來。」吳文英聲聲慢詞：「花鎮好，駐年華長在瑣窗。」《夷堅乙志》卷十三，九華天仙條，惜奴嬌大曲，其一：「與諸仙同飲，鎮長春醉。」《梨園按試樂府新聲》卷中，無名氏沉醉東風曲：「一春繡被閑，盡日香閨掩，盼才郎鎮長作念。」

《唐音癸籤》卷二十四：「六朝人詩用鎮字，唐詩尤多，如褚亮『莫言春稍晚，自有鎮開花』之類。韻書：鎮，壓也，亦安之也。蓋有常之義。約略用之代常字，令聲俊耳。」説「鎮」有常字義是對的，但這

個字在口頭和筆下已經普遍使用，不能說成是「令聲俊」的修辭手法。《癸籤》所引，為褚亮燭花詩語。

　　《說文》：『填，塞也。』段玉裁改塞作窒，註：『塞，隔也，非其義也。窒下云室也，室下云窒也，實亦窒也。填與實音義同。窒之則堅固，其義引申為久。大雅『倉兄填兮』傳曰：『填，久也。』常棣『烝也無戎』傳曰：『烝，填也。』東山『烝在桑野』傳曰：『烝，寘也。』而《爾雅》釋詁則曰：『塵，久也。』是填、寘、塵三字音同。故鄭箋東山云：『古者聲填、寘、塵同也。』塵為段借字，蓋古經有作塵者。今新陳字作陳，非古也，而古音之存者也，詩詞內作鎮，亦是此字。』據段氏之說，作久長義的字，先秦作填、寘、塵，漢以後代之以陳，（古詩十九首驅車上東門篇：「下有陳死人。」）而後世詩詞中的鎮常、鎮日的鎮則遠紹填、寘、塵、陳而來，這可以說是得其會歸了。又按：古代還有一個「振」字，也是「鎮」的古字。《爾雅》釋言：「振，古也。」郭璞註：「《詩》曰：『振古如茲。』猶言久若此。」郝懿行義疏：「振者，聲近塵。釋詁云：『塵，久也。』久、故與古義近。」

時　時固　單故
特意，專。

　　廬山遠公話：「但貧道從鴈門而來，時投此山，住持修道。」（頁168）太子成道經附錄，悉達太子讚：「勅下令教造火坑，羅睺母子被驅行。合掌虔恭齊發願，如來時為放光明。」（頁300）維摩詰經講經文：「為重修禪向此居，我今時固下雲衢。」（頁623）又：「我今時固下天來，為見師兄禪坐開，得禮高人忻百度，喜瞻并（菩薩）清千迴。」（頁629）裡的「時」和「時固」都應作特意解，文義纔恰當。《陝北闗

中兩縣分類詞彙》：「〔銅川縣〕特地曰『單故』，如云『我今天單故來看你』，謂特來也。」「單故」一詞，就是變文「時固」轉變來的。「單」、「特」同屬舌頭音，「時」屬正齒音，舌齒兩音中古沒有嚴格的區分，所以「時」也就是「特」，「時固」也就是「單故」了。又，難陀出家緣起：「緣有孫陀羅是妻，容顏殊勝，時為戀着是妻，世尊千方萬便，教化令教出家，且不肯來，便言語無端，亂説辭章，緣戀着其妻。」（頁395）「時為」猶如説專為、單為。

《舊唐書》姚崇傳：「時有中書主書趙誨，為崇所親信，受蕃人珍遺。事發，上親加鞫問，下獄處死。崇結奏其罪，復營救之。上由是不悦。其冬，曲赦京城，敕文時標誨名，令決杖一百，配流嶺南。崇自是憂懼，頻面避相位。」「時標誨名」就是特意標出趙誨的名字。

元稹連昌宮詞：「須臾覓得又連催，特敕街頭許燃燭。」日本享和三年（1803）江戶昌平坂學問所官板本的韋莊《又玄集》，「特」字作「時」。按：李白將進酒的「問君西遊何時還」，這個選本「何時」作「何當」，「何當」作何時解，正是六朝至唐的習語，可見唐人習用的詞語和字頗有被後人改去的，而這個選本裡還保存着一些。「時敕」的「時」應作特別解，却不是誤字。又《唐摭言》卷十，海敍不遇篇：『任濤……數舉敗於垂成。李常侍驚廉察江西，特與放鄉里之役。」「特」字雅雨堂本作「時」，蔣光煦《斠補隅錄》校作「特」，這也恐係舊本本作「時」，而亦並非錯字。又蘇聯東方研究所所藏唐人卷子佛報恩經講經文：「『耆闍屈山』者，……接北山之陽，孤摽時起。」「摽」當作「標」，「時」也就是「特」。

參差　傪嗟

幾乎，差不多。

无常經講經文：「貪為身，貪為己，垂憶二親遭拷捶。莫道思量救拔門，眼裡參差兼沒淚。」（頁665、666）「垂」字義不可通，應是「誰」字的錯誤。這裡說兒孫祇知道為自己，不會繫念到父母在冥間被拷，不但不能希望他想到救拔父母，就是眼裡也幾乎沒有淚的。

李陵變文：「更若人為（有）十隻矢，傪嗟重得見家鄉。」（頁91）這裡說差不多可以生還。「傪嗟」同「參差」。

《朝野僉載》卷五，「英公時為宰相，有鄉人嘗過宅，為設食。客裂却餅緣（客字上本重一食字，據《太平廣記》卷一百七十六刪），英公曰：……少年裂却緣是何道？此處猶可，若對至尊前，公作如此事，參差斫却你頭！」白居易長恨歌：「中有一人字太真，雪膚花貌參差是。」是說仙山上字太真的仙子，她的雪膚花貌和楊貴妃差不多相似。《封氏聞見記》卷七，高塘館條，李和風譏笑閻敬愛的詩：「高唐不是這高塘，淮畔荊南各異方。若向此中求薦枕，參差笑煞楚襄王！」這個「參差」猶如說「差一點兒」，和「幾乎」、「差不多」的意義相同。

楊萬里跋吳箕秀才詩卷詩：「晚唐異味今誰嗜，耳孫下筆參差是。」詩意謂吳箕是晚唐詩人吳融字子華的耳孫，他寫出來的詩幾乎和吳融一樣。辛棄疾水龍吟詞：「老來曾識淵明，夢中一見參差是。」意謂夢中所見的淵明，幾乎能逼真。

董解元《西廂記》卷八，雙調文如錦曲：「鶯鶯在普救，參差被虜。」「參差」也是「差一點兒」的意思。

陸游野意詩：「便覺眼邊歸路近，鏡湖禹廟見參差。」這裡的「參差」義同彷彿，仍與差不多義近。

荏苒

幾乎，差不多，與「參差」義同。

捉季布傳文：「季布鞠躬而啟曰：『相公試與奏明君。但道曾過朱解宅，聞説東齊戶口貧，州官縣宰皆憂懼，良田勝土并荒蕪（蕪）。為立千金搜季布，家家圖賞罷耕耘。陛下捨僁休倍足（括捉），免其金玉感黎民。……』皇帝既聞人失業，失聲憶得《尚書》云：民唯邦本須慈惠，本固邦寧在養人（下句依馮沅君校）。朕為舊讐荒國土，荏苒交他四海貧。……」（頁 67）按：張文成《遊仙窟》「輝輝面子，荏苒畏彈穿；細細腰支，參差疑勒斷。」「荏苒」與「參差」對文同義，都是幾乎的意思。方詩銘注《遊仙窟》，謂「苒」作「染」，柔軟的意思，未愜。

着

就是用，介詞，和文言文的「以」相當。

太子成道經「是時太子，四天王捧馬足，便即逾城。以手即（當據甲、乙卷作「却」請玉鞭，指其耶輸腹有胤。」（頁 295）太子成道變文：「太子乘馬而上，妻是耶須（輸）陁羅夫人，並總不覺，著金邊至壞角。」（頁 327）《變文集》校「胤」作「孕」，「邊」作「鞭」。案：「胤」、「孕」兩個字可通用，「邊」作「鞭」是對的。這兩段文字都敍述太子離開王宮往雪山修道的情形，內容相同。「至壞角」的「至」與「指」字通用，又一篇太子成道變文：「一手至天，一手至地。」（頁 320）就是指天指地；「壞角」應是「懷胤」之誤，「着金鞭至」是一句，「懷胤」又是一句。「着玉鞭」、「着金鞭」就是用玉鞭、用金鞭。韓擒虎話本：「道由言訖，便奔床臥，才著錦被蓋却……」（頁 206）就

是纔用錦被蓋却。醜女緣起：『阿姊無計，思寸（忖）且著卑辭報答王郎。」（頁 793）「著」字的用法也相同。

白居易曲江亭晚望詩：「詩成闇著閑心記，山好遙偷病眼看。」又江樓晚眺寄水部張員外詩：「好著丹青圖畫取，題詩寄與水曹郎。」王建宮中三臺二首之一：「日色柘袍相似，不著紅鸞扇遮。」曹唐小遊仙詩九十八首之八十五：「頻著金鞭打龍角，為嗔西去上天遲。」《太平廣記》卷一百五引《廣異記》，三刀師條：「遂削髮出家，著大鐵鈴乞食，修千人齋供，一日便辦。」又卷一百二十二引盧氏《逸史》，華陽李尉條，記劍南節度使張某謀殺華陽李尉而佔了他的妻子，李妻不久也死了，李鬼要報讎，而李妻的鬼魂偏向張某，教他不要下堂，李尉就沒法加害。後來「張見一紅衫子袖於竹側招己者，以其李妻之來也，都忘前所戒，便下堦奔赴之。左右隨後叫呼止之不得，至，則見李尉衣婦人衣，拽張於林下毆擊良久，云：「此賊若不著紅衫子招，肯下堦耶？』」蘇軾次韻和劉貢甫登黃樓見寄並寄子由詩二首，寄子由：「自寫千言賦，新裁六幅圖（近以絹自寫子由黃樓賦，為六幅圖甚妙）。傳看一坐聳，勸著尺書呼。莫使騷人怨，東遊不到吳。」騷人謂子由。又答子由頌：「有病宜須著藥攻，寒將火燭熱時風。」朱熹叔通老友探梅得句且有領客攜壺之約詩：「應為花神無意管，故煩我輩著詩催。」陸遊記出遊所見詩：「眉頭那可遣愁到，舌本正要著酒澆。」《夷堅丁志》卷一，南豐知縣條：「翁叱曰：『著棒打！』僕從舉梃亂擊。」《歲時廣記》卷十一，變鼉種條引《集正歷》：「正月十五日，浴鼉種了，絣小繩子掛搭一七日，令春氣少改變色，却收於清涼處，著一甕盛。」《劉知遠諸宮調》第二，高平調賀新郎曲：「那兩個花驢養」，旹（「着」字簡寫，全書例子很多）牛繩綁我在桑樹上。」又：「知遠聞言，欠身叉手，著言咨告。」《水滸傳》第二回：「次日小王都太尉取出玉龍筆架

和兩個鎮紙玉獅子，着一個小金盒子盛了，用黃羅包袱包了。」這些「着」字都是「用」的意思，「著紅衫子」的「着」是不應作「穿著」解的。《梨園按試樂府新聲》卷上，關漢卿二十換頭雙調新水令掛打沽曲：「旋剖溫橙列著玳筵，玉液著金瓶旋。」第二個旋字是溫，謂酒用金瓶溫。

《法苑珠林》卷一百六引《智度論》：「如諸佛盡壽不著香華瓔珞，不著香油塗身，不著香薰衣，我某甲一日一夜不著香華瓔珞，不香塗身，不著香薰衣亦如是。」「不香塗身」的「不」下脫落一個「著」字，「香」下脫落一個「油」字。

這一條可參看《詩詞曲語辭彙釋》卷三。

元稹酬孝甫見贈詩十首之二：「憐渠直道當時語，不着心源傍古人。」這裡的「着」也是介詞，而語意和「把」相同。附記於此，不另立一條了。

黃庭堅四休居士詩三首之二：「無求不着看人面，有酒可以留人嬉。」「不着」就是不用、不須。這裡的「着」是能願動詞，與上述諸例之為介詞不同，但其有「用」的意思是相同的。

「着」又有因為義，這和文言「用」有因為義相似。《梨園按試樂府新聲》卷中，無名氏慶宣和曲：「暗想人生能幾何，枉了張羅。七十歲光陰五旬過，着甚不快活？」「着甚」就是「因甚」，為什麼。

非論　不論　無論　豈論　非

不但。

葉淨能詩：「劍南人吏百姓，皆言皇帝通神宇宙，天下周遊，非論蜀川境，諸州府不敢輒行法令。」（頁224）維摩詰經講經文：「非論菩

薩似恆沙，光內親觀諸仏（佛）洰。」（頁570）佛家以大心入佛道之人為菩薩，具滿自覺覺他二行，為十界最高之聖者為佛；這裡謂不但見菩薩，也見到佛。又：「不可思議居士，化誘有千般道理。非論說法不（多）途，勸誨王孫帝子，宰官居士之屬，和愜如同魚水；婆羅門人我如山，我悉遣除慢易……又逢闍豎之徒，直至宮中侍婢，忽逢居士，戒訶，一一消亡罪累。」（頁576）這是說維摩不但教化王孫帝子、宰官居士連婆羅門等人直到闍豎宮婢都加以教化。大目乾連冥間救母變文：「行惡不論天所罪，應時冥零（靈）亦共誅。」（頁722）「不論」和「亦」相應，相當於現代語的「不但……也……」。

唐人李翔軍山前馬退石詩：「非論蹇步須回駕，縱使追風亦解鞍。」

敦煌寫本無名氏奉贈賀郎詩（伯2976卷）：「不論空蒜（蒜）酢，兼要好㭼薑。」

白居易洛中多暇數與諸客宴遊醉後狂吟偶成十韻因招夢得賓客兼呈思黯奇章公詩：「改業為逋客，移家住醉鄉。不論招夢得，兼擬誘奇章。」又履信池櫻桃島上醉後走筆送別舒員外兼寄宗正李卿考功崔郎中詩：「不論崔李上青雲，明日舒三亦拋我。」蘇軾謝張太保撰先人墓碣書：「辨姦之始作也，自軾與舍弟皆有『嘻其甚矣』之諫，不論他人。」又答陳師仲書：「處世齟齬，每深自嫌惡，不論他人。」與米元章書九首之一：「此賦當過古人，不論今世也。」又書林逋詩後詩：「不論世外隱君子，傭奴販婦皆冰玉。」楊萬里上巳日與沈虞卿尤延之莫仲謙招陸務觀沈之壽小集張氏北園賞海棠詩：「不論宜雨更宜晴，莫愁傾國與傾城。」陸游追憶西征幕中舊事詩四首之三：「憶昨王師戍隴回，遺民日夜望行臺。不論夾道壺漿滿，洛筍河魴次第來。」

李白望廬山瀑布詩二首之一：「無論漱瓊液，且得洗塵顏。」白居

易和元九悼往詩：「無論君自感，聞者欲霑襟。」盧真七老會詩：「無論官位皆相似，及至年高亦共同。」雍裕之豪家夏冰詠：「無論塵客閑停扇，直到消時不見蠅。」楊萬里明發祈門悟法寺溪行險絕詩六首之二：「無論驚殺行人着，兩岸諸峰震欲摧。」又和謝上巳日周丞相少保來訪敝廬留詩為贈詩：「無論藏去傳詒厥，拈向田夫野老誇。」陸游若耶村老人詩：「皤然阡陌間，來往幾飴背。無論百歲翁，甲子數至再。」甲子數至再，則至少一百二十歲；這是說不但有百歲之翁，而且有百歲以上的老人。

　　梁人劉孝威剪綵花詩：「無論人訝似，蜂見也爭來。」這是以「無論」作「不但」用的較早的例子。

　　敦煌唐人詩集殘卷無名氏秋晚羈情詩：「非論邂逅離朋友，抑亦淪流彫羽翮。」又忽有故人相問以誌（詩）代書達知己兩首之二：「非論阻礙難相見，亦恐猜慊不寄書。」又蘇聯東方研究所藏唐人卷子佛報恩經：「意地非論毀相儀，心中兼已離恩愛。」又：「非空飯味人人足，兼得衣裳日日多。」「非」與「非論」同義，參見後文。唐人李渤喜弟淑再至為長歌：「非論疾惡志如霜，更覺臨泉心似鐵。」《太平廣記》卷三百七十一，曹惠條引《玄怪錄》，記曹惠得到兩個女木偶，雕飾巧妙而丹青剝落，靈異能言，對曹說：『廬山神欲取輕素為舞姬久矣，……然君能終恩，請命畫工便賜粉黛。」曹就使畫工加綵繪，輕素笑曰：「此度非論舞伎，亦當彼夫人。」意謂不但可作舞伎，也配作夫人。

　　《南史》張融傳：「融善草書，常自美其能。帝曰：『卿書殊有骨力，但恨無二王法。』答曰：『非恨臣無二王法，亦恨二王無臣法。』」《唐摭言》卷十一，怨怒篇，任華與京尹杜中丞書：「公之頃者，似不務此道，非恐乖於君子，亦應招怒於時人。」

韓愈寄崔二十六立之詩:「迴首卿相位,通途無佗岐;豈論校書郎,袍笏光參差!」「豈論」就是「不論」的反詰語氣說法,意謂不但作校書郎,還能致身卿相。《隋書》趙綽傳:「時上禁行惡錢,有二人在市以惡錢易好者,武候執以聞,上令悉斬之。綽進諫曰:『此人坐當杖,殺之非法。』上曰:『不關卿事。』綽曰:『陛下不以臣愚暗,置在法司;欲妄殺人,豈得不關臣事!』上曰:『撼大木不動者當退。』對曰:『臣望感天心,何論動木!』」「何論」與「豈論」義同。

按:「不論」、「非論」、「無論」,就其初義來說,應該是「不要說」、「不用說」。如陶潛桃花源記:「乃不知有漢,無論魏晉。」意謂連漢也不知道,不用說魏晉了。謝朓王孫遊詩:「無論君不歸,君歸芳已歇。」意謂不要說你不回來,就算你回來,芳華也就消歇了。但用法是有發展的。當發展為和「更」、「亦」相呼應的時候,如救母變文和白居易、盧真、李渤的詩及《玄怪錄》等例,特別是李渤一例,就很難解為「不要說」、「不用說」(沒有「論」字的張融語和任華書也和李渤詩一樣),而以解為「不但」,當作表示進一層的連詞為妥了。這個用法的轉變,就現有各例看來,大約完成於唐代(《南史》為唐人所著,《南齊書》不載張融論書語);其中仍或可以解如初義的,但已處於轉變的臨界線上,不妨認為和李渤等例一樣,是已經轉變過來的了。

將

猶「與」,與類連詞,也作介詞用。

李陵變文:「抽刀避(劈)面血成津,此是報王恩將得。」(頁96)「恩將得」就是恩與德。下文「漢家天子辜陵得」,也以「得」為「德」,證之《文選》李陵答蘇武書「陵雖孤恩,漢亦負德」,可以無疑。

　　本條已見《詩詞曲語辭彙釋》卷三。上官婉兒奉和聖制立春日賜宴內殿出翦綵花應制詩：「借問桃將李，相亂欲何如？」盧照鄰行路難：「不見朱唇將白貌，惟聞素棘與黃泉。」王維達奚侍郎夫人寇氏挽詞二首之一：「金蠶將畫柳，何處更知春？」柳宗元為王京兆賀雨表：「密雲與綸言繼發，時雨將天澤並流。」又始得西山讌遊序：「悠悠乎將灝氣以俱而莫得其涯，洋洋乎與造物者遊而不知其所窮。」（據《唐文粹》所載）盧綸塞下曲六首之五：「奔狐將迸雉，掃盡古丘陵。」司空曙秋思詩：「靜與嬾相偶，年將衰共催。」張彧石橋銘：「力將岸爭，勢與空鬬。」劉軻黃石巖禪院記：「動與雲無心，靜將石何機？」李煜輓辭：「前哀將後感，無淚可霑巾。」徐鉉寄從兄憲兼示二弟詩：「別路吳將楚，離憂弟與兄。」又《漢書》張禹傳：「禹將〔戴〕崇入後堂飲食。」《梁書》沈約傳：「約出，高祖召范雲告之；雲對略同約旨。高祖曰：『智者乃爾暗同，卿明早將休文共來。』」《南史》齊武帝子魚復侯子響傳：「誰將汝反父人共語？」《北史》鄭頤傳：「二人權將楊愔相埒。」又列女傳序：「將草木以俱落，與麋鹿而同死者，可勝道哉！」梁簡文帝答新渝侯和詩書：「復有影裡細腰，令與真類；鏡中好面，還將畫等。」《法苑珠林》卷一百二，六度篇第八十五之六，智慧部：「雖知歡笑，將囂囂而不殊；徒識語言，與狉狉而不異。」唐王義方彈李義府疏：「霜簡與秋典共興，忠臣將鷹鸇並擊。」張說故中書令梁國公姚文貞公神道碑銘：「仁將勇濟，孝與忠俱。」劉知幾《史通》雜說篇：「又案子之將史，本為二說。」成玄英《莊子》應帝王疏：「如是之人，可得將明王聖帝比德否乎？」又馬蹄篇疏：「與枯木同其不華，將死灰均其寂泊。」又天下篇疏：「以死生為晝夜，故將二儀並也。」李白贈張公洲革處士詩：「列子居鄭圃，不將眾庶分；革侯遁南浦，常恐楚人聞。」韓愈春雪間早梅詩：「梅將雪共春。」杜荀鶴題唐

興寺小松詩：「雖小天然別，難將眾木同。」又亂後逢李昭象敘別詩：「欲與野猿同橡塢，還將溪鳥共漁磯。」梅堯臣謝賓客輓歌三首之三：「老作龍樓貴，終將鳳詔違。」又題滕學士九華山書堂詩：「要與雲峰近，寧將野客疏。」又史供奉羣鶴詩：「莫將樹上雞相並，會待歸飛向杳冥。」歐陽修再乞外任第一表：「精液消澌，志與神而並耗。革膚腠削，氣將力以俱殫。」又亳州乞致仕第三表：「老將疾以偕來，形與神而俱瘁。」秦觀反初詩：「心將虛無合，身與元氣並。」黃庭堅次韻答叔原會寂照房呈稚川詩：「韻與境俱勝，意將言兩忘。」又即來詩：「新墳將舊塚，相次似魚鱗。」楊萬里暮春即事詩：「花時追賞夜將朝。」唐宋人詩文中例子極多，不能盡舉。早一些的有魏何晏門有車馬客行：「寸心將夜鵲，相逐向南飛。」呂溫禮部試鑒止水賦：「守其常而性將道合，居其所而物以群分。」陳人江總樂府隴頭水：「人將蓬共轉，水與啼俱咽。」又陳張正見朱鷺：「時將赤雁竝，乍逐綵鸞行。」北齊顏之推《顏氏家訓》書證篇：「吾以為人將犬行，犬好豫在人前。」

　　王維愚公谷詩三首之一：「寧問春將夏，誰論西復東？」這裡的「將」和「復」已有選擇連詞的作用，跟純粹的與類連詞有別了。

和

就是「連」，介詞。

　　地獄變文：『在生恨你極無量，貪愛之心日夜忙。老去和頭全換却，少年眼也擬椀（捥）將。」（頁762）

　　《太平廣記》卷四百三十七引唐人薛用弱《集異記》：「裴令公度性好養犬。凡所宿燕會處，悉領；所食物餘者，便和椀與犬食。」《景德傳燈錄》卷二十一，泉州招慶院道匡禪師：「問『如何是招慶深深

處？』師曰：『和汝沒却。』」《資治通鑑》卷二百六十四，唐紀十七，昭宗天復三年：「汭（成汭）作巨艦，三年而成，制度如府署，謂之和州載。」事亦見《北夢瑣言》卷五。和州載，意謂連州都能載得起。

　　「和」作介詞用，是唐宋習語，宋詞更多，附記秦觀詞兩例在這裡，以概其餘。水龍吟：「名繮利鎖，天還知道，和天也瘦。」阮郎歸：「衡陽猶有雁傳書，郴陽和雁無。」

捉

就是「把」，介詞。

　　鷰子賦第一篇：「胥是捉我支配。」（頁 250）就是「把我支配」。又：「奪我宅舍，捉我巴毀。」（頁 251）就是把我打傷（詳見釋事為篇「巴毀」條）。鷰子賦第二篇：「向吾宅裡坐，却捉主人欺。」（頁 262）就是「却把主人欺」。又：「鳳凰嗔雀兒：何為捉他欺？」」（頁 264）就是「把他欺」。又：「宮人夜遊戲，因便捉窠燒。」（頁 263）就是「把窠燒」。王昭君變文：『良由畫匠，捉妾陵持。』（頁 102）就是「把妾陵持」。降魔變文：「外道捉我苦刑持。」（頁 380）語意與王昭君變文相同，「陵持」、「刑持」是磨難的意思。

為當　為復　為是　當　為

就是「還是」，用在選擇問句中的連詞。

　　鷰子賦：「你欲放鈍，為當退顙？」（頁 252）「放鈍」是假作癡呆，「退顙」義不可解，或與下文「雀兒不能退靜，開眼尿床，違他格令」（頁 253）的「退靜」近似，是安分守己的意思。這裡是本典問雀兒：

你要假作癡呆，還是安分守己？下面的引文裡，或者疊用「為當」，或者疊用「為復」，或者疊用「為是」，或者雜用「為當」和「為復」，都和「還是」同一意思和用法。秋胡變文：「秋胡，汝當遊學，元期三周。可（何）為去今九載？為當命化零落，為當身化黃泉，命從風化，為當逐樂不歸？」（頁158）破魔變文：「近日恰似改形容，何故憂其情不樂？為復諸天相惱亂，為復宮中有不安，為復憂其國境事，為復憂念諸女身？」（頁350）維摩詰經講經文：「為復是四大違和，為復是教化疲倦？」（頁578）頻婆娑羅王后宮綵女功德意供養塔生天因緣變：「□□（昨夜）光明倍尋常，照曜竹林及禪房。為是上界天帝釋，為是梵眾四天王，□□（照曜）佛會禪林內，能令夜分現禎祥？」（頁768）降魔變文：『為當欲謀社稷，為復別有情懷？」（頁373）歡喜國王緣：「臣今歌舞有詞乖？王忽延（筵）中泪落來。為復言詞相觸悟（悟），為當去就枛（拙）旋迴？」（頁773）

　　變文裡又有兩個「為當」的例子，表面上並不用於平列兩項以上的選擇問句裡，但按語氣而論，這兩個「為當」仍是「還是」的意思，下面仍隱有「還是……」的意思，不能認為截然的例外。伍子胥變文：「君子今欲何去，迥在江傍浦側？不見乘船泛客，又無伴侶蕭（蕭）然。為當流浪飄蓬，獨立窮舟（洲）旅（隈）岸？」（頁13）又：「吾昔遭楚難，愧君出應逢迎。今乃讐楚，迴軍相見，望同往日。何為閉門相却，不覩容光？為當別有他情，何為恥胥不受？」（頁24）

　　三國吳支謙譯《須摩提女經》：「邠池於是往問佛：『世尊，今須摩提女為滿富城中滿財長者所求為婚，為當可與，為當不可？』」《魏書》任城王澄傳：「任城在省，為舉天下綱維，為常署事而已？」（《須摩提女經》、《魏書》二例採自張永言《語文學論集》。）《後漢書》朱暉傳注引《謝承書》：「君年少為督郵，因族埶？為有令德？」《法苑

珠林》卷一百二引《未曾有經》：「師今此形，為是業報，為是應化？」
卷一百四引《賢愚經》：「是女端正，容貌殊妙，年始十六，淫慾火燒，
於沙彌前，作諸妖媚，搖眉顧影，現染欲相。沙彌見已念言：『此女為
有風病、顛狂病耶，是女將無欲結所使，欲嬈毀我淨行耶？』」又卷一
百十二引同書：「為實如是，為戲言邪？」唐人王涯太華仙掌辯：「將
假文神事以飾其辭歟？為思而有闕歟？」成玄英《莊子》漁父篇疏：
「為是有茅土五等之君，為是王侯輔佐卿相乎？」

　　《古文苑》卷五，張衡髑髏賦：「為是上智，為是下愚？為是女
子，為是丈夫？」《後漢書》卓茂傳：「人常（《資治通鑑》卷四十作「民
嘗」，應據改）有言部亭長有受其米肉遺者。茂辟左右問之曰：『亭長
為從汝求乎？為汝有事囑之而受乎？將平居自以恩意遺之乎？』」「將」
和兩個「為」互用，都是選擇連詞。假如張衡賦不是出於依託，亦據
《後漢書》，可以假定認為後漢已用「為」作為選擇連詞。假如說張賦
出於依託，《後漢書》用的還是作者范曄自己的話，那麼，據上面所引
三國吳支謙譯《須摩提女經》以及後面所引《三國志》張昭傳裴松之
注引的《典略》，說「為當」、「為」作為選擇連詞已經出現於三國時，
則是無可非議的了。《世說新語》紕漏：「坐席竟，下飲，便問人云：
『此為茶為茗？』覺有異色，乃自申明云：『向問飲為熱為冷耳。』」《寶
積經》：「為汝自說？為有證乎？」也是「為」即還是的例。《漢書》敘
傳：「〔班〕嗣雖修儒學，然貴老嚴之術。桓生欲借其書，嗣報
曰：……今吾子……既繫攣於世教矣，何用大道？為自眩曜？」老嚴
即老莊，這裡是說桓生既被世教所繫，何必要借老莊的書，不應借而
借，還是想炫曜自己嗎？這個「為」是設問之詞，作用在表示揣測和
選擇之間，和伍子胥變文的兩個「為當」（頁 13、24）用法相近。顏師
古注以「為」字屬上讀，王先謙補注讀「為」字作「偽」並誤。「為」

作還是解，這個例子更在三國以前，頗堪注意。《南齊書》禮志上：「〔何〕佟之議：『來難引君南向答陽，臣北向答君。敢問答之為言，為是相對，為是相背？』」《陳書》傅縡傳，縡所著明道論：「且諸師所說，為是可毀，為不可毀？」《北史》杜弼傳：「魏帝見之九龍殿，曰：『聞卿精學，聊有所問。經中佛性法性為異？』」「為異」是「為同為異」的省說，應作還是解。《北齊書》正作「為一為異」。

郭象注《莊子》德充符：「不知先生洗我以善道故耶，我為能自反耶？」張永言疑「我為」是「為我」之誤，按成玄英疏作「為是我之性情自反覆進退」，張說是。《三國志》魏志董卓傳裴松之注：「謝承記〔伍〕孚字及本郡則與瓊同，而致死事乃與孚（瓊）異也。不知孚為瓊之別名，為別有伍孚也？」《晉書》周顗傳：「況顗忠以衛主，身死王事，雖嵇紹之違難，何以過之！至今不聞復封加贈褒顯之言，不知顗有餘責，獨負殊恩，為朝廷急於時務，不暇論及？」又慕容超載記：「〔姚〕興謂〔韓〕範曰：『封愷前來，燕王與朕抗禮；及卿至也，款然而附。為依《春秋》以小事大之義，為當專以孝敬為母屈也？』」《南齊書》禮志下：「建元三年，有司奏：皇太子穆妃以去年七月薨，其年閏九月，未審當月數閏，為應以閏附正月？若用月數數閏者，南郡王兄弟便應以此四月晦小祥至於祥月不，為有疑不？」《梁書》張弘策傳：「英雄今何在？為已富貴，為在草茅？」《魏書》景穆十二王南安王傳：「太后令曰：『汝陰王天賜、南安王楨、不順法度，黷貨聚斂，依犯論坐，將至不測。卿等為當存親以毀令，為欲滅親以明法？』」又張濟傳：「魏帝為欲久都平城，將復遷乎？」又獻文六王咸陽王禧傳：「高祖引見朝臣，詔之曰：『卿等欲令魏朝齊美於殷周，為令漢晉獨擅於上代？』禧曰：『陛下聖明御運，實願邁跡前王。』高祖曰：『若然，將以何事致之？為欲修身改俗，為欲仍染前事？』禧對曰：『宜應改

舊，以成日新之美。』高祖曰：『為欲止在一身，為欲傳之子孫？』」
又文苑溫子昇傳：「天穆召子昇問曰：『即欲向京師，為隨我北渡？』」
《北齊書》王紘傳：「侯景與人論掩衣法為當左，為當右？尚書敬顯儁
曰：『孔子云：微管仲，吾其被髮左袵矣。以此言之，右袵為是。』」
《北史》文成五王廣川王略傳：「為須撫柩於始喪，為應盡哀於闔柩？」
又：「有司奏：廣川王妃薨於代京，未審以新尊從於卑舊，為宜卑舊來
就新尊？」《世說新語》賢媛篇：「王江州夫人語謝遏曰：『汝何以都
不復進？為是塵務經心，天分有限？』」意即「還是因為塵務經心，還
是因為天分有限？」《太平廣記》卷二百九十四引《異苑》：「未知為
〔袁〕雙之神，為是物憑也？」今本《異苑》脫去上一「為」字。梁昭
明太子令旨解二諦義，篇內用「為當」、「為是」、「為」頗多，略舉三
例：「未審浮偽為當與真一體，為復有異？」「聖人為見世諦，為不見
世諦？」「未審此寄言辨體為是當理，為不當理？」《北史》藝術徐之
才傳：「常與朝士出遊，遙望羣犬競走，諸人試令目之。之才即應聲
云：『為是宋鵲，為是韓盧？為逐李斯東走，為負帝女南徂？』」《晉書》
符堅載記上：「此必有伏計，令梁成沉孤於漢水矣。為宜束手就命，為
追晉陽之事，以匡社稷邪？」《宋書》曆志下，祖沖之折戴法興奏：
「『左交右疾』，語甚未分。為交與疾對，為舍交即疾？」《顏氏家訓》
書證篇：「未知即是《通俗文》，為當有異？」《詩》周頌思文：「貽我
來牟。」鄭玄箋：「火流為鳥，五至，以穀俱來。」孔穎達疏：「《太誓》
之注不解五至，而《合符后》注云：『五至猶五來。』不知為一日五來，
為當異日也。」《合符后》當是緯書。《舊唐書》殷盈孫傳：「今未審依
元料修奉，為復別有商量？」又和逢堯傳：「勅書送金鏤鞍，檢乃銀胎
金塗。豈是天子意，為是使人換卻？」又僕固懷恩傳：「不審聖衷獨
斷，復為姦臣弄權？」「復為」應是「為復」的誤倒。李德裕請密詔塞

上事宜狀：「未知此回鶻是郁頡特下，為復是可汗遣來？」《資治通鑑》卷二百四十六作「未知此兵為那頡所部，為可汗遣來？」吳均高士詠，沖虛真人：「未知風乘我，為是我乘風？」張永言說：唐人正統古文及經疏中亦用「為」，如韓愈《諱辨》：「今賀父名晉肅，為犯二名律乎，為犯嫌名律乎？賀舉進士，為可邪，為不可邪？」徐彥《公羊傳疏》僖公二年：「言直置寢自不安與，為侍御之人有不在側與？」《太平廣記》卷二百四，李蕘條引《逸史》：「公如是，是輕薄，為復是好手？」明鈔本「為」作「技」，屬上讀，乃不知「為復」是一個詞者所妄改。又卷四百三十一，荊州人條引《廣異記》：『時有禪師……至虎所，頓錫問：『弟子何所求耶？為欲食人，為厭獸身？』」《唐摭言》卷五，切磋篇，載李元賓（觀）與弟書：「年不甚幼，近學何書？擬應明經，為復有文？」《景德傳燈錄》卷五，南嶽懷讓禪師語：「汝學坐禪，為學坐佛？」又卷八，池州南泉普願禪師：「汝道空中一片雲，為復釘釘住，為復藤纜著？」《舊五代史》禮志下：「今漢七廟，未審總移，為復秪移五廟？」《五代會要》卷六，廊下餐條：「御史臺奏：『伏見唐明宗時，兩省官于文明殿前廊下賜食。今未審入閣日權於正衙門內兩廊下排比賜食，為復別有處分？』」歐陽修論陳留橋事乞黜御史王礪劄子：「臣不知國朝舊史可信，為復王礪之言可憑？」《涑水記聞》卷四：「朝廷詰〔杜〕杞所殺蠻數，為即洞中誅之耶，以金帛召致耶？」《苕溪漁隱叢話》前集卷五十七，蒸豚詩條引蘇軾語：「公喜，問僧：『止能飲酒食肉邪，為有他技也？』」蘇軾論高麗買書利害劄子三首之三：「臣只乞朝廷詳論此事當遵行編敕耶，為當檢行會要而已？」又自海南歸過清遠峽寶林寺敬贊禪月所畫十八大阿羅漢，第十八賓頭盧尊者：「右手持杖，左手拊右。為手持杖，為杖持手？」又申省議讀漢唐正史狀：「右軾等今已鈔節繕寫，稍成卷帙，於將來開講日進讀。即未審與

《五朝寶訓》並進，為復間日一讀？」又申明盧君修王燦等：「不知耿、鄧之『洪烈』，為復是『洪烈』，為復是『洪勳』？」葉夢得《石林燕語》卷三：「哲宗元祐初，……一日經筵，司馬康講洪範，至『乂用三德』，忽問：『只此三德，為更有德？』」楊萬里山居詩：「不知蟬報夏，為復自吟風？」又寄題王國華環秀詩二首之二：「不知山與樓爭長，為復樓隨山腳移？」

《太平廣記》卷三百八十五，崔紹條引《玄怪錄》：「不知紹先父在此，復以（已）受生？」楊萬里萬花川谷海棠盛開進退格詩：「為花一醉非難事，且道花釀復酒釀？」「復」就是「為復」。

《漢書》蕭望之傳：『〔鄭〕朋奏記望之曰：『……今將軍規橅，云若管晏而休；遂行日昃，至周召乃留乎？」顏師古注：「問望之立意，當趣如管晏而止，為欲恢廓其道，日昃不食，追周召之蹟然後已乎？」顏注裡的「當」和「為」，也就是變文裡的「為當」、「為復」、「為是」。按：「當」是一個論量宜適、可否或是非的詞，用到表示選擇、交替的複句中，就可以成為選擇連詞，而與「還是」同意。這和「將」本來表示意欲或趨勢，而在複句中可以表示選擇或交替是相似的。（楊樹達《詞詮》，「將」字條，選擇連詞下引《莊子》至樂篇：「夫子貪生失理而為此乎？將子有亡國之事，斧鉞之誅而為此乎？將子有不善之行，愧遺父母妻子之醜而為此乎？將子有凍餒之患而為此乎？將子之春秋故及此乎？」又，《三國志》吳志張昭傳裴松之注引魏人魚豢《典略》，禰衡嗤笑劉表自寫的給孫策書：「為欲使孫策帳下兒讀之邪，將使張子布見乎？」「將」跟「為」互用，都作還是解。）蘇軾劉壯輿長官是是堂詩：「當為感麟翁，善惡分錙銖；抑為阮嗣宗，臧否兩含糊？」句法與《漢書》顏注同，「當」也有「將」的意思。張永言謂：「為當」的「當」近乎詞尾，跟「何當」、「誰當」中的「當」一樣，不

能承擔「還是」的意義。竊謂「為當」的「當」，論量的意味仍可看出，和「為是」的「是」作用也約略相當，（如楊萬里雨後郡圃行散詩：「一事惱人無問處，南山高是北山高？」《紅樓夢》第二十三回：「你是真話，還是頑話兒？」又歐陽修上杜中丞論舉官書：「今執事之舉〔石〕介也，亦先審知其可舉邪，是偶舉之也？」「是」就是「為是」，也就是還是，尤為明顯。）前引蘇軾論高麗買書利害劄子以「當」與「為當」相對，也可以看出「為當」的「當」尚有實義，未必就能斷為詞尾，張氏說未敢遽從。

《詩詞曲語辭彙釋》卷二，引南齊王融永明十一年策秀才文五首之三：「豈薪樗之道未弘，為綱羅之目尚簡？」禮鴻按：同題五首之一：「豈布政未優，將罷民難業？」兩首的話可相對照。

莫　莫是　莫非
猶如說「莫不是」，表示不確定的猜測、
估量之詞，有「是這樣的吧」的語意。

漢將王陵變：「莫朕無天分？一任上殿，摽寡人首，送與西楚霸王，亦得！」（頁36）又：『王陵先到標下，灌嬰不來。王陵心口思惟：莫遭項羽獨（毒）手？」（頁39）廬山遠公話：「遂下佛殿前來，見大石一所，共（其）下莫有水也？遠公遂已（以）錫杖擫之，方得其水，從地而湧出，至今號為錫杖泉。」（頁170）韓擒虎話本：「皇后上（尚）自貯（駐）顏，寡人飲了也莫端正？（頁197）又：「楊堅舉目忽見皇后，心口思量：是我今日莫逃得此難？」（頁198）唐太宗入冥記：「朕在長安之日，只是受□□□（人拜舞），不慣拜人。殿上索朕拜舞者，應莫不是人？」（頁209）又：「皇帝見使人久不出□□（來，心）口思

惟：應莫被使者於催（崔）判官説朕惡事？」（頁 210）葉淨能詩：「淨
能問長官曰：『夫人莫先疾病否？』」（頁 217）太子成道變文：「孩童
雖生官內，以（與）世絕倫，莫非鬼魅妖神，莫是化生幷（菩薩）？」（頁
322）以上太子成道變文以「莫非」、「莫是」對舉，猜測、估量的意思
很明顯，其餘的「莫」意思也相同。

　　拙撰《杜詩釋詞》（《中華文史論叢》語言文字專輯）有「莫」字
一條，引杜甫秋日夔府詠懷奉寄鄭監（審）李賓客（之芳）一百韻詩：
「弔影夔州僻，迴腸杜曲煎。即今龍廄水，莫帶犬戎羶？」楊倫《杜詩
鏡銓》説：「莫，得毋也。謂吐蕃陷京師。」並引盧仝村醉詩「昨夜村
飲歸，健倒三四五。摩挲青莓苔，莫嗔驚著汝」助證。後續得數例，
錄之如次：《大唐傳載》：「左右常侍與給諫同。廚人進鮮菌於給諫，問
云：『莫有毒否？』廚人答曰：『常侍已嘗了。』」《舊唐書》李石傳：「石
又奏咸陽令韓咸請開興成渠，……上曰：莫有陰陽拘忌否？苟利於
人，朕無所慮也。』」蘇軾詩題中語：「劉監倉家煎米粉作餅子，余云
『為甚酥』。潘邠老家造逡巡酒，余飲之，『莫作醋錯著水來否？』」見
《東坡續集》卷二。孔平仲《孔氏談苑》卷一：「宋〔庠〕明日上殿，
果入劄子論希文交通叛臣。……仁宗曰：『范仲淹莫不至如此？』」又
卷二：「狄青、王伯庸同在樞密府，王常戲狄之涅文云：『愈更鮮明。』
狄云：『莫愛否？奉贈一行。』」李幼武《皇朝道學名臣言行外錄》卷
九，孟厚：「伊川嘗謂學者曰：『孟厚不治一室亦何益？學不在此。假
使灑掃得更潔淨，莫更快人意否？』」《宋史》岳飛傳：「獄之將上也，
韓世忠不平，詣檜詰其實。檜曰：『飛子雲與張憲書雖不明，其事體莫
須有？』」

　　俞忠鑫撰《敦煌變文虛字初探》，釋「莫」，引六朝「莫是」例，
又謂「莫」的這一用法，可以溯源於先秦，如《莊子》則陽：「〔柏矩〕

至齊，見辜人焉。……號天而哭之，曰：『子乎！子乎！天下有大菑，子獨先離之。』曰：『莫為盜？莫為殺人？』」又論證古籍中的「無」、「毋」、「忘」、「亡」、「無慮」等和這個「莫」出於同一語源，其說皆是，文多不具。

聞

就是「趁」，表示及時。

頻婆娑羅王后宮綵女功德意供養塔生天因緣變：「聞健直須知覺悟，當來必定免輪迴。」（頁 765）破魔變文也有同樣的語句（頁 345），祇有「健」字誤作「揵」。无常經講經文：『免於沒後囑兒孫，聞健自家親衹備。」（頁 662）「健」就是「健」字，「衹」就是「祇」字；「聞健」就是趁強健的時候，「祇備」就是「備」。難陀出家緣起：「不如聞早却迴。」（頁 401）歡喜國王緣：「聞早迴心莫等閒。」（頁 777）「聞早」就是趁早。搜神記焦華條：「比來夢惡，定知不活。聞我精好之時，汝等即報內外諸親在近者，喚取，將與分別。」（頁 866）「聞」字作趁解，這條最為明顯了。

《晉書》孝愍帝紀，建興四年：「今欲聞城未陷為羞死之事，庶令黎元免屠爛之苦。」「為羞死之事」，謂降於劉曜。

《敦煌資料》第一輯，分家遺書樣文：「今聞吾惺悟之時，所有家產田莊畜牧什物等，已上並分配當自腳下。」分家書樣文三件之二：「今聞家中殷實，孝行七傳，分為部分根原，免後子孫疑悮。」遺書樣文三件之二：『今口醒素（甦）之時，對兄弟子侄諸親等遺囑。」又之三：「口吾惺悟，為留後語。」兩個闕文為「聞」字無疑。

范成大元日馬上二絕之二：「筋骸全比去年非，騎吹聲中憶釣磯。

待得江風欺老病，何如閒健一蓑歸？」《四部叢刊》影印愛汝堂刻本《石湖居士詩集》如此「閒」字顯為「聞」字之誤。

　　白居易歲假內命酒贈周判官蕭協律詩：「聞健此時相勸醉，偷閒何處共尋春。」黃庭堅萬州太守高仲本宿約遊岑公洞而夜雨連明戲作詩二首之二：「今日岑公不能飲，吾儕聞健且頻傾。」又白居易尚有「聞健偷閒且勤飲」、「園林亦要聞閒置」等詩句。王建短歌行：「有歌有舞聞早為，昨日健於今日時。」南宋陳解元書籍鋪本如此，中華書局校印王集，據汲古閣本、《全唐詩》、清胡氏谷園刻本改「聞」作「須」。按：《全唐詩》卷十一作「須」，卷一，樂府三又作「間」，注云：「集作須。」此字本當從宋本作「聞」，「間」就是「聞」的形近之誤，別本作「須」，乃是不熟悉唐人口語的人所改，而中華本也就是從誤，可見校書之難。郭茂倩《樂府詩集》卷三十載王建詩亦作「聞」，不誤。又王建江南三臺：「聞身彊健且為，頭白齒落難追。」蘇軾送僧應託偈：「認取鄉人，聞早歸去。」九卷本《陽春白雪》卷二，白樸雙調慶東原曲：「忘憂草，含笑花，勸君及早冠宜掛。」隋樹森校：」元刊本、殘元本『及早』俱作『聞早』。」顯然「聞早」是原本。

　　《前漢書平話》卷中：「惠帝若歸天，暗使兵部官聞鬧中扶呂氏為君。」元人段克己寄仲堅漢臣二子詩：「聞健不來花下醉，明年花發定何如？」

　　杜甫七月三日亭午已後熱較退，晚加小涼，穩睡有詩：「退藏恨雨師，健步聞旱魃。」這是說因為雨師退藏了，所以旱魃能趁此機會猖獗起來。「聞旱魃」的「聞」是語法家所說的致動用法，即「讓他聞」的意思。又示獠奴阿段詩：「郡人入夜爭餘瀝，豎子尋源獨不聞。」這是說人家都爭山泉，阿段卻不去爭。這兩個「聞」，一作乘機講，一作爭搶講，都是趁義的引申。

　　這一條可以參看《詩詞曲語辭彙釋》卷五，不過這裡解釋「獨不聞」和張書不同。張書說：「嘉其不趁夜間與郡人爭汲泉水，而獨能尋源取水也。」仍解為趁早、及時的意思，這是不大妥帖的。杜意蓋謂山郡得水太難，所以郡人直到晚上還在爭取點滴的餘瀝。這實在是時過而猶爭，安不上趁早的意思。必如張氏所解，就應該是「郡人夜起」，而不是「入夜」了。張氏又引金海陵王驛竹詩：「孤驛瀟瀟竹一叢，不聞凡卉媚東風。」解云：「不聞凡卉，猶云不逐凡卉，亦趁字義也。」這個「聞」正和杜詩的「聞」意義一樣，而張氏自己也不能不變其辭解之為「逐」（「逐」就是爭搶，即爭妍競媚的意思），顯然不能和「聞早」、「聞健」的「聞」作同一解釋了。

況
就是向。

　　爐山遠公話：「交（教）我將你況甚處賣得你？」（頁175）韓擒虎話本：「忽見一鵰從北便來，王子亦（一）見，當時便射。箭既離弦，不東不西，況鵰前翅過。」又：「忽有雙鵰，爭食飛來。僉虎亦（一）見，喜不自勝，祇揖蕃王，當時來射。……箭既離弦，世（勢）同僻（劈）竹，不東不西，況前鵰咽喉中箭，突然而過，況後鵰僻（劈）心便著，雙鵰齊落馬前。」（並見頁205）這裡四個「況」字解釋作「向」，語氣恰恰正好。而且上文說：「箭發離弦，勢同劈竹，不東不西，恰向鹿臍中箭。」語例完全相同，足以證明「況」就是「向」。「況」、「向」《廣韻》同屬去聲四十一漾韻，聲母同屬曉母，是可以通借的。

　　醜女緣起：『向今成長深宮內，發遣令交使向前。」（頁790）據《敦煌變文彙錄》，乙卷作「況今成長居深內，發遣令教事況前」。「向今」

應解作「況今」「況前」應解作「向前」，這也是「況」和「向」通用的一個證據。

　　《敦煌雜錄》佛說諸經雜緣喻因由記：「其此女人便說上來之事況婆羅門知。」又：「此女人便嫁況婆羅門。」就是「說向、嫁向」「向」有給的意思。

已不　已否　以不　以否

就是「與否」。

　　秋胡變文：『其妻不知夫在已不。』（頁156）又：「未委娘子賜許以不？」（頁157）廬山遠公話：「昨夜唸經，是汝已否？」（頁177）又：「公還誦金剛經以否？」（頁186）「已」、「以」從來就是通用的，而變文裡則這兩個字又和「與」通用。廬山遠公話：「自持無漏大乘，已為攬（纜）索。」（頁193）「已為」就是「以為」。搜神記董永條：「與轆車推父於田頭樹蔭下。」（頁886）就是「以鹿車推父」。（《舊唐書》宣宗紀，大中五年勅：「兩京天下州府，起大中五年正月一日已後，三年內不得殺牛。如郊廟享祀合用者，即與諸畜代。」「與」就是以，「諸畜」謂其他牲畜。）把「與否」寫作「以否」，梁昭明太子令旨解二諦義并問答：「程鄉侯蕭祗諮曰：『未審第一之名是形待已不？』令旨答：『正是形待。』」又令旨解法身義并問答：「靈味寺靜安諮曰：『未審法身乘應以不？』令旨答：『法身無應。』」據《周禮》春官大卜「大卜掌三兆之灋」賈公彥疏引《鄭志》：「趙商問此，并問下文：子春云：『連山宓戲，歸藏黃帝。』今當從此說以不？」後漢就已如此，歷南北朝至唐，載籍中都有所見。《洛陽伽藍記》卷四，宣忠寺條：「莊帝謀殺尒朱榮，恐事不果，請計於〔城陽王〕徽。徽曰：『以太子生為辭，榮必

入朝，因以斃之。」莊帝曰：『后懷孕於十月，今始九月，可爾已不？』」干寶《搜神記》卷四：「我等皆無骨肉，今日幸得聚會，亦天然也，可為兄弟已否？」《漢書》于定國傳：「公卿有可以防其未然，救其已然者不？」顏師古註：「言能防救已不。」以後連唐人的五經正義裡也是如此，如《禮記》王制篇的疏「未知縣正主射、鄙師主正位齒以否」，又少儀篇的疏「以測度彼軍將欲如此以否」，也可見俗字影響之深遠了。

《漢書》外戚傳孝武李夫人傳「是邪，非邪？」顏師古注：「言所見之狀定是夫人以否。」韓愈送楊少尹序：「不知楊侯去時，城門外送者幾人？車幾兩？馬幾疋？道邊觀者亦有嘆息知其為賢以否？」《考異》：「『以』、『與』通用之例前已屢見，此為最明白者。」又送窮文：「單獨一身，誰為朋儔？子苟備知，可數已不？」《考異》：「不，甫鳩切。『已』與『以』同，『以』又與『與』同。」《晉書》劉元海載記：「五部之眾，可保發已不？縱能發之，鮮卑、烏丸，勁速如風雲，何易可當邪？」又劉聰載記：「以元惡之種，而贈同勳舊，逆臣之孫，荷榮禁闥；卿知皇漢之德弘曠以不？」又姚弋仲載記：「汝看老羌堪破賊以不？」又姚興載記下：「今來求婚，吾已許之。終能分災共患，遠相接援以不？」《梁書》昭明太子傳，太子上疏：「不審可得權停此功，待優實以不？」又蕭子雲傳：「未審應改定樂辭以不？」《魏書》李先傳：「朕聞中山土廣民殷，信爾以不？」《北史》魏諸宗室秦王翰傳：「爾鄉里作賊如此，合死以不？」《莊子》知北遊：「未有天地可知邪？」成玄英疏：「師資發起詢問：兩儀未有之時可知已否？」

《法苑珠林》卷九引《西國志》（《珠林》說：「《西國志》六十卷，國家修撰。」）：「阿修羅眾既見斯人希來到此，語云：『汝能久住以不？』」卷五十八引《佛說太子沐魄經》：「父母寧能知我苦痛以不？」

卷六十四引《法句喻經》：「我晝夜念汝，食寐不甘，汝寧不念父母辛苦以不？」《舊唐書》高祖二十二子虢王鳳傳：「融（鳳第五子）私使問其所親成均助教高子貢曰：『可入朝以否？』」

《太平廣記》卷三百三十七，趙泰條引《冥祥記》：「人未事法時所行罪過，事法之後得以除否？」「得以除否」顯然是「得除以否」的誤倒。

柳宗元東明張先生銘：「欻然與神鬼為偶，頑然以木石為類。」以和與對文，也就是與。這可作「以否」的參證。

不以　不繫　不係

無論，不管。

維摩詰經講經文：「是身無我為如火：譬如大火，我相終無。熱性周遍，有何差殊？若夜（也）起得，悉平等，不以玉石金土，一等燋然；楝（揀）甚大地山河，一時傾滅。」（頁583）按：臚山遠公話「相公是也又為夫人說其老苦」（頁179），「相公是也又為夫人說五蔭（陰）苦」（頁180），「相公是也說八苦交煎已了」（頁182），「是也」就是「是夜」，可知這裡的「若夜」應作「若也」；「悉平等」句脫去一個字，無從臆補。下面的話申說「平等」，意謂不管玉石金土，大地山河，都要被大火毀滅，沒有差殊。元代白話碑中，常見「不以」一詞，和「遮莫」、「不揀」並提或對應，因為這三個詞的意義原是一樣的；而又和變文「不以」、「揀甚」並提恰好相同，足以做變文詞義的確證。現在錄近人蔡美彪《元代白話碑集錄》中數例如下：

一二九八年靈壽祁林院聖旨碑（一）：「大壽寧寺但屬他每的，大明川寨頭村裡有的祁林院三尊佛為頭兒的下院，田地、水例、薗林、

碾磑、店舍、鋪席、浴堂、解典庫他每的，不揀甚麼呵，遮麼（即「遮莫」）是誰休倚氣力奪要者。」一三〇四年濟源十方大紫微宮聖旨碑：『但屬這的每宮觀內房舍裡的田、事產、園菓、碾磑、舡隻、竹園、林木、解典庫、浴堂、鋪席、店舍、醋酵、麴貨，不揀甚麼差發休要者；不以是何人休使氣力，但係他每的休奪要者。」一三〇九年滎陽洞林寺聖旨碑：『但屬寺家的水土、薗林、碾磑、店舍、鋪席、浴房，解典庫，不揀甚麼他的，不以是誰休倚氣力奪要者。」一三一二年滎陽洞林寺聖旨碑（二）：「但屬寺家的水土、薗林、碾磑、店〔舍〕、鋪席、解典庫、浴堂，不揀甚麼物件他的，不以是誰休奪扯要者，休使氣力者。」

又按：《雲溪友議》卷一：「李筌郎中……為鄧州刺史，常夜占星宿而坐。一夕三更，東南隅忽現異氣。明且呼吏：於郊市如產男女者，不以貧富，悉取至焉。」《資治通鑑》卷二百七十九，後唐紀八，潞王清泰二年詔：「或事應嚴密。不以其日或異日，聽於閣門奏榜子。當盡屏侍臣，於便殿相待。」貫休再遊東林寺作五首之四：「送陸道士行遲遲。」自註：遠公高節，……送客不以貴賤，不過虎溪。」宋人宋祁《宋景文雜説》：「能無膠漆而合乎？曰：不以遠近內外，與之同欲；一推吾心納兆人之腹。」《涑水記聞》卷七：「乃詔冊封〔王旦〕太尉兼侍中，五日一赴起居，因入中書。遇有軍國重事，不以時入，竝入參決。」卷十二，河東路轉運使文彥博奏：「臣取得人戶雇腳契帖，每搬隨軍草一束、糧一斗，不以遠近日數，計錢一貫文。」歐陽修乞一面除放欠負奏：「應乾興年已前諸州軍帳內有椿（樁）管諸色欠負，……不以有無欺侵盜用，並與除放。」又乞條制都作院奏：「伏緣本路鐵炭出自磁、相二州，自來諸州軍不以遠近，並於磁、相般取生鐵。」蘇軾答王定國二首之一：「某未嘗求事，但事來即不以大小為之。」《萍洲

可談》卷一：「或云：舊省不利宰相。自創省至廢，蔡確、王珪、呂公著、司馬光、呂大防、劉摯、蘇頌、章惇、曾布，更九相，唯子容居位日淺，亦謫罷；餘不以存沒，或貶廣南，或貶散官。」徐夢莘《三朝北盟會編》卷二百四十四引宋人張棣《金虜圖經》：「虜人用兵專尚騎，……不以多寡，約五十騎為一隊，相去百步而行。」（此書未見，據孫楷第《滄洲集》頁634引。）《夷堅乙志》卷十五，臨川巫條：「自以與鬼為仇敵，慮其能害己，日日戒家人云：『如外人訪我，不以親疎長少，但悉以不在家先告之，然後白我。』」又《丙志》卷二，趙縮手條：「人延之食，不以多寡輒盡。」《靖康要錄》卷一：「昔在神祖，釐正官制，事不以大小，並中書省取旨，門下省審覆，尚書省施行。」宋人宋子安《東溪試茶錄》茶名條：「茶之名有七，一曰白葉茶，民間大重。出於近歲，園焙時有之，地不以山川遠近，發不以社之先後，芽葉如紙，民間以為茶瑞。」宋徽宗艮嶽記：「即姑蘇武林明越之壤，荆楚江湘南粤之野，移枇杷橙柚橘柑榔栝荔枝之木，金峩玉羞虎耳鳳尾素馨渠那茉莉含笑之草，不以土地之殊，風氣之意，悉生成長養於雕闌曲檻。」這些是唐宋人用這一詞兒的例子。其他宋人的書如《容齋隨筆》、李心傳《建炎以來繫年要錄》卷五十四載岳飛奏、《中興小紀》卷十一、《東京夢華錄》、《夢粱錄》、《武林舊事》等也多用「不以」，不備引。宋人宋慈《宋提刑洗冤集錄》前附的元人聖朝頒降新例，初複檢驗本末條：「不以遠近，前去停尸處呼集屍親，並鄰佑主首人等，躬親監視，令仵作行人對眾子細檢驗。」元人郭松年《大理行記》：「家無貧富，皆有佛堂。人不以老壯，手不釋數殊。」

　　《搜神記》卷十三：『南方有蟲，名蟻蝴，一名蜥蠋，又名青蚨。……生子必依草葉，大如蠶子。取其子，母即飛來。不以遠近，雖潛取其子，母必知之。」《太平廣記》卷四百七十七引《窮神祕苑》

也載此事，說：「不以遠近，其母必知處。」是較早出現的一例。《酉陽雜俎》續集卷八，支動：「青蚨似蟬而狀稍大。其味辛，可食。每生子，必依草葉，大如蠶子。人將子歸，其母亦飛來。不以遠近，其母必知處。」又《論衡》說日篇：「如實論之，日之長短，不以陰陽。」這裡的「以」作「因」、「為」解，但是「不以」當無論講却也託始終這樣的「不以」。

又按：唐人李廓長安少年行十首之五：「不以聞街鼓，華筵待月移。」「不以」也是不管，意謂不管聞不聞街鼓，華筵不徹。不過這裡的「不以」意義較實，有「不去管它」的意思，解作無論就不很合適，和純粹作為連詞的似略有不同。唐人楊鉅《翰林學士院舊規》，書詔樣：「如是國舅、駙馬，不繫官位高卑，竝賜詔。」《靖康要錄》卷一：「杭、越兩將（州）將兵，及逐州不係將兵及士兵、弓手等，未得團結起發，聽候指揮使喚。」「不繫」、「不係」與「不以」同。

一種　一眾
就是「一樣」。

佛說阿彌陀經講經文：「僧家和合為門，到處悉皆一種。」（頁453）醜女緣起：『珠淚連連怨復嗟，一種為人面貌差。」（頁796）搜神記田崑崙條：「雖則是天女，在於世情，色慾交合，一種同居。」（頁883）「一種」就是「一樣」。父母恩重經講經文：「共宰豬羊無兩種。」（頁699）就是「無兩樣」。降魔變文：「掃灑堂房，修治院宇，香泥塗飾，異種精華。」（頁363）又：「六師自道無般比，化出兩箇黃頭鬼。頭腦異種醜屍骸，驚恐四邊令怖畏。」（頁387）就是「異樣」。這些都可證明「一種」就是「一樣」。

搜神記李信條，李信夢中被鬼換了一個胡人的頭，「忽然夢覺，其頭手並是胡人。信即煩惱，語其妻曰：『卿識我語聲否？』妻曰：『語聲一眾，有何異也？』」（頁879）「一眾」就是「一種」。維摩詰經講經文：『千眾樂音齊嚮（響）亮，萬般花木自芬芳。」（頁570）「千眾」就是千種，不過這是種類的種，意義和這裡的「一眾」不同罷了。

這一條也見於《詩詞曲語辭彙釋》卷三。又《法苑珠林》卷五十六引《賢愚經》：「天帝人王，貌類一種。其初見者，不能分別。唯以視瞬遲疾知其異耳。」慧超《往五天竺傳》殘卷：「王及百姓，衣服一種無別。」歐陽詹寓興詩：「桃李有奇質，樗櫟無妙姿。皆承慶雲沃，一種春風吹。」杜甫自瀼西荊扉且移居東屯茅屋詩四首之二：「東屯復瀼西，一種任清溪。」元稹黃明府詩：「花疑褒女笑，棧想武侯征。一種埋幽石，老閑千載名。」又酬樂天得微之詩知通州事因成四首之四：「定覺身將囚一種，未知生共死何如。」「將囚一種」就是與囚徒一樣。白居易白牡丹詩：「唐昌玉蕊花，攀玩眾所爭。折來比顏色，一種如瑤瓊。」又題盧秘書夏日新栽竹二十韻詩：「莫同凡草木，一種夏中看。」《莊子》刻意篇成玄英疏：「心既恬惔，迹又平易，唯心與跡，一種無為，故懸憂患累不能入其靈臺。」五代李山甫曲江詩二首之一：「一種是春長富貴，大都為水也風流。」

《苕溪漁隱叢話》後集卷三十：「《摭遺》云：蜀州郡閣有紅梅數株，方盛開，有二婦人……題詩於壁曰：『南枝向暖北枝寒，一種春花有兩般。』」

陸游平水詩：「可憐陌上離離草，一種逢春各短長。」書枕屏詩四首之四：「星斗闌干曉，窗扉曨瓏明。金門與茅店，一種是雞聲。」又對食戲作詩六首之二：「一種是貧吾尚可，鄰家稗飯亦常無。」梅花絕句六首之六：「紅梅過後到緗梅，一種春風不並開。」《寶真齋法書贊》

卷十，韓忠獻早夏眾春二詩帖跋：「其筆法勁正，與公北道、京邑二帖宛然相肖，楷墨又皆一種，益有以驗其真云。」意即楷墨一樣無二。據此知南宋時仍以一種為一樣。至於湯顯祖《牡丹亭》肅苑齣「小春香，一種在人奴上」，疑出摹古，未必是明代仍有這一用法之證，待考。

《高僧傳》卷十，杯度傳：「時南州有陳家，頗有衣食，度往其家，甚見料理。聞都下復有一杯度，陳父子五人咸不信，故下都看之，果如其家杯度，形相一種。」據此，六朝已有這個詞。

《樂府詩集》卷九十，江夏行：「一種為人妻，獨自多悲悽。」未知何時人所作。

是　應是　應時　應有　所是　應　應係
所有，一切。

「是」作所有解，是唐宋人的習語，《詩詞曲語辭彙釋》卷一已經收集好多例子，這裡祇舉變文一例：維摩詰經講經文：「是政已歸於太子，凡事皆不自專。」（頁 582）「是」和「凡」相對，足以說明它的意義。

「應是」與「是」意義相同，例如張淮深變文：「應是生降回鶻，盡放飯迴。」（頁 125）廬山遠公話：『應是山林樹下，例皆尋遍，不見一人。』（頁 168）又：『應是山間鬼神，悉皆到來。』（頁 169）韓擒虎話本：『應是文武百寮大臣惣（總）在殿前。』（頁 198）又：「到得南岸，應是舟船溺在水中。」（頁 200）父母恩重經講經文：「應是眷屬兼骨肉，總遭毀罵也唱將來。」（頁 694）維摩詰經講經文：「忽然大聖施神變，應見有靈皆總見。」（頁 569）「應見」應作「應是」，是說一切有靈之物都看見如來的變化。大目乾連冥間救母變文：『身手應是如瓦

碎，手足當時如粉沫。」（頁726、727）「應是如瓦碎」就是說全部像瓦碎。

「應是」也作「應時」。大目乾連冥間救母變文：「行惡不論天所罪，應時冥零（靈）亦共誅。」（頁722）意思是，行惡的人，不但上天要加罪，所有冥中的神靈也要誅責的。

「應有」也是「所有」的意思。太子成道變文：「應有大舍＼富）長者之女隊隊如（而）過，太子並惣（總）不看。」（頁327）

「所是」也是「所有」的意思。李陵變文：「所是交兵由漢帝，奉使何增（曾）敢自專！」（頁91）搜神記梁元皓、段子京條：「即令遣造棺木、衣衾、被縟，所是送葬之具，事事嚴備。」（頁875）

《宋書》臧質傳：「時世祖自攬威柄，而質以少主遇之，是事專行，多所求欲。」

《梁書》武帝紀下，太清元年詔：「應是緣邊初附諸州部內百姓，先有負罪流亡，逃叛入北，一皆曠蕩，不問往譽。」白居易題于家公主舊宅詩：「平陽舊宅少人遊，應是遊人到即愁。」「應是」是所有，無例外，不是應該是。韓偓《開河記》：「應是木鵝住處，兩岸地分之人皆縛之，倒埋於岸下。」歐陽修論葬荊王一行事劄子：「臣今欲乞指揮：三司應是合要之物，並須官給，不得民間科置。」《資治通鑑考異》卷二十七引《續寶運錄》：「應是齊王駕前宰臣盧光啟等一百餘人並賜自盡。」《三朝北盟會編》卷四載趙良嗣《燕雲奉使錄》：「阿骨打令譯者言云：『契丹無道，我已殺敗，應是契丹州域全是我家田地。」

《舊唐書》張柬之傳：「前朝遣郎將趙武貴討擊，貴及蜀兵應時破敗，噍類無遺。」從「噍類無遺」看，「應時」似宜解為全部；從「及」看，似宜解為立即；無以斷定，存參。

《梁書》武帝紀中，天監九年五月己亥詔：「若非總會眾言，無以

備茲親覽。自今臺閣省府州郡鎮戍應有職僚之所，時共集議，各陳損益，具以奏聞。」《法苑珠林》卷一百七引《梵網經》：「爾時應有十方諸佛，以正法眼，見此行者，有真實心。」白居易奏所聞狀：「向外傳説皆云：有進旨宣與諸道進奏院，自今已後，應有進奉並不用申報御史臺。」《因話錄》卷一：「召幹事所由於春明門外數里內，應有諸舊職事使藝人，悉蒐羅之。」《舊唐書》懿宗紀，咸通十年平徐州制：「應有先賢墳墓，碑記為人所知，被賊毀廢者，即與掩藏。」《五代會要》卷十二，後唐天成二年六月七日勑：「此後應是僧尼，不計高低，於街衢逢見呵殿官僚，並須迴避。」又周顯德二年五月六月勑：「應有人志願出家者，並許父母祖父母處分。」歐陽修再論王倫事宜劄子：「臣欲乞應有不能禦備，致賊人入城打劫，不尋時翦敵，致全火走透者，知州亦特勒停，都監監押除名，白身從軍自效。」葉紹翁《四朝聞見錄》戊集：「欲乞睿斷，將侂胄應有家產盡行籍沒。」《洗冤集錄》前附元代「聖朝頒降新例」，初複檢驗體式：「今來某……勒行人對眾眼同一一子細檢驗到泷屍應有傷損及要害致命因依。」《水滸傳》第一回：「應有民間稅賦，悉皆赦免。」又第三十五回：「近聞朝庭冊立皇太子，已降下一道赦書：應有民間犯了大罪，盡減一等科斷。」又第四十一回：「穆弘帶了穆太公並家小人等，將應有家財金寶，裝載車上。」又第六十五回：「不想撞著兩個歹人，把小人應有衣服金銀都劫了。」又第六十六回：「且叫眾人把應有傢伙金銀財寶都搬來裝在車子上。」又第六十七回：「便把大名府庫藏打開，應有金銀財寶都載上車子。」

　　王玄策《西國行記》「所是時輔佐」，「時」是衍文，「所是」即所有。見前「剩」條所引。王昌齡長歌行：「所是同袍者，相逢盡衰老。」「是」字下《全唐詩》注：「一作見。」「見」字誤。陸贄貞元元年冬至大禮大赦制：「所是和市和雇，並須先給價錢。」歐陽修乞罷上元放燈

劄子：「所是見今供擬遊幸及修道路寒凍兵士，並乞放罷。」蘇軾申省論八丈溝利害狀二首之一：「所是田間橫貫溝港，兩下自有歸頭（投）去處。」

　　唐宋人又有用「應」一字作所有解的，如《舊唐書》賀知章傳：「玄宗封東嶽，有詔：應行從羣臣並留於谷口。上獨與宰臣及外壇行事官登於嶽上齋宮之所。」又杜希全傳，貞元九年詔：「應板築雜役，取六千人充。」《唐會要》卷八十八，雜錄篇：「開元十五年七月二十七日勑：應天下諸州縣官寄附部人與易及部內放債等，並宜禁斷。」韓愈御史臺上論天旱人饑狀：「伏乞特勅京兆府，應今年稅錢及草粟等在百姓腹內徵未得者，並且停徵。」腹內，唐宋間公文用語，猶如説「名下」。《太平廣記》卷二百二十六，馬待封條引《紀聞》：「至於面脂妝粉眉黛髻花，應所用物，皆木人執。」又卷四百四十六，王仁裕條引《王氏見聞》：「忽一日解逸，入主帥廚中，應動用食器之屬並遭掀撲穢污。」歐陽修論舉館閣之職札子：「欲乞應貴家子弟入館閣見在人中，若無行業文詞為眾所知，則不得以年深遷補龍圖昭文館並待制條撰之類。」蘇軾論積欠六事並乞檢會應詔所論四事一處行下狀：「聖恩寬厚，敕語詳備，應有人無人承買場務，皆合依條就小送納，無可疑惑。」蘇軾奏議中用「應」字處很多，今祇錄一例。《夢溪筆談》卷一：「唐翰林院在禁中，乃人主燕居之所。玉堂、承明、金鑾殿皆在其間。應供奉之人，自學士已下，工伎羣官司隸籍其間者，皆稱翰林，如今之翰林醫官、翰林待詔之類是也。」宋人徐度《却掃篇》卷下：『國朝制科，⋯⋯應內外職官，前資見任，黃衣草澤人，並許諸州及本司解送。」周密《武林舊事》卷七：「應隨駕官人內官，並賜兩翠葉滴金牡丹一枝、翠葉牡丹沈香柄金綵御書扇一把。」按：《三國志》吳志胡綜傳：「昔許子無遠舍袁就曹，規畫計較，應見納受。」「應見納受」就

是都得到採納，這是「應」當全、都很早的先例。《梁書》武帝紀下，普通四年：「輿駕親祠南郊，大赦天下，應諸窮疾，咸加賑卹，」六年：「應諸罪失，一無所問。」《陳書》宣帝紀，太建元年：「損撤之制，前自朕躬，草偃風行，冀以變俗。應御府堂署所營造禮樂儀服軍器之外，其餘悉皆停息。」又後主紀：「應內外眾官九品已上可各薦一人，以會彙征之旨。」歐陽修乞預聞邊事奏：「臣今欲乞應係沿邊事宜自來申報安撫部署司者，亦乞令逐州軍申報轉運司。」《靖康要錄》卷五：「太宰徐處仁劄子：乞將河北、河東、京東、京西路應係官田，召募強勇，使為永業。」《元代白話碑集錄》一二二三年鰲屺重陽萬壽宮聖旨碑：「照使所據神仙應係出家門人，精嚴住持底人等並免差發賦税。」「應係」就是「應是」，碑文指長春真人丘處機所有的門人。又第二碑：「我前時已有聖旨文字與你來，教天下應有底出家人都管著者。」按：一部《舊五代史》，以「應」、「應有」作所有解的例多不勝數，這裡從略；惟「應係」少見，《漢書》高祖紀下，天福十二年：「徒流人並放還。應係欠省錢，家業抵當外，並放。」又職官志：「尚書考功上言：『今年五月，翰林學士程遜所上封事內請自宰相百執事、外鎮節度使、刺史，應係公事官逐年書攷，較其優劣。』」

頭頭

猶如説事事、樣樣、件件。

變文裡這個詞兒很多，如：金剛般若波羅蜜經講經文：「慈悲處處垂方便，喜捨頭頭願早成。」（頁 429）維摩詰經講經文：「心能了處頭頭了，心若精時事事精。」（頁 521）無常經講經文：「休更頭頭起貪欲。」（頁 663）父母恩重經講經文：『處處提拔教出離，頭頭接引越迷

津。」（頁 688）地獄變文：『頭頭增罪，種種造殃。』（頁 761）文義相同，極為明白。《敦煌曲校錄》，十二時，普勸四眾，依教修行：「今日言，是衷懇，萬計頭頭相接引。」《校錄》謂「萬計頭頭」待校，這其實沒有錯，不過沒有檢及變文，所以疑其有誤罷了。

唐人韋絢《劉賓客嘉話錄》：「〔李〕揆門戶第一，文學第一，官職第一。致仕東都，大司徒杜公罷淮海，入洛見之，言及頭頭第一之說。」《景德傳燈錄》卷八，襄州居士龐薀偈：「頭頭非取捨，處處勿張乖。」

唐人段公路《北戶錄》卷二，米麨條：「且前朝短書雜說，即有呼食為頭。」崔龜圖注「梁元帝謝賜功德淨饌一頭云『瑤器自滿，金鼎流味。漿含都蔗，味資石蜜。』又謝賚功德食一頭云：『天廚淨饌，菴羅法果。』又劉孝威謝賜聖僧餘福果食一頭云：『五杏七桃，美瓜仙棗。』」按：「頭」是量詞。「一頭」猶如說一件，重疊起來表示總括，就是「頭頭」了。現在成語還有「頭頭是道」的話，應是淵源於此。今大連稱瓷器為「頭」，如「一頭瓷器」，即一件瓷器。

諸餘　別餘　諸　之　餘諸
餘，別，其他。

八相變文：「未向此間來救度，且於何處大基（待機）緣？當時不在諸餘國，示現權居兜率天。」（頁 329）據太子成道經：『余天不補，其佛定補在兜率陀天。』（頁 286）「余」就是「餘」的簡寫，可見「諸餘」就是「餘」，就是其他。

「諸餘」又作「別餘」。太子成道經敍述淨飯大王與夫人到天祀神前求子，大王索酒發願道：「傾伝（杯）不為諸餘事，男女相兼乞一

雙。」夫人澆酒道:「謌舞不緣別餘事,伏願大王乞一箇兒。」(並見頁288)一個説「諸餘」,一個説「別餘」,可知「別餘」就是「諸餘」。盧山遠公話:「不問別餘,即問上人涅槃經疏抄從甚處得來?」(頁190)

「諸餘」又單稱為「諸」。舜子變:「姚家千萬,阿誰識你親情?有一家姚姓……極受貧乏,乞食無門。我等只識一家,更諸姚姓,不知誰也。」(頁133)意思是其餘姓姚的都不知道。盧山遠公話:「若不要賤奴之時,但將賤奴諸處賣却,得錢與阿郎沽酒買肉。」(頁175)就是説向別處賣却。又:『若覓諸人,實當不是;若覓遠公,只這賤奴便是。』(頁190)

就是説假使找別人。祇園因由記:「勞度差……又現一起屍。呪法之中,説有死人無癥痕者,取之作法,一手中置輪,一手中置刀,法成能害人。其時有此起屍,被外道呪持刀往身子。舍利弗之力,令却趂勞度又(又,《變文集》「又」字屬下句讀,「又」上補「差」字。今按:「又」應作「叉」,屬上句讀,「勞度叉」即「勞度差」,「差」字不應補),彼被趁急,遂失腳走,被舍利弗化火遮之,不能去。既見諸處並有大(火),望舍利弗邊並無火(原集誤以「望」字屬上句,今改正)。」(頁408)「身子」就是舍利弗,見《翻譯名義集》卷一,十大弟子篇,「諸處」也是別處。盧山遠公話又説:「我若之處買得你來,即便將舊契券,即賣得你。」(頁175)又説:「得一句一偈,不曾説向之人,貪愛潤己,不解為眾宣揚。」(頁183)徐震諤校「之人」道:「『之』疑當作『它』。」這是錯誤的。變文「之」字常常和「諸」字通用,如太子成道經「則公一箇病,但是諸人亦復如然?」(頁292)原卷「諸人」作「之人」;大目乾運冥間救母變文「廣造諸罪」(頁719、721)又作「廣造之罪」(頁725);百鳥名「是時之鳥即至,雨集雲奔」

（頁851），甲卷「之鳥」作「諸鳥」。（《漢書》賈誼傳：「白公勝所為父報仇者，大父與伯父、叔父也。」顏師古註：「白公，楚平王之孫，太子建之子也。大父即祖，謂平王也。伯父、叔父，平王之子也。」王先謙補註：「官本注『平王之子也』之作諸。」按：汲古閣本作「之」，武英殿本作「諸」，按文義是「諸」，但汲古本作「之」當係本於唐時寫本異文。雖然此處「諸」不作其他解，却可以助證唐時「諸」「之」通用。）這裡「之處」就是「諸處」，「之人」就是「諸人」，就是別處、別人。《敦煌掇瑣》所錄的《開蒙要訓》有「盃椀盞它」一句，「它」字旁註「之」字，「之」是給正文注的音，似乎改「之」作「它」，也有根據。實則《要訓》「它」字是「卮」字形近之誤，是不足為證的。

《晉書》乞伏國仁載記：「〔乞伏〕司繁嘆謂左右曰：『智不距敵，德不撫眾，劍騎未交，而根本已敗。見眾分散，勢亦難全。

若奔諸部，必不我容。我將為呼韓邪之計矣。』」

蘇聯東方研究所藏唐人卷子佛報恩經講經文：「問：佛何故不於諸國諸山說經，偏於王舍鷲峰說經？答：緣國勝餘國，山勝餘山，所以世尊，說經此處。」又：「大乘經，也如是，諸教諸經難可比。」最足證明「諸」就是餘。李白清溪行：「清溪清我心，水色異諸水。」又上安州裴長史書：「諸人之文，猶山無煙霞，春無草樹。李白之文，清雄奔放，名章俊語，駱驛間起，光明洞徹，句句動人。」《朝野僉載》卷六：「瀛洲饒陽人宋善威曾任一縣尉。嘗晝坐，忽然取鞋衫笏走出門，迎接拜伏引入。諸人不見，但聞語聲。」韓愈詠雪贈張籍詩：「惟子能諳耳，諸人得語哉？」《劇談錄》卷下，玉藥院真人降條，元相國（稹）詩：「的應未有諸人覺，只有嚴郎卜（「卜」字《太平廣記》卷六十九作「自」）得知。」「諸人」是嚴郎以外的人。《唐律疏議》卷八，衛禁下：「諸於宮城門外若皇城門守衛，以非應守衛人冒名自代，及代之

者，各徒一年。以應守衛人代者，各杖一百。京城門，各減一等。其在諸處守當者各又減二等。」疏議：「『其在諸處』，謂非皇城、京城等門，自餘內外捉道、守鋪及別守當相冒代者，各減京城二等。」據疏議所釋，「諸處」即別處，也是很明白的。白居易冬夜示敏巢詩：「他時諸處重相見，莫忘今宵燈下情。」又微之宅殘牡丹詩：「諸處見時猶悵望，況當元九小亭前。」《太平廣記》卷四百十四引唐人趙珣《十道記》：「南岳百里有福地，松高一千尺，圍即數尋，而藥甘，仙人可餌。相傳服食鍊行（形）之人，採此松膏而服，不苦澀，與諸處松別。」又卷四百二十二引《博異志》：「一女即謂諸女郎，兼語漢陽曰：『有感懷一章，欲請誦之。』」諸女郎就是「一女」以外的女郎。《歲時廣記》卷二十引《廣古今五行志（記）》：「每四月八日，市場戲處皆有續生。郡人張孝恭不信，自在戲場對一續生，又遣兄弟往諸處看驗，場場悉有。」蘇軾乞賜光梵寺額狀：「臣於諸處見唐人所立尊勝石幢，刊記本末，與所聞父老之言頗合。」「諸處」就是別處。劉禹錫渾侍中宅牡丹詩：「徑尺千餘朵，人間有此花！今朝見顏色，更不向諸家。」「諸家」就是別家。《酉陽雜俎》續集卷三，支諾皋下，崔玄微條：「主人甚賢，只此從容不惡，諸處亦未勝於此也。」又：「諸人即奉求，余不奉畏也。」又：「十八姨南去，諸人西入苑中而別。」陸游謝王子林判院惠詩編詩：「一日來叩門，錦囊出幾空。我欲與馳逐，未交力已窮。太息謂王子：諸人無此功！」就是別處、別人、其餘的人。《雲溪友議》卷十一：「興元縣西墅有蘭若，上座僧常飲酒食肉，羣輩皆效焉。一旦多作大餅，招羣徒眾入屍陀林，以餅裡腐屍肉而食，眾僧掩鼻而走。上座曰：『汝等能食此肉，方可食諸肉。』」「諸肉」跟「此肉」相對，也是別種肉的意思。《舊唐書》宣宗紀的「與諸畜代」就是以他畜代，見前「已不、已否、以不、以否」條。唐人李綽《尚書故實》：「王平南

廙，右軍之叔也，善書畫。嘗謂右軍：『吾諸事不足法，唯書畫可法。』」「諸事」就是別的事。《太平廣記》卷十七引五代杜光庭《仙傳拾遺》：「即於別殿宴樂。更無諸客，唯崔薛二人。」「諸客」就是別的客人。又卷二十二引陳翰《異聞集》：『僕僕先生，不知何許人也，自云：姓僕名僕。……其後果州女子謝自然白日上昇。當自然學道時，神仙頻降。有姓崔者，亦云名崔；有姓杜者，亦云名杜；其諸姓亦爾：則與僕僕先生相類矣。」「諸姓」就是姓別的。又卷二百六十四引《王氏見聞》（《宋史》藝文志：王仁裕《見聞錄》三卷，又《唐末見聞錄》八卷）：「有韓伸者，渠州人也。善飲博，長於灼龜。……隔宿先灼一龜，來日之兆吉，即博；不吉則已。又或云：『某方位去，吉。』即往之；諸方，縱人牽之，不去。」「諸方」也是說別的方位。《景德傳燈錄》卷八，池州南泉普願禪師：「僧辭，問云：『學人到諸方，有人問和尚近日作麼生，未審如何祇對？』」「諸方」就是他方。蘇軾聖散子敍：「凡陰陽二毒，男女相易，狀至危急者，連飲數劑，即汗出氣通，神宇完復，更不用諸藥，連服取差。」「諸藥」就是別種藥。《金錢記》劇第一折，且云：「身邊諸事皆無，只有開元通寶金錢五十文，與他為表記。」意即別的東西都沒有。

《法苑珠林》卷四十五引《唐高僧傳》：「中路遭浪船沒，財物蕩盡，唯人達岸。諸無所恨，但恨失像色金。」就是別無所恨。《太平廣記》卷三百三十七引《通幽錄》（引用書目有《通幽記》，無《通幽錄》，而《廣記》卷中則兩名雜出。《通志》藝文略：《通幽記》三卷，唐陳劭撰）：「問之，都不省記。但言髣髴夢一麗人相誘去耳，諸不記焉。」就是其他都記不起。前蜀貫休秋末寄上桐江馮使君詩：「山東山色勝諸山，謝守清高不可攀。」諸山就是其他的山。宋錢易《南部新書》丁：「〔韋〕澳舉進士時，日者陳子諒號為陳特快，曰：『諸事未敢言，惟

青州節度使不求自得。』果除拜。」「諸事」就是別的事。又：「慈恩寺元果院牡丹，先於諸牡丹半月開，太真院牡丹，後諸牡丹半月開。」「諸牡丹」就是別處的牡丹。《寶真齋法書贊》卷十三，宋薛道祖（紹彭）書簡帖，第二帖：「明黃尅絲淺色紗四匹，繡衣一襲，羊酒等送去，聊為暖女之儀，幸檢留不笑淺鮮。諸留面話。不次。」第三帖：「謹先奉手狀，諸留面布，不宣。」第六帖：「老親天末幸安，諸不足道。」「諸留面話」、「諸留面布」就是餘留面話、餘留面布，「諸不足道」則就是餘不足道，他不足道的意思，是很明顯的。卷十八，宋陳忠肅（瓘）書簡帖，第五帖：「諸意與他書可以互見，不更及。」「諸意」即餘意。歐陽修與十四弟書：「但憂墳塋，唯託勤為照管。諸已面諭，更不言也。」就是其他已面諭。宋灌圃耐得翁《都城紀勝》市井條：「其夜市除大內前外，諸處亦然。」「諸處」就是他處。

　　《聊齋誌異》，田七郎：「我諸無恐怖，徒以有老母在。」又石清虛：「夜有賊入室，諸無所失，惟竊石而去。」又小翠：「我諸人悉不願見，惟前兩婢朝夕相從，不能無眷注耳。」這不知道是蒲松齡摹古，還是山東方言仍以「諸」為其他，疑後者近是。待質。

　　《詩詞曲語辭彙釋》卷三，解「諸餘」作一切或種種，引唐宋元詩詞曲八個例為證。按其中王建詩二例，《金線池》劇一例，都可以作其餘講，比「一切」更貼切。所引韓愈贈劉師服詩「此外諸餘更誰數」，「諸餘」和「此外」相重複，似乎解作「一切」好一些，但古人文字本來也有重複的例子，仍然可作「其他」解。白居易欲到東洛得楊使君書因以此報詩：「且喜平安又相見，其餘外事盡空虛。」「其餘」而又加「外」，正和「此外諸餘」相似。《漢書》劉屈氂傳：「使內郡自省作車。」顏師古注：「令郡自省減諸餘功用而作車也。」《法苑珠林》卷六：「女中悅意夫人是後，諸餘天女是妾。」又卷十六：「鐵等強鞭金

剛珠，以及諸餘一切寶，大智力能末如粉。」王建尋橦歌：「人間百戲皆可學，尋橦不比諸餘樂。」陸龜蒙和襲美虎丘寺西小溪閑泛詩三絕之二：「荒柳臥波渾似困，宿雲遮塢未全癡。雲情柳意蕭蕭會，若問諸餘總不知。」這幾個「諸餘」都是其他的意思。《唐音癸籤》卷二十四：「王建詩：『朝回不問諸餘處』，『若教更解諸餘語』，『諸餘』猶他也。又有用『眾諸』者，意亦略同。」「諸餘」應有其他和一切或種種兩解，張氏的解釋是不完備的。

　　《法苑珠林》卷三十四引《分別功德論》：「〔難陀〕執瑠璃鉢入城乞食，其有見者，無不欣悅自捨；如來餘諸弟子無能及者。」「餘諸」與「諸餘」義同。

諸餘

一切或種種。

　　大目乾連冥間救母變文：「擿（適）來巡曆（歷）諸餘獄，問者咸言稱不是。」（頁728）

　　此義已見張書，現補《法苑珠林》二例。卷四引《起世經》：「次復洗須彌山及四大洲八萬小洲諸餘大山等。」卷十二：「或殺羊馬及諸牛、種種雜獸雞豬等，並殺諸餘蟲蟻等。」又《古本董解元西廂記》卷五，仙呂調六么遍曲：「好多嬌媚諸餘美。」馬致遠《漢宮秋》劇第二折，梁州第七曲：「他諸餘可愛，所是兒相投。」

沒　阿沒　甚沒　什沒　是勿

甚麼，什麼。

李陵變文：緣沒不攢身人草？」（頁86）徐震諤道：「『沒』即『什沒』，『緣沒』與『緣何』同。」鷰子賦：「緣沒橫羅（羅）鳥災！」（頁249）大目乾連冥間救母變文：「緣沒事讋語？」（頁733）徐震諤説：「『沒事』同『何事』。」金剛般若波羅蜜經講經文：「向下經文沒語道？三千七寶唱將來。」（頁433）「沒語道」就是「講什麼話？」和下文「向下經文事若何」語意相同。降魔變文：「佛是誰家種族？先代有沒家門？」（頁376、377）「有沒」就是「有什麼」。

鷰子賦：「於身有阿沒好處？」（頁251）徐震諤説：「『阿沒』亦是『何』字之義。」按，變文的疑問代詞，有時在前頭加上「阿」字，如「阿沒」是「什麼」，「阿那」是「哪」，「阿誰」是「誰」。

李陵變文：『是甚沒人？」（頁88）佛説阿彌陀經講經文：「前生為什沒不修行？」（頁462）這就直接是現代的「甚麼」、「什麼」了。

《唐摭言》卷十二，『自負篇』：天下祇知有杜荀鶴，阿沒處知有張五十郎！」

《太平廣記》卷四百引谷神子《博異志》，記蘇遏質得長安永樂里凶宅，一更以後，「忽見東墻下有一赤物，如人形，無手足，表裡通徹光明，而叫曰：『咄！』遏視之不動。良久，又按聲呼曰：『爛木，咄！』西墻下有物應曰：『諾。』問曰：『甚沒人？』曰：『不知。』又曰：『大硬鏘。』爛木對曰：『可畏。』良久，乃失赤物所在。遏下階，中庭呼爛木曰：『金精合屬我，緣沒敢叫喚？』對曰：『不知。』」赤物（就是所謂金精）與爛木的問答不甚可曉，但「甚沒」即甚麼，「緣沒」即為什麼，則是很明白的。

《集韻》上聲三十四果韻：「沒，母果切，不知而問曰拾沒。」「拾

沒」即「什沒」，「沒」據《集韻》音切同麼，「拾沒」、「什沒」也就是什麼。

《因話錄》卷四，唐玄宗問黃幡綽的話：「是勿兒得人憐？」注道：「是勿兒，猶言何兒也。」「勿」字中古音應讀重唇作「沒」，「是沒」就是「甚沒」、「什麼」，「甚」由於閉口韻的緣故分裂為「是沒」、「甚沒」、「什沒」。「是」字有「什麼」的意義，又有「一切」、「任何」的意義，如「是人」就是「甚麼人」，又是「任何人」；「是處」就是「何處」，又是「到處」。這一點，和現代語「什麼」作特指疑問代詞又作任指用的消息相通，還可以作進一步的研究。

是底

就是「甚底」，什麼。

齖䶗書：『當祊（初）緣甚不嫌，便即不（下）財下禮，色（索）我將來，道我是底？』（頁858）「底」是「底」字的異體，不知名變文：「弟一昰（旦）道上頭底，弟二東頭底，弟三更道西頭底。』（頁817）《變文集》校「底」作「底」，是對的。「是底」就是「甚底」，猶如「是勿」就是甚麼。參看《詩詞曲語辭彙釋》卷一「是」第三條。

拓

「這」的同音假借字近指指示代詞。

李陵變文：「拓迴放，後庭（定）還來。小弱（若）不誅，大必有患。」（頁88）「拓迴」即這回。

陳治文近指指示詞「這」的來源一文（《中國語文》1964年第6

期），略謂：據漢永興二年薌他君石祠堂刻石「取石南山，更踰二年，這今成已」等證，「這」是由「適」字草書演變而來的。《廣韻》昔韻「適」字有施隻、之石兩切，「適」字演變為「這」，其一仍保存其原有用法，如薌他君石祠堂刻石，讀施隻切，其一則專門當近指指示詞用，讀之石切，兩者不相干擾。至於「拓」字，《廣韻》昔韻也是之石切，由此可以推知李陵變文的「拓」字是近指指示詞「這」的同音替代字。今天江蘇的揚州、山西的太原、河北的張北都把近指指示詞說成之石切這樣的音。

陳氏又謂：在寒山、拾得之前，以及從寒山、拾得到敦煌變文這三百年上下的一大段時期內，還沒有發現「遮」字當近指指示詞用的。就《敦煌變文集》來說，近指指示詞「這」遠比「遮」字使用的次數要多得多。可以設想，「遮」字的使用比「這」字要晚得多，可能在晚唐五代才用作近指指示詞。禮鴻案：《廣韻》入聲二十二昔韻內「適」、「摭」、「拓」、「蹠」、「跖」都音之石切，又「拓」同「摭」，「跖」同「蹠」，庶聲石聲可以互用，可知變文的「拓」和用作近指指示詞的「遮」不過是一音小變而有平入之異。又蘇聯科學院亞洲人民研究所所藏的敦煌變文維摩詰經講經文有云：「天與地，白皚皚，盡是天花到（到）處堆，似錦似絪這冀惡，如霜如雪覆塵埃。」「這冀惡」的「這」據文義應是「遮」字的假借，可知「遮」、「這」也能互相借用。綜合《廣韻》的音切、諧聲和蘇聯所藏變文的假借情況來看，「這」、「拓」和「遮」作為近指指示詞雖有出現先後之異，但在語言中本來祇是一個詞，如或有異，也祇是聲調上的平仄之分罷了。《變文集》頁202、203、581有「遮」字，「遮」就是這，已為講古代漢語語法者所熟習，這裡就不再稱引了。

只

也就是「這」。

　　歡喜國王緣：「金殿乍開（聞）皆失色，只言知了盡悲傷。」（頁774）「只言」就是「這言」，即指國王所說，有相夫人面現死文，七天以後必死的話。高名凱《漢語語法論》第二編第一章第二節，近指指示詞，說：在近代的白話文中，「這」字有時候却由「只」來代替，這是發音相同互相假借。例如：《紅樓夢》第五十九回：「只話倒是，他只裡淘氣的可厭。」又第五十七回：「只事等我慢謀。」禮鴻按：《景德傳燈錄》卷十三，汝州首山省念禪師語：「遮瞎漢，只麼亂喝作麼？」「只麼」就是「這麼」，以「只」為「這」，變文的「只言」、「只沒」和禪師語錄的「只麼」早已有了，參見下條。

熠沒　只沒　只伇　只磨　沒　溜麼　麼

這麼，如此。

　　李陵變文：『陵下有一官決果管敢校尉，緣撿校抌唯（疏違），李陵嗔打五下，更作熠沒撿校，斬煞令軍！』（頁88）就是「如此檢校」。大目乾連冥間救母變文：「積善之家有餘慶，皇天只沒殺無辜。」（頁734）維摩詰經講經文：「我只伇去，定是幷（菩薩）識我。」（頁620）无常經講經文：「只磨貪婪沒盡期，也須支准前程道。」（頁668）「只沒」、「只伇」、「只磨」寫法雖然不同，都是這麼的意思。又，大目乾連冥間救母變文：「慈親到沒艱辛地，魂魄於時早已消。」（頁725）這是目連悲痛他的母親到如此艱辛的境地。上文說：「早知別後艱辛地，悔不生時作福田。」（頁722）「別後」兩個字，《敦煌變文彙錄》作「到沒」，是對的，意思和「慈親」句相同。有人以為「沒」祇能是「只沒」

的詞尾，單是「沒」不能作如此講。按：「只沒」有時作為一個詞，作「這麼」講，如上面所引；有時是兩個詞，作「只這麼」講，《景德傳燈錄》卷五，司空山本淨禪師偈：「如鳥空中只麼飛，無取無捨無憎愛。」朱熹寄藉溪胡丈及劉恭父詩二首之二：「浮雲一任閑舒卷，萬古青山只麼青。」楊萬里臘夜普明寺睡覺詩二首之一：「只麼功名是，如今悟解不？」元人邵亨貞摸魚子詞：「西風只麼吹蓬鬢，病骨尚堪馳驟。」意謂青山祇是如此青法，功名祇是如此，西風也祇不過如此，沒有什麼了不起。據此，「沒」作如此講是不必懷疑的。又，陸龜蒙和襲美重題薔薇詩：「穠華自古不得久，況是倚春春已空。更被夜來風雨惡，滿階狼藉沒多紅。」這個「沒」祇能作這麼講，不能解作別義。

「熠沒」宋雪竇明覺禪師的《頌古集》和《拈古集》裡作「溜麼」，也是這麼，錄《拈古集》中的兩個例：「嶮百尺竿頭作伎倆，不是好手。者裏著得箇眼，賓主互換，便能深入虎穴。或不溜麼，縱饒祖師悟去，也是龍頭蛇尾漢。」「或不溜麼」就是假使不這麼。又：「玄沙見皷山來，作一圓相。山云：『人人出者箇不得。』沙云：『情知爾向驢胎馬腹裡作活計。』山云：『和尚又作麼生？』沙云：『人人出者箇不得。』山云：『和尚溜麼道得，某甲為什麼不得？』」意即你能這麼講，為什麼我就不能講？又黃庭堅減字木蘭花詞：「蒼崖萬仞，下有奔雷千百陣。自古危哉，誰遣西園溜麼來？」

本條可參看《詩詞曲語辭彙釋》卷三，「沒」字條。

阿莽

猶如説「阿沒」，就是「怎麼樣」。

鷰子賦：『伊且單身獨手，嘍我阿莽夔矴。更被脣口囁嚅，與你到

頭尿却。」（頁 249）又：「鵉子唱快，喜慰不已。『奪我宅舍，捉我巴毁，將作你吉達到頭，何期天還報你！如今及阿莽次第，五下乃是調子。』」又：「婦聞雀兒被杖，不覺精神咀（沮）喪，但知搥胸拍臆，發頭憶想阿莽。」（並見頁 251。這兩處的句讀原集有錯誤，這裡改正了）這裡三個「阿莽」，意義不很明白。但本篇「於身有阿沒好處」句（頁 251），「阿沒」甲卷作「甚」，乙、戊兩卷作「阿莽」，「莽」就是「莽」的俗寫，《敦煌掇瑣》鵉子賦的「阿莽」都寫作「阿莽」；《敦煌雜錄》勸善文：「煞命始得他肉喫，思量阿莽有慈悲？」而《敦煌掇瑣》的勸戒殺生文（擬題）却作「殺命既得他肉喫，思量阿沒有思（恩）慈？」可見「阿莽」就是「阿沒」。但如果解釋作「什麼」，還不很貼切，而以解釋作「怎樣」、「甚麼樣」為宜。這樣來看鵉子賦，「如今及阿莽次第」是鵉子快意的話，意思是雀兒以前蠻橫奪它屋子，現在被打，又是怎樣光景？（「次第」解作光景見《詩詞曲語辭彙釋》卷四。）「發頭憶想阿莽」是說雀兒的妻子憶想前次奪宅時的情形是怎樣的。「嘍我阿莽蘷斫」句的「蘷斫」解釋不出，「嘍」猶如說「夠」，這一句的語氣大要是反詰語氣，意思是說燕子單身獨手，用不到我怎樣費力對付，「阿莽」也作「怎樣」解。

莽

什麼。

　　捉季布傳文：『今受困厄天地窄，更向何邊投莽人？」（頁 57）《變文集》校記：「庚卷『邊』作『方』，『莽』作『甚』。馮（沅君）疑『莽』乃『奔』之誤，恐非。」案：「莽」字的確不是「奔」的誤字，而是「莽」的俗字，已見上條。「莽」和「沒」同義，就是什麼，「投莽人」

就是投什麼人。庚卷作「甚」。「甚」和「莽」字不同而意義相同。

如然　然
如此。

漢將王陵變：『臣緣事主，爭敢如然！』（頁36）就是說豈敢如此。又：「何期事主合如然。」（頁41）「合如然」是應當如此。八相變：「太子又問：『生者只是一人，人間總有？』其人道：『一例如狀。』」（頁334）「狀」字甲卷作「然」，是對的，就是一例如此。下文「病者唯公一個，為復盡皆如然？」（頁336）語意相同，可以證明。

醜女緣起：『醜女佛前懺罪愆，所為宿業自招然。』（頁797）「招」是招致，「然」也是「如此」，下句是說宿業招致得如此醜陋。《變文集》校「招」作「昭」，是錯的。

貫休懷武夷山禪師詩：「萬疊仙山裡，無緣見有緣。紅心蕉遶屋，白額虎同禪。古木苔封菌，深崖乳雜泉。終期還此去，世事祇如然。」結句是說世事不過如此，不如去武夷山的好。又上馮使君山水障子詩：「新詩寧妄說，舊隱實如然。」是說舊隱和障子中所畫一樣，「如然」也是如此。《劉知遠諸宮調》第十二：「九州安撫，與強人必定舊來親；若不如然，因甚見他施拜禮？」

然
就是「如何」。

唐太宗入冥記：「□不痛嚇，然可覓得官職？」（頁213）就是說如何能覓得官職。「然」是如此，又是如何，這和「沒」是「熠沒」又

是「什沒」相似。其語音與今音的「哪」有關。

能
如此作誇張用。

佛說阿彌陀經講經文:「紅觜能深練尾長。」(頁480)維摩詰經講經文:「朱脣旖旎,能赤能紅,雪齒齊平,能白能淨。」(頁620)就是說這樣深,這樣赤,這樣紅,這樣白,這樣淨。又如歡喜國王緣:「咸賀有於(相)能平正。」(頁774)百鳥名:「花沒鴿,色能姜(美)……青雀兒,色能青。」(頁853)

韓愈杏花詩:「居鄰北郭古寺空,杏花兩株能白紅。」白居易生別離詩:「食檗不易食梅難,檗能苦兮梅能酸。」拾得詩:「若見月光明,照燭四天下,圓暉挂太虛,瑩淨能蕭灑。」

「能」字在宋人詩詞中也有這樣用法,如王安石和吳沖卿雪詩:「陽回力能遧,陰合勢方鞏。」「能遧」意謂這樣遧迴不進。范成大病中絕句詩八首之八:「竹雞何物能無賴,如許泥深更苦啼!」吳文英三姝媚詞:「春夢人間須斷,但怪得當年,夢緣能短!」「能短」就是如此之短。元代又有「恁地」一詞,如《水滸傳》第三十九回李逵的話:「不曾見這般鳥女子,恁地嬌嫩!」「恁」、「能」在語源上應該是同一個詞兒。現在浙江平湖一帶方言說「這樣」時仍用「能」字。六朝時說「寧馨」「爾馨」,應該是這個「能」字的前身。《景德傳燈錄》卷六,江西道一禪師偈:「心地隨時說,菩提亦只寧。」就是亦祇如此。

《詩詞曲語辭彙釋》卷二「能(一)」謂:「能,摹擬詞,猶云這樣也。」「能(二)」謂:「能,甚辭,凡亦可作這樣或如許解而嫌其不得勁者屬此。」今不分。凡張書「能(二)」所引例與此重複者也不刪。

欲似　欲　欲如

就是似，「欲」是語助詞，沒有意義。

伍子胥變文：「自從一別音書絕，憶君愁腸氣欲絕。遠道冥冥斷寂寥，兒家不慣長欲別。」（頁 10、11）「長欲別」就是長別。妙法蓮華經講經文：「纔欲到，未移時，王告仙人：『願察知，所許蓮經便請說，不要如今有踦移。』」（頁 492）就是纔到山中不久的意思。又，舜子變：「其歲天下不熟，舜自獨豐，得數百石穀米。心欲思鄉，擬報父母之恩。」（頁 133）搜神記李純條：『其犬乃入水中，腕（宛）轉欲濕其體，來向純臥處四邊草上，周遍臥（《變文集》此下增「處」字，誤）合（令）草濕。火至濕草邊，遂即滅矣。」（頁 878）這些「欲」字，都是沒有意義的。

秋胡變文：「乃畫翠眉，便拂芙蓉，身著嫁時衣裳，羅扇遮面，欲似初嫁之時。」（頁 158）大目乾連冥間救母變文：「青提夫人欲似有，影響不能全指的。」（頁 729）意即「像初嫁時一樣」，「好像是有的」。又伍子胥變文：「波上唯見一人，唱謳歌而撥棹，手持輪鈎，欲以魚人。」（頁 13）末句《變文集》校作「欲似漁人」，是對的，「欲似」也就是似。

《遊仙窟》：「須臾之間，有一婢名琴心，亦有姿首，到下官處，時復偷眼看，十娘欲似不快。」又：「舉手頓足，雅合宮商，顧後窺前，深知曲節；欲似蟠龍宛轉，野鵠低昂。」《太平廣記》卷二百四十九，王福時條引唐人韓琬《御史臺記》：「嘗致書韓父曰：『勔、勵、勃文章並清俊，近小者欲似不惡。』」

《宋史》韓世忠傳：「兀朮謂諸將曰：『南軍使船欲如使馬，奈何？』」「欲如」和「欲似」相同，「欲」字也沒有意義。

《洛陽伽藍記》卷二，秦太上君寺條：「齊土之民風俗淺薄，虛論

高談，專在榮利。太守初欲入境，皆懷甄叩首，以美其意；及其代下還家，以甄擊之。」「初欲入境」即初入境。子夜歌四十二首之七：「始欲識郎時，兩心望如一。」「始欲識」就是始識。

　　江藍生《魏晉南北朝小說詞語彙釋》謂「欲」有似義，「欲似」二字同義連文，謂「欲」字無義者非是。附記存參。

然

發語詞，用在句子開頭，沒有實在的意義。

　　降魔變文：『舍利弗……告四眾言曰：『然我佛法之內，不立人我之心，顯政（正）摧邪，假為施設。』」（頁382）又：「六師見寶山摧倒，憤氣衝天，更發瞋心，重奏王曰：『然我神通變現，無有盡期；一般雖則不如，再現保知取勝。』」（頁383）搜神記劉寄條：「然寄精靈通感，即夜向家屬夢與兄……然兄夢覺驚恐，『今有斯事！』煩怨思慕。」（頁877）又李純條：「其時襄陽太守劉遐出獵，見此地中草木至深，不知李純在草醉臥，遂遣人放火燒之。然純犬見火來逼，與（以）口曳純牽脫，不能得勝。」（頁878）這幾個「然」字都是沒有什麼意義的。

不

語助詞，沒有實在意義。

　　李陵變文：「傳聞漢將昔家陳，慣在長城多苦辛。十萬軍由（猶）不怕死，況當陵有五千口（人）？」（頁87）「不怕死」就是怕死。前兩句應是指漢高祖三十萬眾困於平城的故事，下文「陵曰：『吾文（聞）

高文（衍文）皇帝親御卅萬眾，北征意（塞）上，用（困）於平城。……
況我今日五千步卒，敵十萬之軍，……』」（頁89）可證。「家陳」是
「蒙塵」之誤。（維摩詰經講經文「遠陳離垢捨輪迴」，見頁589，就是
「遠塵離垢」。張淮深變文：「蒙塵首領陳辭曲。」見頁121，「蒙塵」
不一定用於皇帝。）這是李陵拿平城之役來自比，說那時軍隊很多，尚
且怕死，何況現在祇有五千人呢？又：「須運不策（測）之謀，非常之
計，先降後出，斬虜朝天。帝側（測）朝陵情，當不信。」（頁91）「當
不信」是總會相信的意思。廬山遠公話：「你若在寺舍伽藍，要念即不
可，今況是隨逐於我，爭合唸經？」（頁175）「要念即不可」就是「要
念即可」。葉淨能詩：「此尊〔師〕大戶，直是飲流。每巡可加三十、
五十分，卒難不醉。」（頁221）「卒難不醉」就是「猝難醉」。又：「酒
便賜尊師，其道士苦不推辭，奏曰：『臣恐失朝儀而虧禮度。』」（頁
221）「苦不推辭」就是苦推辭，下文說「淨能見苦推辭」，有「不」無
「不」，意義一樣，《變文集》校者疑「苦不」的「不」是「苦」字疊寫
作「々」而誤，這是誤以沒有意義的「不」字為有意義的了。舜子變：
「娘子前後見我不歸，得甚能歡能喜？今日見我歸家，床上臥〔地〕不
起。」（頁130）「見我不歸」就是見我歸家。又：「後妻報言瞽叟：『不
鞭恥萬事絕言，鞭恥者全不成小事。』」（頁131）「全不成小事」就是
全成小事，也就是說算不了什麼大事，是很容易的意思。頁132有同樣
的話，而沒有「不」字，也可以證明這裏的「不」字沒有意義。《太子
成道經》：「已經十月，耶輸降下一男。父王聞之，拍案大怒：『我兒雪
山修道，不經一年以來，新婦因何生其孩子？』」（頁295）這是說，
太子離開耶輸一年而耶輸生子，這孩子是私生子。假若未經一年而
生，則孩子當是太子的血胤了。悉達太子讚：「踰城修道也從君，無事
將鞭指妾身。六年始養冤家子，此事何如辨偽真？」（頁299）則比一

年更久。以事理而言，「不經一年」決然是經一年，「不」字也沒有意義。大目乾連冥間救母變文：「世尊喚言：『目連！汝阿孃如今未得飯喫，無過周匝一年，七月十五日，廣造盂蘭盆，始得飯喫。』目連見阿孃飢，白言：『世尊！每月十三、十四日可不得否？要須待一年之中七月十五日始得飯喫？』」（頁743）『可不得否』就是「可得否」。歡喜國王緣：「浮生逡速，不可不留。」（頁776）就是不可留駐。這些「不」字，和元人小說「打甚麼不緊」的「不」字相同，都沒有意義。

　　《劉知遠諸宮調》第一：「只有一般憑不得，南山依舊與雲齊。」意謂衹有一般是可憑的。又南呂宮瑤臺月曲：「傍裡知遠嗔怒，叫一聲不若春雷。」「不若」就是若。又第十二，仙呂調戀香衾纏令曲：「不因嗔責些兒箇，便投軍在太原營幕。」「不」字也沒有意義。日本內田道夫校注，以為「不」是強勢，即用以加強語勢。《水滸傳》中也習用「不因」，如第七回：「不因這番比試，有分教，楊志在萬馬叢中聞姓氏，千軍隊裡奪頭功。」用法相同。

　　喬夢符《兩世姻緣》劇第三折，鬼三台曲：「他說起淒涼話，和我也淚不做行兒下。」就是連我也眼淚做一行一行地下。

　　又按：「不」在先秦就有許多作為「發聲」（即有音無義）的用例，見王引之《經傳釋詞》卷十，這裡就不引了。

似　以

語助詞，沒有意義；一般放在副詞後頭。

　　唐太宗入冥記：「朕稍似飢餒，如□□（《變文集》補作「何得」）飯？」（頁214）長興四年中興殿應聖節講經文後面附的詩：「近來稍似成鱗甲，便道羣龍總不如。」（頁424）父母恩重經講經文：「自小阿娘

臺舉，長成嚴父教招，誰知近來稍似成人，却學棄背恩德！」（頁692）
維摩詰經講經文：『吾身稍似得安康，未肯慵於禮法王。」（頁556）這
些「似」字都沒有意義，像最後一例，維摩自己説：「要是我身體稍
好，就不肯不拜如來。」更加明顯。

《敦煌曲校錄》，丈夫百歲篇：「六十驅驅未肯休，幾時應得暫優
游？兒孫稍似堪分付，不用閑愁且自愁。」白居易論于頔裴均狀：「臣
伏見近日節度使，或替或追，稍似煩數。」唐人劉肅《大唐新語》卷
七，知微第十五：「楊稍似沉靜，應至令長。」《太平廣記》卷三百九
十七引《玉堂閒話》：「興元之南，有大竹路，通於巴州。其路則深谿
峭巖，⋯⋯復登措大嶺，蓋有稍似平處。」「稍似平處」即稍平之處。
歐陽修再論王倫事宜劄子：「每有些小盜賊，不獲又無深責；稍似強
賊，則別差人捉殺。如此，可以推避因循。」「稍似強賊」就是稍強之
賊。王安石再答呂吉甫書：「某今年雖無大病，然年彌高矣，衰亦滋
極。稍似勞動，便不支持。」《東京夢華錄》卷五，民俗條：「凡百所
賣飲食之人，裝鮮凈盤合器皿，車檐動使，奇巧可愛，食味和羹，不
敢草略。其賣藥賣卦，皆具冠帶。至於乞丐者，亦有規格。稍似懈
怠，眾所不容。」《古本董解元西廂記》卷一，仙呂調醉落魄纏令：「風
流稍似有身價，教惺惺浪兒每都伏咱。」《魏書》源賀傳：「今諸寺大
作，稍以粗舉，竝可徹減。」「稍以」即「稍似」。《魏書》「稍似」多
作「稍以」，不復詳列。

杜甫又示宗武詩：『覓句新知律，攤書解滿床。⋯⋯應須飽經術，
已似愛文章。」「已似」就是已經，開頭兩句可以證明。白居易論于頔
裴均狀：「于頔、裴均累有進奉，並請入朝。伏聞聖恩，已似允許。」
韓愈答張籍書：「若商論不能下氣，或似有之，當更思而悔之耳。」「或
似」就是或者、可能。張籍患眼詩：「三年患眼今年校，免與風光便隔

生。昨日韓家後園內，看花猶似未分明。」意謂眼病初癒（「校」義見釋事為篇），看花還不分明，「猶似」的「似」也沒有意義。白居易韓公堆寄元九詩：「努力南行少惆悵，江州猶似勝通州。」《景德傳燈錄》卷十七，撫州曹山本寂禪師：「前箭猶似可，後箭射人深。」《雲溪友議》卷一：「李元將評事及弟仲將，嘗僑寓江都；李公〔紳〕羈旅之年，每止于元將之館，而叔呼焉。榮達之後，元將稱弟稱姪，及為孫子，方似相容。……時人相謂曰：『李公宗叔翻為孫子……』」《金華子雜編》卷上：『忽有道流勸服補益藥：以生附子數兩，以硫黃為丸。〔韓〕藩服之數月，乃方似覺有力。」陸游《放翁家訓》：「九里袁家大墓及太傅、太尉、左丞、少師、榮國夫人、康國夫人諸墓，歲時切宜省視修葺。近歲族人不幸有殘伐擾害者，吾竭力禁止之，雖遭怨詈誣訟者，皆不敢恤。一二年來，方似少止。」「方似」就是方纔。又陸游雨夜思子虛詩：「醉眠差似可，誰與伴孤斟？」差似就是差，稍稍、略微的意思。姚合聞新蟬寄李餘詩：「往年六月蟬應到，每到聞時骨欲驚。今日槐花還似發，却愁聽盡更無聲。」「還似」就是依舊。《舊唐書》儒學徐文遠傳：「觀其所說，悉是紙上語耳。至於奧賾之境，翻似未見。」「翻似」就是翻、却。《五代會要》卷九，後唐同光元年十二月十一日勅：「凡軍人百姓將牛驢及馬宰殺貨賣，今後切要斷除。如敢故違，便似擒捉。」「便似」就是便即。《太平廣記》卷四百四十五，孫恪條引《傳奇》：「某一生遭迍，久處凍餒。因滋（茲）婚娶，頗似蘇息。」「頗似」祇是頗。又卷二百五十二，王鐸條弓I《北夢瑣言》：『中書令王鐸……出鎮渚宮，為都統，以禦黃巢。攜姬妾赴鎮，而妻妬忌，忽報夫人離京在道。鐸謂從事曰：『黃巢漸似（「似」字中華書局據繆氏《雲自在龕叢書》排印本《瑣言》卷三作「以」，今據《廣記》）南來，夫人又自北至；且夕情味，何以安置？』」「漸似」祇是漸。《清

異錄》文用，治書奴：「裁刀，治書參差之不齊者。在筆墨硯帋間，蓋似奴隸職也；却似有大功於書。」「却似」就是却。宋人朱弁《曲洧舊聞》卷三：「晁之道名詠之。……東坡作溫公神道碑，來訪其從兄補之無咎於昭德第。……東坡琅然舉其文一遍。……時之道從照壁後已聽得矣。東坡去，無咎方欲舉示族人，而之道已高聲誦，無一字遺者。無咎初似不樂；久之，曰：『十二郎，我家千里駒也。』」「初似」就是初時。

　　杜荀鶴題瓦棺寺真上人院矮檜詩：「今日偶題題似着，不知題後更誰題？」「題似着」就是題着，「似」也沒有意義。王安石和惠思聞蟬詩：「去年今日青松路，憶似聞蟬第一聲。」李壁注：「『憶似』別本作『一似』，又作『亦自』。切以『亦自』為是。」禮鴻按：這個「憶似」應該解為記得，「似」也沒有意義，語氣較「亦自」渾成。作「一似」則造語很嫌疏拙。楊萬里三月三日雨作遣悶十絕句之三：「空簷知與階何故，須把青苔滴似穿！」「滴似穿」即滴穿。這三個「似」放在動詞後頭，跟上引諸例不同。又李德裕登崖州城樓詩：「青山欲似留人住，百匝千遭繞郡城。」見《雲溪友議》卷八。這個「似」也是語助詞，而放在能願動詞之後。

　　維摩詰經講經文：「也似河水東流，一去似難再復。」（頁581）第二「似」字也是沒有意義的語助詞。但放在形容詞之前，與上引各例不同。《舊唐書》食貨志下：「今年秋稼似熟，宜於關內七州府及鳳翔府和糴一百萬石。」《太平廣記》卷四百五十，嚴諫條引《廣異記》：「五郎公事似忙，不宜數來也。」例同。又《舊唐書》裴延齡傳：「朕所居浴堂院殿，一栿以年多之故，似有損蠹。」這一「似」字也沒有意義，不是「如似」的「似」。

知　之

語助詞，沒有意義。

　　孟姜女變文：『即云骸骨築城中，妾亦更知何所道？」（頁 32）伍子胥變文：「吾當不用弟語，遠來就父同誅，奈何！奈何！更知何道？」（頁 3）「更知何道」就是還說什麼。又：「吳國賢臣仵（伍）子胥，上知天文，下知地里（理），文經武律（緯），以立其身，相貌希奇，精神挺特，吳國大相，國之垓首。王今伐吳，定知自損。」又：「王若用宰彼（嚭）此言，吳國定知除喪。」（並見頁 26）「定知自損」、「定知除喪」就是一定自取損害，一定喪亡。降魔變文：「須達已蒙老人斷，即知和顏稱本心。」（頁 370）「即知」就是「即」，意謂就稱了心願，臉色也和下來了。難陀出家緣起：「雖知世尊是親兄弟，且不肯出家。」（頁 395）「雖知」就是雖然。這裡的六個「知」字都沒有意義。搜神記齊景公得病條：「此是禁穴，針灸所不能及，醫藥所不能至，必死矣，無知奈何。」（頁 869）「無知」的「知」也應是無義的語助詞，《變文集》校作「可」，誤。難陀出家緣起：「掃地風吹掃不得，添瓶瓶倒不知休。」（頁 398）「不知」與「無知」同，「知」也是語助詞。目連緣起：「慈父已生於天上，終朝快樂逍遙；母身墮在阿鼻，日日惟知受苦。」（頁 702）「知」也沒有意義。

　　變文裡又有「但知」、「但之」，「之」就是「知」，（破魔變文：「昏闇豈知南北。」見頁 348，「知」字甲卷作「之」；八相變：『太子既生之下，感得九龍吐水，沐浴一身。舉左手而指天，垂右辟（臂）而於地，東西徐步，起足蓮花。凡人觀此皆殊祥，遇者顧瞻之異端。」見頁 331，末句應作「愚者顧瞻知異瑞」；祇園因由記：『到天祠邊，其明即沒，方之半夜。」見頁 406，就是「方知半夜」。）「但知」有「祇管」的意思，也有「祇要」的意思，隨文而異，「知」也是沒有意義的語助

詞，如：舜子變：「有計但知説來，一任與娘子鞭恥。」（頁131，132）
爐山遠公話：「座主莫謾生人，但之好好立義將來，願好相祏（祗）
對。」（頁186）下女夫詞：「刺史但之下，雙雙宿紫樓。」（頁275）以
上都作「祗管」解。鷰子賦：「但知免更喫杖，與他祁摩一束。」（頁
251）張義潮變文附錄一：「優償（賞）但知馬（衍文）壹疋錦，令乇作
個出入衣。」（頁118。斷句原誤，今改正）作「祗要」解。韓擒虎話
本：「臣啟陛下，若有大難，但知啟告，微臣必領陰軍相助。」（頁
206）這個「但知」，意義在「祗管」、「祗要」之間。

變文又有「則知」的説法，「知」也沒有意義。醜女緣起：「信心
佈施，直須歡喜，若人些些酸屑，則知果報不遂。」（頁800）

捉季布傳文：「只是季布鐘離末，終之更不是餘人。」（頁53）「之」
字甲、己、辛三卷作「諸」。《敦煌曲校錄》，丈夫百歲篇十首之二：「終
日不解憂衣食，錦帛看如脚下泥。」「終日」，斯2947卷作「終知」，
斯5549卷作「□之」，作「終日」的是任氏臆改，未有根據。按：斯
5549卷的缺文也應是「終」，「終之」、「終知」同，「諸」也與「知」
通用參看前「諸餘、別餘、諸、之」條及附錄《敦煌曲子詞集》校議，
失調名「心在坊阿誰邊，天天天，因何用以偏」條校議。傳文和百歲
篇的「知」、「之」、「諸」都是沒有實義的語助詞，「終」是一個表示
全部肯定的副詞有完全、絕對的意思。《校錄》所改不可從。

敦煌唐人詩集殘卷，無名氏忽有故相問以誌（詩）代書達知己兩首
之一：「與君咫尺不相見，空知日夕淚沾巾。」「空知」就是空、徒然，
「知」字也無義。

《敦煌曲校錄》太子五更轉：「太子欲發坐心思：奈知耶娘防守到
何時度得雪山川？」「奈知」就是「奈」、「奈何」，「知」字沒有意義。

白居易祭弟文：「茶郎、叔母已下，并在鄭滑，職事依前。蘄蘄、

卿娘、盧八等同寄蘇州，免至飢凍。遙憐在符離莊上，亦未取歸。宅相得彭澤場官。各知平善。」「各知」就是各。《異苑》卷三，記鸚鵡用羽濡水救火，天神說它無用，答道：「雖知不能，然嘗僑居是山，禽獸行善，皆為兄弟，不忍見耳。」《根本說一切有部毗奈耶雜事》卷二：「善賢念曰：『彼腹中者，可殺棄之。』即便授與墮胎之藥。然而此子是最後生，雖知服毒，返成良藥。」《魏書》儒林李業興傳：「但道我好，雖知妄言，故勝道惡。」又景穆十二王任城王傳：「社稷誠知陛下之社稷，然臣是社稷之臣子，豫參顧問，敢盡愚衷。」《陳書》儒林張譏傳：「是時周弘正在國學，發《周易》題，弘正第四弟弘直亦在講席。譏與弘正論議，弘正乃屈，弘直危坐厲聲助其伸理。譏乃正色謂弘直曰：『今日義集，辯正名理，雖知兄弟急難，四公不得有助。』」《舊唐書》韋湊傳：「起金仙、玉真兩觀，用工巨億。湊進諫曰：『……雖知用公主錢，不出庫物，……臣竊恐不可。』」《資治通鑑》卷二百三十一，唐紀四十七，德宗興元元年：「〔李泌〕上章請以百口保〔韓〕滉。它日，上謂泌曰：『卿竟上章，已為卿留中。雖知卿與滉親舊，豈得不自愛其身乎！』」陸贄請減京東水運收腳價於緣邊州鎮儲蓄軍糧事宜狀：「習聞見而不達時宜者，則曰：『國之大事，不計費損，故承前有用一斗錢運一斗米之言。雖知勞煩，不可廢也。』」李燾《續資治通鑑長編》卷一百四十七，慶曆四年三月，參知政事范仲淹論劉滬築水洛城事：「雖知將帥行得軍法，即非用兵進退之際有違節制，自是因爭利害，致犯帥威，……」陸游幽事絕句六首之三：「昨夕風掀屋，今朝雨壞墻。雖知炊米盡，不廢野歌長。」「雖知」就是雖。歐陽修與張秀才第一書：「今市之門且而啟，商者趨焉，買者坐焉，持寶而欲價者之焉，賣金而求寶者亦之焉，閒民無資攘臂以遊者亦之焉。……夫以無資者當求價之責，雖知貪於所得，而不知有以為價也。」意謂沒有錢的

人雖然貪於買得寶貨，但是沒有辦法償還貨價。「雖知」也就是雖。又論郭承祐不可將兵狀：「雖知非材，捨此別無人。」論孫抃不可使契丹劄子：「今欲雪前恥，雖知未能；其如後患，豈可不慮？」兩個「雖知」義與前面的「雖知」相同。司空曙過堅上人故院與李端同賦詩：「舊依支遁宿，曾共戴顒來。今日空林下，唯知見綠苔。」寒山詩：「秤錘落東海，到底始知休。」也祇是「唯見」、「始休」。歐陽修論罷鄭戩四路都部署劄子：「豈有數十州之廣，數十萬之兵，二三千里之邊事，作一虛名，使為無權之大將？若知戩可用，則推心用之；若知不可用，則善罷之。」又濮議劄子一首：「若知如此而猶以謂必稱皇伯，則雖孔孟復生，不能復為之辨矣。」「若知」就是若。黃庭堅戲題巫山縣用杜子美韻詩：「巴蜀深留客，吳儂只憶歸。直知難共語，不是故相違。」「知」也沒有意義。

王續過酒家詩五首之二：「對酒但知飲，逢人莫強牽。」「但知」就是祇管。白居易寄生衣與微之因題封上詩：「莫嫌輕薄但知著，猶恐通州熱殺君。」意思說，不要嫌生衣質地輕而薄，祇管著好了。這裡的輕薄不指禮意而言。徐鉉雜歌辭五首之一：「莫折紅芳樹，但知盡意看。狂風幸無意，那忍折教殘！」意謂祇管看，不要折。曾鞏看花詩：「但知抖擻塵埃去，莫問鬖鬢白髮催。」又水香亭詩：「莫問荷花開幾曲，但知行處異香飄。」後一「但知」義與祇管不同，但「知」也無義，「但知」就是但凡。

《太平廣記》卷四百二引皇甫氏《原化記》：「某在本國時大富，因亂，遂逃至此。……其左臂中有珠，寶惜多年。今死，無用矣。特此奉贈。……但知市肆之間，有西國胡客至者，即以問之，當大得價。」《景德傳燈錄》卷二十九，大法眼禪師文益因僧看經頌：「今人看古教，不免心中鬧。欲免心中鬧，但知看古教。」王安石用樂道舍人

韻書十日事呈樂道舍人聖從待制詩：「歸去莫言天上事，但知呼客飲流霞。」（按：嘉祐六年，御試明經、進士舉人，楊畋字樂道，何郯字聖從，及安石為詳定官。詩意謂不要漏泄禁中的事情，祇要與客飲酒。）黃庭堅新喻道中寄元明用觴字韻詩：「但知家裡俱無恙，不用書來細作行。」陸游秋晴每至園中輒抵暮戲示兒子詩：「但知身存百無害，莫問老健能幾時。」「但知」就是祇要。

　　《大唐新語》卷十一，懲戒篇：「李義府定策立則天，自中書舍人拜相……賣官鬻獄，海內囂然，百寮畏憚如畏天后。高宗知其罪狀，謂之曰：『卿兒子女壻，皆不謹慎，多作罪過。今且為卿掩覆，勿復如此。』義府憑恃則天，不虞高宗加怒，勃然變色，頸頸俱起。徐對曰：『誰向陛下道此？』高宗曰：『但知我言，何須問我所從得耶！』」「但知我言」，意謂就是我講的，不用拉扯到別人，「知」字也沒有意義。《資治通鑑》卷二百一，唐紀十七，高宗龍朔三年記此事道：「但我言如此，何必就我索其所從得耶？」沒有「知」字，可見「知」字有無在表達上沒有多大關係。

　　《法苑珠林》卷五十一，統明神州山川并海東塔：「則塔是後漢時所造；後周無諡文者，前周大遙，未知古老所傳周文是何帝代？但知塔甄巨萬，終非下俗所立耳。」「但知」就是但是、不過，「知」字也沒有意義。

　　《根本說一切有部毗奈耶雜事》卷十九：「規求小利，不見大尤，水陸俱傷，殺生無數——斯之罪咎，欲如之何？直知束手泉門，任他分判。」「直知」義同「但知」，意謂祇好。

　　《太平廣記》卷三百三十八，虎丘寺鬼詩條引陳劭《通幽記》：「雖復隔生死，猶知念子孫。」「猶知」就是猶然。《三水小牘》卷上，埋蠱受禍條：「先集鄰里保責手狀，皆稱實知王公直埋蠱，別無惡跡。」

這裡的「知」似為知道之意，其實「實知」仍是實在的意思，「知」不是知道。歐陽修乞洪州第四劄子：「臣年雖五十三歲，鬢鬚皓然，兩目昏暗。……一身四肢，不病者有幾？以此貪冒榮祿，兼處劇煩，實知難濟。」「實知」的意義與《三水小牘》同。又再乞辨明蔣之奇言事劄子：「當陛下聖政惟新之日，使執政之臣守闕號冤，固知非朝廷美事；然臣以惡名不可虛受，將不得已而為之，……」「固知」的「知」也沒有意義。

《太平廣記》卷一百九十七張華條引《世說》（按：《世說》無此文此文文風也和《世說》不似，疑是殷芸《小說》）：「陸士衡嘗餉張華，於時賓客盈座，華開器，便云：『此龍肉也。』眾雖素伏華博聞，然意未知信。」據文意，說「然意未信」就夠了。多一「知」字，祇能作兩種解釋：其一，「知」為語助詞，與上引「但知」、「雖知」等的「知」相同；其二，「知」是第三人稱代詞「之」之誤。疑前說近是。此條如出殷芸《小說》，則在梁時；如出《世說》，則在宋時。合以上面所引《異苑》的「雖知」，可以推斷以「知」為語助，至遲劉宋已經如此。又《太平廣記》卷二百七十六，蔣濟條引曹丕《列異傳》：「雖知夢不足憑，何惜一驗之乎？」「雖知」和《異苑》同，似乎又可以說「知」字無義，三國時就已如此。但《三國志》魏志蔣濟傳裴松之注引《列異傳》作「雖云夢不足怪，此何太適適，亦何惜不一驗之？」文字頗有異同，未敢就以《廣記》引文為可信。俟考。《南齊書》孝義杜棲傳：「中書郎周顒與京產書曰：『賢子學業清標，後來之秀。嗟愛之懷，豈知云已。』」「知」字也無義。

《輟耕錄》卷一，獨松關條：「世皇喜，顧謂侍臣曰：『朕兵已到江南，宋之君臣必知恐畏。茲若遣使議和，邀索歲幣，想無不從者。』」「必知恐畏」就是必然恐畏。據此，「知」作語助詞，宋元之際還是如

此。

　　白居易北亭招客詩：「能來盡日宮某否？太守知慵放晚衙。」又過李生詩：「使君知野性，衙退任閒行。」這兩處的「知」也沒有意義，但放在另一詞之前，和前面所引各例不同。又《北齊書》張保洛傳：『相願……每立計將殺高阿那肱，廢後主，立廣寧王，事竟不果。及廣寧被出，相願拔佩刀斫柱而嘆曰：『大事去矣，知復何言！』」用法與白詩同。《周書》藝術姚僧垣傳：「文宣太后寢疾，……高祖御內殿，引僧垣同坐，曰：『……公為何如？』對曰：『臣無聽聲視急之妙，以經事已多，准之常人，竊以憂懼。』帝泣曰：『公既決矣，知復何言！』」《北史》裴俠傳：「今吾幸以凡庸，濫蒙殊遇，固其窮困，非慕名也，志在自修，懼辱先也；翻被嗤笑，知復何言！」又《法苑珠林》卷四十七引《海龍王經》：「時龍即取佛衣而分作無央數百千萬段，各各分與，隨其所乏，廣狹大小，自然給與，其衣如故，終不知盡。」「知」在「盡」之前而沒有意義，與白詩同。又劉知幾《史通》雜說下自注引姚最《梁後略》：「得既在我，失亦在予，不及子孫，知復何恨？」又《續高僧傳》辯義傳：「年始弱冠，便就講說，據法傳導。疑難縱橫，隨問分析，曾無遺緒。有沙門曇散者，解超邃古，名重當時。聞義開論，即來讎擬。往返十番，更無後嗣。義曰：『理勢未窮，何不盡論？』散曰：『余之難人，問不過十，今卿答勢不盡，知復何陳？』」則為一句的發語詞，跟「夫」用法相似，不過「夫」的使用範圍更廣而已。

着　者　咱

祈使語氣詞。

降魔變文題記：「或見不是處，有人讀者，即與政著。」（頁 389）這是希望讀者改正文字錯誤的話。維摩詰經講經文：「一切處與人安樂著，此個名為真道場。」（頁 616）這是維摩居士告誡光嚴童子而要他奉行的話。八相押座文：「願聞法者合掌着，都講經題唱將來。」（頁 826）變文中以第三例這一類為最多，這裡不多引了。案「着」字的用例，呂叔湘釋《景德傳燈錄》中「在」、「着」二助詞（《漢語語法論文集》）一文中講得很詳細，呂氏引舜子變（《掇瑣》11）一例，搜神記二例，這裡也不重複了。

劉長卿長門怨詩：「芳菲自恩幸，看著被風吹。」這是詩人假擬失寵者對得寵者警告、提醒的話，意謂你目前雖然得到寵幸，像花枝在芳菲時節一樣，但將來也要被風吹謝的。「看著」猶如說「你瞧著吧」，「著」也是祈使語氣詞。

又按：「著」字從唐到元的記載中也作「者」、「咱」，已詳呂文。元曲中多用「者」、「咱」字，如關漢卿《單刀會》第三折：「孩兒門首覷者，看甚麼人來。」馬致遠《漢宮秋》第一折：「你看那紗籠內燭光越亮了，你與我挑起來看咱。」近人童斐說：「『者』與『咱』音同，故隨便假借，意無分別也。按：此字之意，……用於以上對下，為命令語助詞；用於以下對上，則為希望語助詞。今吳語京語中，此音已無有，惟江西南昌俗語中常得聞之，音略變如『著』（讀若「著棋」之「著」），蓋長音變短音也。」（見童氏選注的商務版《元曲》緒言）據此，這個語氣詞還存在於現代方言中。

里　裏

同哩，現在多變作「呢」，有申説語氣。

維摩詰經講經文：「幸有光嚴童子裡，不教伊去？唱將來。」

（頁 600）呂叔湘釋《景德傳燈錄》中「在」、「着」二助詞，大意説：「燈錄所用助詞『在』，其所表之語氣大致與今語之『呢』字相當。唐宋俗語中有於『在』字之後更綴一『裏』字者，此一語中『在』『裏』二字原來當皆具有幾分實義（「裏」即「這裏」「那裡」之「裏」）如《掫言》云：『及重試退黜，唁者甚眾；而此僧獨賀，曰：富貴在裏。』浸假而『裏』之本義漸湮『在裏』一詞之用遂漸趨於空靈，不復有『於此』之義。而『裏』字獨立為用，唐人已啟其端，至宋人遂多。因知此一語助詞，當以『在裏』為最完具之形式；唐人多單言『在』，以『在』概『裏』；宋人多單言『裏』，以『裏』概『在』。『裏』字俗書多簡作『里』，本義既湮，遂更著『口』。此『哩』字今猶存留於北方多處方言之中，而北京語及其他若干方言，則不曰〔li〕而曰〔ni〕（或作〔nə〕），字作『呢』。」這裡變文的兩句話是彌勒講的，彌勒自己以為擔當不起到毗耶城問病的使命，而説有光嚴童子可以使喚，「里」字的語氣和「呢」相當，而也可以解釋作「幸有光嚴童子在」，意思就是有光嚴童子在這裏。這個「里」字，它的由實趨虛的痕跡還可以看出來。又父母恩重經講經文道：「佛向經中説着裏，依文便請唱將來。」（頁 684）這個「裡」字，意義也在「在」和「呢」之間。《夷堅乙志》卷九，王敦仁條：「〔呂源〕戒子弟治身後事，指其棺曰：『入此見胡待制時，大費分説在。』」是宋人言「在」之例，附記於此。

底　低

結構助詞，同「的」，用在定語及其中心詞之間。

變文裡見到的，有定語是方位詞、形容詞和定語是動詞三種。定語是方位詞的，如李陵變文：「燒却前頭草，後底火來，他自定。」（頁86）定語是形容詞的，如无常經講經文：「相勸直論好底事。」（頁660）「好底事」就是「好的事」、「好事」。定語是動詞的，如妙法蓮華經講經文：「仏（佛）把諸人修底月（行），較量多少唱看看。」（頁502）醜女緣起：「惟願如來慈念力，為説前生修底因。」（頁800）目連變文：『欲説當本修伍因。」（頁759）頻婆娑羅王后宮綵女功德意供養塔生天因緣變：「惟願世尊愍四眾，解説昨夜見底光。」（頁768）又：「汝等昨夜見底光，非是釋梵四天王，乃是王宮功德意，為先捨命掃佛堂，被害命終生天上，還來下界至此方，執持香花供養我，令其夜分現禎祥。」（頁769）「伍」就是「低」，也就是「底」。這五個例子的「底」和「低」用法都是相同的，而《變文集》校者却在醜女緣起「修底因」和生天因緣變兩個「見底光」下面加上問號，這是誤以「底」作「底事」、「底須」的「底」講了。拿生天因緣變的「汝等昨夜見底光」句和无常經講經文「好底事」來推斷，可以知道是決不如此的。《葆光錄》卷三：「入房良久，云：『奴子讀底經安某處，何在？』」「讀底經」的結構與「修底行」、「見底光」相同。

所

語助詞，放在及物動詞前頭，沒有意義。

董永變文：「家裡貧窮無錢物，所買（賣）當身殯耶娘。便有牙人來勾引，所發善願便商量。長者還錢八十貫，董永只要百千強。」（頁

109）廬山遠公話：『更若有疑，任相公所問。』（頁 184）八相變「昨日遊玩，不見別物，見一病兒，形骸（骸）羸瘦，遂遣車匿所問：『病者只是一人？』他道世間病患之時，不諫（揀）貴賤。」（頁 337《變文集》斷句錯誤，今改正）維摩詰經講經文：『又所蒙處分，令問維摩。』（頁 603）佛説觀彌勒菩薩上生兜率天經講經文：「説彌勒菩薩，當在內宮，所現形後，甚生端正。」（頁 650）「所賣」就是賣，「所發」就是發，「所問」就是問，「所蒙」就是蒙，「所現形」就是現形。

　　變文裡的「所」字，像維摩詰經講經文的「定見除迷路，終禠斷所猜」（頁 564）和「長者蒙垂勸，明明斷所猜」（頁 572），好像也屬此例，但尚在疑似之間，而上面幾處引文的「所」字之沒有意義，却是極其明顯的。此字的用例唐五代間頗不少見。《法苑珠林》卷一百十三引唐臨《冥報記》：「二人引〔孫迥〕璞……至莒蓿谷，遙見有兩人持韓鳳方行，語所引璞二人曰：『汝等錯，我所得者是；汝宜放彼人。』」「所引璞二人」就是引孫迥璞的兩個人。劉長卿有會赦後酬主簿所問詩。白居易三教論衡，「僧問」條道：「義休法師所問：『《毛詩》稱六義，《論語》列四科。何者為四科？何者為六義？其名與數，請為備陳者。』」又「難」條：「法師所難：『十哲四科，先標德行。然則曾參至孝，孝者百行之先，何故曾參獨不列於四科者？』」「所問」就是問，「所難」就是問難。《舊唐書》元積傳，積至同州謝表：「愚臣恨不身先士卒，所問於方計策，遣王友明等救解深州。」《太平廣記》卷一百十一，毛德祖條引唐僧法琳《辨正論》：「滎陽人毛德祖，初投江南，偷道而過，道逢虜騎所追。」

　　《北夢瑣言》卷十五，誣何太后條：「積慶何太后，以昭宗見害以後，常恐朝不保夕。曾使宮人阿秋，面召元暉屬戒，所乞他日禪傳之後，保全子母性命。」又卷四，張曙戲杜荀鶴條：「所生母常戴玉天

尊。」《太平廣記》卷七十引五代杜光庭《墉城集仙錄》，王氏女條：「王氏與所生母劉及嫡母裴寓居常州義興縣湖㳇渚桂巖山。」前人《神仙感遇傳》卷五，薛逢條：「天台山中有洞，入十餘里，有居人市肆，多賣飲食。乾符中，有遊僧入洞，經歷市中；飢甚，聞食香，買蒸餅噉之。同行一僧服氣不食。既飽，行十餘里出洞門，已在登州牟平縣界。所食之僧，俄變為石。」「所追」就是追，「所乞」就是乞，「所生母」就是生母，「所食之僧」就是食餅之僧，「所」字都沒有意義。《舊五代史》唐書張格傳：『張格，字承之，故宰相濬之子也。……格所生母當濬之遇害，潛匿於民間，落髮為尼。」與《北夢瑣言》、《墉城集仙錄》的「所生母」同。《晉書》孝懷帝紀：「追尊所生太妃王氏為皇太后。」「所生太妃」即懷帝的生母。又明帝紀：「尊所生荀氏為建安郡君。」《晉書》「所生」頗多，今錄其二以概其餘。又六朝人小說中，《法苑珠林》卷六十五引《冥祥記》：「見其所生母羊氏在此屋中。」又相傳是陶潛所著的《搜神後記》：「郴城有一軍人，于武昌市買得一白龜，長五寸，置甕中養之，漸大，放江中。後郴城遭石氏敗，赴江者莫不沈溺。所養龜人被甲投水中，覺如墮一石上；須臾視之，乃是先放白龜。」「所養龜人」就是養龜人，「所」字也沒有意義，可見這個用法是六朝以來就有的，宋時也有這樣用法，《邵氏聞見錄》卷六：「太祖一日以幽燕地圖示中令（趙普），問所取幽燕之策。」「所取」就是取。《靖康要錄》卷五：「時召宰執並赴講筵所究經義。」「所究」就是究。《前漢書平話》卷下：「賤人，你姊妹二人信讒言，所謀俺劉氏江山。」「所謀」就是謀。到元曲裏，「所」字的這種用法更加數見不鮮。戴望舒《小說戲曲論集》，跋《元曲金錢記》一文，述說日本吉川幸次郎所譯的《元曲金錢記》註釋部分時談到吉川對這個問題的說法，道：

關於曲中的特有語法，如第一折王府尹的道白中的「所除長安府

尹之職」一句，吉川先生就注意到「所」字的特有用法，而舉出《硃砂擔》中的「待不前去，又怕那賊漢趕來，所傷了我的性命」（第二折）和「我拼的直到他家，所算了他父親」（同上）；研究室的田中謙二先生，又在新發現的《也是園舊藏古今雜劇》中發見了「有劉文靜，所央魏徵等改了詔書」（《老君堂》第四折）和「妾身近日所生了個孩兒」（《五侯宴》楔子）及「自從繼母行所生了薛二薛三」（《薛包認母》第一折）這三個例子，因而確定了「所」字不單只是表示被動語氣，而且還由於語氣上的必要，加在單音的動詞上面，有音而無義的。

說「所」字有音無義，這是最直截明白的說法。《詩詞曲語辭彙釋》卷三，也舉了這類「所」字，而以為這「所」字是指事之辭，「所傷」的「所」即指此傷性命之事，「所除」的「所」即指此除府尹之事，云云。這個說法要把「所」字說出個意義來，實在是很迂曲難通的。

《孤本元明雜劇》，李文蔚《張子房圯橋進履》第二折，李長者白：「近日聞有一人，姓張名良字子房，韓國阜城人也。因秦嬴政之讎，發憤所報。」趙清常校「所」作「以」，而王季烈從之，這其實是不知元曲字例的誤校。

《舊唐書》方伎張果傳：「使以菫汁飲果，果乃引飲三卮，醺然如醉。所作，顧曰：『非佳酒也。』」作，謂醉後起身，屬不及物動詞。「所」字附在不及物動詞前頭，很少見。附記於此。

但

句首助詞，沒有意義。

韓擒虎話本：「『但粲虎雖在幼年，也曾博攬（覽）亡父兵書。此是左掩右（移）陣，⋯⋯』」（頁201。《變文集》以「此是」以下纔是

韓擒虎的話，今改）又：「天使亦（一）見，仿（方）便來救，啟言蕃
王：『王子此度且放。但某願請弓箭，射鵰供養單于。』」（頁205）廬
山遠公話：『惠遠曰：『但弟子東西不辯（辨），南北豈知，只有去心，
未知去處。」（頁167）又：「遠公曰：『但貧道從鴈門而來，時投此山，
住持修道。』」（頁168）又：「善慶啟相公曰：『俗彥（諺）云有語（「有
語」二字為衍文）：入山不避狼虎者，是樵父之勇也。入水不避蛟龍者，
是魚（漁）父之勇也。但賤奴若得道安論義，如渴得漿，如寒得火，請
相公高枕無憂。』」（頁185）又：「於是遠公直至相公面前，啟相公曰：
『但賤奴伏事相公日未淺（淺，未）施汗馬之功，輒入寺中，有亂於法
會。蒙相公慈造，未施罪愆，今對眾前，請科痛杖。』」（頁190）以上
這些「但」字，都沒有意義。又韓擒虎話本有兩處道：「但某面辭隨文
皇帝之日，尅收金璘（陵）。一事未成，迴去須得三般之物，進上隨文
皇帝，即便却迴。』」（頁201）「但衾（擒）虎手內之劍，是隨文皇帝
殿前宣賜，上含霜雪，臨陣交豐（鋒），不識親疏。」（頁201）這兩個
「但」字，似有「不過」之意，但校以韓擒虎話本和廬山遠公話兩篇許
多用例，仍以作助詞解為是。

　　《禮記》奔喪大題孔穎達疏：「又《六藝論》云：『漢興，高堂生
得《禮》十七篇。後孔子壁中得古文《禮》五十七篇，其十七篇與前
同，而字多異。』以此言之，則此奔喪禮十七篇外，既謂之逸，何以下
文鄭注又引逸奔喪禮，似此奔喪禮外更有逸禮者？但此奔喪禮對十七
篇為逸禮內，錄入於《記》，其不入於《記》者，又比此為逸也。故二
逸不同，其實衹是一篇也。」「但此奔喪禮」的「但」是經疏用作句首
助詞的例。

　　《經傳釋詞》卷六：「誕，發語詞也。」引《書》四例，《詩》七
例，如《詩》大雅生民的「誕彌厥月」、「誕寘之隘巷」等，說：「說者

用《爾雅》『誕，大也』之訓，則詰籠為病矣。」「但」和「誕」聲近，即古經發語詞之遺。快嘴李翠蓮記：「散旦又逍遙，却不倒伶俐？」龍潛庵《宋元語詞集釋》題記（《辭書研究》1981年第1期）說：『按『散旦』同『散誕』，『散誕逍遙』語，元劇及散曲常用。」龍說是對的。「且」既可借作「誕」，也就可以說「但」是「誕」的聲近之變了。

當

語助詞，放在及物動詞後頭，沒有特殊意義。

有說「記當」的，如維摩詰經講經文：「當日牟尼大世尊，每於法會說經文。阿難名字頭頭喚，囑咐言音處處陣（陳）：『我要流傳於末代，須汝記當莫因循。」（頁526）又：「時寶積等盲（皆）受維摩勸誘，記當居士教招。」（頁557）「記當」就是記。有說「問當」的，如維摩詰經講經文：「維摩臥疾於方丈，仏勅文殊專問當。」（頁641）「問當」就是問。有說「併當」的，如佛說觀彌勒菩薩上生兜率天經講經文：「地獄興心全併當，畜生有意總教空。」（頁647）這就是同頁上文的「欲併除地獄，不要畜生」的意思，「併」就是「併除」，而「當」是語助。有說「排當」的，如維摩詰經講經文：『必足分憂能問病，便須排當唱將來。」（頁603）「排」就是「排比」，如來差光嚴童子問病，說「便須排當」，差彌勒問病，說「奔（莽）魯排比」（頁595），意思是一樣的；有說「算當」的，大目乾連冥間救母變文：「縱（蹤）由算當更無人，應是三寶慈悲力。」（頁732）『算當』就是算。這些「當」字，都應讀仄聲。

《敦煌資料》第一輯，□□年康員進貸生絹契：「其絹斷黨利頭，見還麥肆碩。」「斷黨利頭」是說確定借絹應付的利息，「斷黨」就是

「斷當」，可作「當」讀仄聲的旁證。

《唐律疏議》卷八，衛禁下，律文及疏議都有「守當」的話，即守衛，引見前「諸餘、別餘、諸、之」條。《大唐世說新語》卷四，持法篇，武后責張行岌的話：「崔宣反狀分明，汝寬縱之。我令俊臣勘當，汝毋自悔！」《太平廣記》卷四百九十三引唐人陸長源《辨疑志》：「武德中，有沙門信義習禪，以三階為業，于化度寺置無盡藏。貞觀之後，捨施錢帛金玉，積聚不可勝計，常使此僧監當。」唐王義方彈李義府疏：「請乞重勘當畢正義致死之由。」《舊五代史》晉書高祖紀，天福四年：「其中書印，祗委上位宰臣一人知當。」《北夢瑣言》卷五，薛少師拒中外事條：「唐薛廷珪少師……中間奉命冊蜀先主為司徒，館中舊疾發動，蜀人送當醫人楊僕射，俾攻療之。」也是「當」作語助詞的例。《猗覺寮雜記》卷下：「『監當』讀作側聲者，非也，當管此事爾。」也可知宋時「監當」的「當」字讀仄聲，而朱昱反以為非，是極為錯誤的。

歐陽修與梅聖俞書：「親疾如此，無醫人下藥……告吾兄與問當，看有不繫官醫人或秀才處士之類善醫者，得一人垂報。」又論水入太社劄子：「臣遂躬親往詣太社及齋宮裏外覷當。」又與十四弟書：「請與買酒食去澆奠回陂墳，并與覷當垣墻門戶。」蘇軾相度準備賑濟第一狀：「伏乞決自聖意，指揮三省更不下有司往復勘當施行。」又應詔論四事狀：「前後官司催督監錮，繼以鞭笞，拘當在官，遣之離業。」又與錢濟明三首之二：「如聞常州東門外有裴氏宅出賣，告公令一幹事人與問當；若果可居為問其有（費？）幾何。」柳永擊梧桐詞：「便認得聽人教當，擬把前言輕負。」認得，知道。楊萬里和張器先十絕之八：「他日君來相問當，南溪溪北北山前。」

《劉知遠諸宮調》第一，商角定風波尾曲：「翁翁感嘆少年郎，這

人時下別無向當，久後是一個潛龍帝王。」「向當」猶如説「去處」、「出路」。「向」就是「東西向」、「南北向」、「所向披靡」的「向」，也是及物動詞，而「當」是它的語助。

《三希堂法帖》第二十一冊，元趙孟頫書，二哥帖：「但得新婦來管當家事，復何所覬？」

徐嘉瑞《金元戲曲方言考》補遺，引《拜月亭》劇：「你心間索記當。」説：「『當』字在元曲中很多，如『問當』、『覷當』，多在動詞之後。」

廬山遠公話：「如今若見遠公，實當不識。」又：「若覓諸人，實當不是；若覓遠公，只這賤奴便是。」（並見頁190）就是「實在不識、實在不是」，「當」又是放在副詞後面的語助詞。《舊唐書》李師道傳，元和十四年平師道詔：「如父母血屬猶在賊中，或羸老疾病情切歸還者，仍量事優當放去，務相全貸。」則又是放在形容詞後面的語助詞。附記於此。又按：今語有「便當」一詞，不知所始，而元時已有。附在《宋提刑洗冤集錄》書首的「聖朝頒降新例」至元十一年六月所頒的屍首檢訖埋瘞例説：「本部議得，依準按察司所擬，是為便當。呈奉都堂鈞旨，送本部准呈仰依上施行。」證以「優當」，知「便當」的當也是語助詞，這一情況以前從未注意及之，今得指明，可謂一快。

古書有「捒擋」一詞，《廣韻》去聲四十二宕韻：「擋，捒擋。」《世説新語》、《晉書》作「屏當」、「併當」。《世説》雅量篇：「有人詣祖，見料視財物，客至，屏當未盡。」又德行篇：「恆與曹夫人併當箱篋。」《晉書》阮孚傳同雅量篇。義為收拾。《三國志》魏志，高貴鄉公傳裴松之注引晉孫盛《魏氏春秋》：「〔鄭〕小同詣司馬文王。文王有密疏，未之屏也。如廁，還，謂小同曰：『卿見吾疏乎？』」單用「屏」字，也是收拾義。又宋人管收拾叫「打屏」、「打併」，如孔平仲《談苑》卷

一，呂許公知許州條：「是日張公打屏閣內物已過半矣，明日令院子盡搬閣內物色歸家。」又《異聞總錄》卷四：「猶持燭收屏器皿。」「收屏」也是收拾。

由此看來，以「屏當」、「打屏」為收拾，重在一個「屏」字，（「打」是歐陽修《歸田錄》卷下所說「觸事皆謂之打」的放在動詞前面的語助詞。）「當」字恰好讀仄聲，似以「當」為動詞後的語助詞，魏晉之間已經如此。附記待質。

《詩詞曲語辭彙釋》卷三，引姚合寄狄拾遺詩：「睡當一席寬，覺乃千里窄。」以為「睡當」就是睡着。案：作語助詞的「當」讀仄聲，姚合詩不應接連四個仄聲，「當」疑仍讀平聲，意義和「何當」的「當」相同，「睡當」就是睡時，今語還有「這個當兒」的講法。

將

語助詞，放在及物動詞後頭，
略帶和趨向動詞「來」、「去」相似的語氣。

漢將王陵變：「遂將生杖引將來。」（頁42）這一句第一個「將」字是介詞，第二個「將」字是動詞「引」的語助，而與趨向動詞「來」相連，語意和來相似。捉季布傳文：「忽然買僕身將去。」（頁60）這個「將」字與「去」相連，語意和去相似。葉淨能詩：「天下鬼神，盡被淨能招將。」（頁216）降魔變文：「門徒盡被詃將。」（頁374）這兩個「將」，語意也和「來」、「去」相似，因為招了就是來，被誘就是去。變文以外的例，如韓愈調張籍詩：「平生千萬篇，金薤垂琳瑯。仙官勅六丁，雷電下取將。」《太平廣記》卷二百二十二，李含章條引唐人呂道生《定命錄》：「崔圓……其日正於福唐觀試，遇勅下，便於試

場中喚將，拜執戟參謀河西軍事。」有取去、喚去的意思。他如白居易新樂府的「點得驅將何處去？」「宮使驅將惜不得！」也都有去的意思。又如岑參送滕亢擢第歸蘇州拜覲詩：「橘懷三箇去，桂折一枝將。」「將」跟「去」相對，也可以窺見它有表示趨向的語法作用了。馬致遠落梅風江天暮雪曲：「子猷凍將回去了，寒江怎江獨釣？」與「驅將……去」結構相同。從捉季布傳文的例子來看，「將」本來不是詞尾，而是帶領的意思，「買僕身將去」原來是「買僕身，將去」；因為這個「將」字常常跟在另一動詞之後，如果把前一動詞的賓語省去或移動位置，「將」就直跟前一動詞而虛化成為詞尾了。由於它本有帶領的意思，帶領則有趨向，所以也就有了和「來」、「去」相近似的作用了。《異苑》卷七：「商靈均為桂陽太守，夢人來縛其身將去。」《太平廣記》卷一百，李思元條引《紀聞》：「忽有大黑風到簾前，直吹貴人將去。」《舊唐書》回紇傳：「逐長安令邵說於含光門之街，奪說所乘馬將去。」與捉季布傳文結構相同，而後兩例已經接近虛化罷了。《法苑珠林》卷一百三引王琰《冥祥記》：「晉沙門慧達……年三十一，暴病而死，……至七日而穌，說云：『將盡之時，見有兩人執縛將去，……』」卷一百十六引《華嚴經》：「或見閻羅持諸兵仗，囚執將去。」這跟《異苑》的「縛其身將去」實際意義是一樣的，不能說將」是「執縛」、「囚執」的詞尾。

王梵志詩：「驅將見明府，打脊趁回來。」

《夷堅丁志》卷一，南豐知縣條：「又曰：『原有大石鎮井上，今安在？』僕曰：『宅內人輿將搗衣矣。』」

《顏氏家訓》勉學篇：「命取將來，乃小豆也。」《宋書》天文志三：「朱綽擊襄陽，拔將六百餘家而還。」據此，南北朝已看到「將」虛化為動詞後頭的語助詞的趨向了。又《法苑珠林》卷七十六，咒術

篇第六十八之三，雜俗幻術十二條之六（不知所據何書）：「晉永嘉中，有天竺人來渡江南，其人有數術，……取絹布與人各執一頭，對剪一（此字衍）斷之，已而取兩段合將祝之，則復還連，絹無異，故一體也。」「合將」猶如說合攏，「將」也已虛化。

又按：變文裡看到的「將」的用法大致有如上述。但是「將」並不能跟趨向動詞「來」、「去」完全等同起來大致又有兩種情況：一種是放在及物動詞之後，而不適於用「去」、「來」或其他趨向動詞來比擬的，《詩詞曲語辭彙釋》卷三所舉的「收將」、「盛將月」、「揭將起」例就是如此，可參看張書。又如《舊唐書》食貨志上：「其惡錢，令少府司農相知，即令鑄破。其厚重徑合斤兩者，任將行用。」關漢卿《玉鏡臺》劇第一折，扶醉歸曲：「雖是副輕臺盞無斤兩，則他這手纖細怎擎將？」也是這樣的例子。宋人董弅《閒燕常談》：「許沖元將知西京，有一屬稟事云：『某預錢若干，已有指揮，許將來春充預買錢。』」沖元是許將的表字，這個屬吏稟事誤犯許將的名諱，「許將」就是允許，「將」字無義，不連下面的「來」字讀。一種甚至放在不是動詞之後。《舊唐書》食貨志上：「伏以國家錢少，損失多門。興販之徒潛將銷鑄錢一千為銅六斤；造寫器物，則斤值六百餘。」「將」附在「潛」的後面，也沒有意義，不表趨向。「潛」是暗中、私下的意思，大概可以歸入副詞。楊萬里新路店道中詩：「染得筆頭成五色，急將描取入詩筒。」「急將」意猶趕緊，用法與「潛將」同。這兩種情況之所以出現，祇能說是「將」的進一步虛化，甚至後附的範圍也有所擴大了。

地

語助詞，附著在「立」、「坐」、「臥」等不及物動詞後頭。

漢將王陵變：『二將勒在帳西角頭立地。」（頁 38）舜子變：「舜子府（撫）琴忠（中）間，門前有一老人立地。」（頁 129）又：「後妻向床上臥地不起。」（頁 130）父母恩重經講經文：「往往人前恰似癡，時時座地由如醉。」（頁 683）「座地」就是「坐地」，下文「行亦愁，座亦愁」（頁 697）可以證明。大目乾連冥間救母變文：「忽然逢著夜叉王，按劍坐蚍（地）當大道。」（頁 728）

元積李娃行：「髻鬟峨峨高一尺，門前立地看春風。」（見《詩人玉屑》卷十七引《許彥周詩話》）

《京本通俗小説》，碾玉觀音：「也不知他仔細，只見他在那裏住地，依舊挂招牌做生活。」

《西廂記》第一本第一折：「山門下立地。」王季思註：「『地』，助辭。『立地』，猶云立著也。《墻頭馬上》第四折梅香白：『你這裏立地，我家去也。』詞意同。」

按：近時的學者，以為「地」等於現在説的時態助詞「著」，然而並不能完全通得過去。如《水滸傳》第二十七回：「且請伯伯裏面坐地。」要是照現代語法的説法，「著」表示動作持續綿延的狀態，那麼《水滸傳》這個「坐」，還是在被請的時候，坐的行動本來沒有，哪裡談得上「坐」這一行動的持續呢？又宋無名氏玉樓春詞：「夜深著繡小鞾兒，斜靠着屏風立地。」（見《詞林紀事》卷十八引清徐釚《詞苑叢談》。按：這首詞最早見於宋無名氏的《瑞桂堂暇錄》，引見《説郛》卷四十六，字句稍有不同，「斜靠」句作「靠著那箇屏風立地」。）可見「著」和「地」并不完全相同。所以這裏暫付闕疑，祇説是不及物動詞後頭的語助詞。

　　董解元《西廂記》卷一，正宮尾曲：「待登臨又不快，閑行又悶，坐地又昏沉，睡不穩，子倚著箇鮫綃枕頭兒盹。」也是「地」、「着」分用，而且「坐地」和「登臨」、「閑行」、「睡」並列，可見有沒有「地」是沒有多大分別的。同卷大石調吳音子曲：「大師遙見，坐地不定害澀。」商調定風波曲：「那君瑞醮臺兒旁立地不定。」就是坐不定、立不定，不能説成「坐着不定、立着不定」。

附錄一：

變文字義待質錄

變文裡不能解釋的詞兒，彙記如下，期待大家指教。

楑水蓬飛 伍子胥變文：『所由修造楑水蓬飛。」（頁 20）「楑水蓬飛」疑是舟船一類渡水的用具。

生杖 漢將王陵變：「發使交人捉他母，遂將生杖引將來。（頁 42）降魔變文：「王勑所司，生擒須達，並祇陀太子，生杖圍身。」（頁 375）大目乾連冥間救母變文：「生杖魚鱗似雲集。」（頁 733）「生杖」是拘捕犯人的刑具，未知其詳。

珫 捉季布傳文：「由（猶）泇大石陌心珫。」（頁 58）「陌心」就是當心，沒有疑義。「珫」是動詞，疑是「鎮」的同音假借字。孝子傳：「父母遂生惡心，與（以）大石鎮之。」（頁 901）

旨撥 李陵變文：「仍差有旨撥者……」（頁 85）

鶙鞲、輙鞾 李陵變文：「臥氈若重從扰却，鶙鞲輕時任意□。」（頁 87）蘇武李陵執別詞：「是日也，酌別酒，敲輙鞾，唱如歌。」（頁 849）「鶙」、「鞾」字形相似，不知是否一物。

勃籠 李陵變文：「勃籠宛轉，儺道颭聲。」（頁 88）疑是旋繞的意思。

伽宂 王昭君變文：「直為作處伽宂，人多出來掘強。」（頁 99）原集「直為」上有「是竟」二字，「宂」字不斷句。按：「是竟」就是

「是競」，應連上「寸陰」作一句，而下面是兩個六字句。

邊恥、鞭恥 舜子變：「立（妾）有姑（孤）男姑（孤）女，流（留）在兒壻手頂（頭），願夫莫令邊恥。」（頁 129）又：「己身是兒，千重萬過，一任阿耶鞭恥。」又：「瞽叟報言娘子：『他緣人命致重，如何打（捉）他鞭恥？有計但知説來，一任與娘子鞭恥。』後妻報言瞽叟：『不鞭恥萬事絕言，鞭恥者全不成小事。』」（以上並見頁 131）《變文集》校記「邊」校作「鞭」，自然是對的；曾毅公疑「恥」當作「笞」，或作「叱」。按：作「笞」好像是對的；但如果説「鞭笞」是鞭打的意思，則祇能切合「一任阿耶鞭恥」這一句，而瞽叟與後妻對答中的「鞭恥」，顯然範圍要比鞭打廣得多，實際是要把舜弄死。所以本篇的「鞭恥」似應解作折磨、擺佈等意思，不能呆死在鞭打上。究竟這兩個字應該怎樣寫纔算本字，現在也還不能確定。

湇吾 舜子變：「瞽叟湇吾之孝。」（頁 134）

亡空便額、忘空便額 廬山遠公話：「於是道安聞語，作色動容，嘖（責）善慶曰：『亡空便額……』」（頁 185）又：「賤奴擬問經文，座主忘空便額。」（頁 186）「亡空便額」是斥責的話，不知是什麼意思。《太平廣記》卷五十五引《玉堂閑話》：「江南人呼輕薄之辭為覆窠。」「亡空」或者是「覆窠」聲近轉成的。《封氏聞見記》卷十，查談條：「宋昌藻，考功員外郎之問之子也。……刺史房琯以其名父之子，常接遇之。會有中使至州，琯使昌藻郊外接候。須臾却還，云：被額。』房公……顧問左右何名為『額』，有參軍……對曰：『查名詆訶為額。』——近代流俗，呼丈夫婦人縱放不拘禮度者為『查』。又有百數十種語，自相通解，謂之『查談』，大抵近猥僻。」查談中的「額」，不知和這裡有沒有關係。

嫛斫 鸎子賦：『伊且單身獨手，嘍我阿莽嫛斫？』（頁249）

　　並亦　鷰子賦：『是你下牒言我，共你到頭並亦。」（頁 249）《變文集》「並亦」誤屬下句讀，今改正。

　　撩瞻　鷰子賦：『撩瞻擒去，須臾到州。」（頁 250）

　　忽碑　鷰子賦：「鷰子忽碑出頭，曲躬分疏。」（頁 250）白居易東南行一百韻：「論笑杓胡碑，談憐鞏囁嚅。」杓是李建，字杓直；鞏是寶鞏。「胡碑」就是「忽碑」。

　　調子　鷰子賦：『如今及阿莽次第，五下乃是調子。」（頁 251）

　　夜莽赤推　鷰子賦：「如今會遭夜莽赤推，總是者黑廝兒作祖。」（頁 251）《變文集》校記：乙、戊兩卷此句作「如今遭他赤吹」。甲卷「夜」作「者」，無「推」字。案：「莽」是「莽」的俗體，「者莽」當即「這麼」。「推」字不能沒有，「赤推」似是推問或摧挫的意思，「赤」字或與元曲「赤緊」的「赤」有關，是用來加強語意的。

　　咀瞅　鷰子賦：「雀兒美語咀陬。」（頁 252）

　　退顆　鷰子賦：「你欲放鈍，為當退顆？」（頁 252）

　　密箪相骸　鷰子賦：「但辦脊背袛承，何用密箪相骸？」（頁 252）

　　惱子、腦子　鷰子賦：但雀兒明明惱子，交被老烏趁急……」又：「但雀兒袛緣腦子避難。」（並見頁 252）

　　哱哯　鷰子賦：「搖頭俓野説，語裏事哱哯。」（頁 262）

　　朋博　鷰子賦：『不分黃頭雀，朋博結豪強。」（頁 264）

　　山頭寶逕、昌楊　下女夫詞：「脱衣詩：山頭寶逕甚昌楊。」（頁 277）

　　氝、亂　太子成道變文：「到丙寅之歲，四月八日，於南彌梨薗中，手搦（搊）無憂樹，腳紅連（蓬）花右但（誕）下。五百釋眾氝涉。車匿五百白馬刭(?)成珠宗（騍騬）共仏四月八日同時生。」（頁 320）歡喜國王緣：「出入排（椒）房嬪彩亂，安存宮監惠唯新，普天咸荷廱(?)

王聖，有相賢和助一人。」（頁772）按：「五百」以下的文字原集句逗錯誤，應作「五百釋眾涉乿車匿，五百白馬共成珠宗（駃騄）。」「嬪彩乿」的「嬪彩」就是嬪妃綵女，「乿」甲卷作「𢉖」，就是「擁」字。「嬪彩乿」的「乿」顯然有伴隨的意義，而「乿涉車匿」也可以解作伴隨車匿。「乿」、「亂」形體相近，疑係一個字的分歧，變文有「伴涉」的講法，見本書釋事為篇，疑「乿涉」「伴涉」也有關係。

譏練　降魔變文：「我今磨刀榖馬，唯佇譏練之功。」（頁379）

衡冠　降魔變文：「池中魚躍盡衡冠。」（頁385）疑「衡」是「銜」字形近之誤，「冠」是「貫」的同音通用字。

承前併蒼　降魔變文：「打破承前併蒼。」（頁386）

籌、萬壽　難陀出家緣起：「有事諮聞娘子，請籌暬起却迴。」又：「各請萬壽暬起去，見了師兄便入來。」（並見頁396）這是告假的話，「請籌」似是和《牡丹亭》裡春香領「出恭牌」同類的事。

結周　佛説阿彌陀經講經文：「生漼不結周，不求於利養。」（頁451）「漼」《變文集》校記疑「涯」，「結周」未詳。

彼立　佛説阿彌陀經講經文：『三番結磨五彼立，從此僧尼遣斷酒。』（頁470）《變文集》校記：」『彼立』二字原缺下半截，不知何字。」

斧側　維摩詰經講經文：『既聞時，須斧側，勤把經文與尋□。』（頁520）

唝　維摩詰經講經文：「送屍荒野山，兩眼烏鷲唝。」（頁523）

㖙　維摩詰經講經文：「人人歌希有之㖙，個個稱善哉之字。」（頁549）

大照、斬候　維摩詰經講經文：「大照國師尋斬候。」（頁579）「照」或是「瞇」字的錯誤。

　　隔事　維摩詰經講文：「慈悲隔事相提挈，未委何方是道場？」（頁611）又：「隔事莫辭子細說，萬生不敢忘深恩。」（頁613）

　　稅調　維摩詰經講經文：「若見時交巧出言詞，稅調者（《敦煌雜錄》作「著」）必生退敗。」（頁620）又「發言時直要停　，稅調處直如（須）穩審。」（頁621）「稅調」應是誘惑的意思，董解元《西廂記》卷七，南呂宮傀儡兒曲：『那鄭的言語無憑，一向把夫人說調。」「說調」和「稅調」似是一個詞兒。

　　將伽　維摩詰經講經文：「我以（已）修行成道果，此諸天女却將伽。」（頁632）

　　筋吒　佛說觀彌勒菩薩上生兜率天經講經文：「把戟夜叉肥𪐝趀（𪐝趀），持鎗羅刹瘦筋吒。」（頁650）「筋吒」或是主謂結構。《史記》李斯列傳：「十公主矺死於杜。」「矺」《索隱》本作「吒」，《索隱》說：「吒音宅，與磔同。」玄應《一切經音義》卷十四，四分律第三卷音義引《通俗文》：「張伸曰磔。」筋吒，似乎是說因為身瘦而筋脈呈露開張。

　　阿婆　无常經講經文：「日晚且須歸去，阿婆屋裡乾嗔。」（頁657）三身押座文：「今朝法師說其真，坐下聽眾莫因循。唸佛急手歸舍去，遲歸家中阿婆嗔。」（頁828）孫楷第《俗講、說話與白話小說》（作家出版社）唐代俗講軌範與其本之體裁，論三身押座文的「阿婆」，略謂：婦人年長者為阿婆，男子年長者為阿翁；而阿翁、阿婆又為夫婦相敬之稱。「此文『阿婆』似指聽者之婦。蓋尊之曰『阿婆』，猶近世稱人妻為『太太』。『遲歸阿婆嗔』，乃調笑語也。」按：《變文集》所錄醜蕍書和搜神記田崑崙條都有「阿婆」（頁859，883），義為夫母。俗講聽眾本兼有男婦，則謂前文所引「阿婆」也指夫母，似無不可。孫說也能言之成理，且較有風趣，但沒有確證，存疑。

辟牒 无常經講經文：「破除罪垢休粘惹，辟牒還須見地頭。」（頁666）按：《歲時廣記》卷二十一，端午上，畫天師條，艮齋先生魏元履詞：「掛天師，撐著眼直下覷，騎個生獰大艾虎。閑神浪鬼辟慄他方，遠方大膽底，更敢來上門下戶？」《廣韻》入聲三十怗韻，「慄」、「牒」同徒協切，「辟牒」應即「辟慄」。從艮齋詞意來，「辟慄」就是辟易，「易」屬喻紐四等，古音本是歸舌頭的。變文的「辟牒」，似即上句「破除罪垢」之意，是說使罪垢遠去。

辜繞、辜僥 父母恩重經講經文：「不念二親恩養力，辜繞弃（養）育也唱將來。」又：『皆因不孝於慈父，盡為辜僥向母親。」（並見頁675）這個詞與不孝同意，大概就是辜負的意思，「繞」、「僥」疑即「饒」字，就是左街僧錄大師壓座文的「饒俊須遭更姓字，任奷終被變形儀」（頁840）的「饒」。

肭肙 父母恩重經講經文：「父母喚來約束，肭肙不語生真（嗔）。」（頁692）

游泥 大目乾連冥間救母變文：『獄中罪人，生存在日，侵損常住，游泥伽藍，好用常住水菓，盜常住柴薪。」（頁726）「游泥」疑即《雲謠集雜曲子》洞仙歌詞「少年夫壻，向渌（綠）窗下佐（左）偎右倚；擬鋪鴛被，把人尤泥」的「尤泥」。詞意謂纏繞不休，變文則謂無休止地侵擾伽藍。

芳撥 大目乾連冥間救母變文：『劍樹千尋以芳撥。」（頁731。原集斷句誤）降魔變文有「聳幹芳條」的話（頁387），「芳」和「聳」相對，似有伸張的意義。

蟍盃兔望絲 大目乾連冥間救母變文：「眾生出沒於輪網，恰似蟍盃兔望絲。」（頁737）「望」疑為「網」字之借。

嘈 目連變文：「身往虛空嘈日月，傍遊世界遍娑婆。」（頁757）

底漠　頻婆娑羅王后宮綵女功德意供養塔生天因緣變:「經教不便於根源,論典罔知於底漠。」(頁 769)

攢眉、酸屑　醜女緣起:「若己些些手(子)攢眉,來世必當醜面。」(頁 788) 又:『若人些些酸屑,則知果報不遂。」(頁 800)「攢眉」、「酸屑」應是一個詞兒,「攢眉」可解,而「酸屑」不可解,疑「酸屑」是「皺眉」之誤。

趙土襪腳　醜女緣起:「覓他行步風流,却是趙土襪腳。」(頁 789) 丙、丁、戊卷作「趙十𧚤襪」。王貞珉説:《太平廣記》卷二百四引《盧氏雜記》:「拍彈起於李可久,懿宗朝恩澤曲子『別趙十』、『哭趙十』之名。」崔令欽《教坊記》載曲名有「別趙十」、「憶趙十」此當即醜女緣起之「趙十」,作「趙土」誤。

一納　醜女緣起:「願王一納賜恩憐。」(頁 790)「一納」似為一總的意思。

𦟛脬　醜女緣起:『天生貌不強,只要直𦟛脬。」(頁 791) 校記:「乙卷「直」作「且暘駐」。丁卷作「且𦟛脬」。按:「直」字似應作「且」。

打扳　醜女緣起:『便把被衫揩拭面,打扳精神強人來。」(頁 792)「打扳」大約是提起、振作的意思。元劇裏有「打拍」一詞,如關漢卿《金線池》劇第一折金盞兒曲:「揉開汪淚眼,打拍老精神。」《元劇俗語方言例釋》釋作「打起,提起」,「扳」和「拍」聲音相近。

艷曳　秋吟:「綺羅香引輕盈,霧縠花紅艷曳。」(頁 811) 白居易花樓望雪命宴賦詩:「絆惹舞人春豔曳,勾留醉客夜徘徊。」唐人楊巨源(一作張喬)楊花落:「此時可憐楊柳花,縈盈艷曳滿人家。」薛用弱《集異記》(《顧氏文房小説》本),王渙之條:「俄有妙妓四輩,尋續而至,奢華艷曳,都冶頗極。」又,李白折楊柳:「垂楊拂淥水,搖艷

東風年。」「搖艷」一作「艷裔」。按：「艷裔」即「艷曳」。

須人 不知名變文：「蓮花成（城）節度使出勅，須人買（賣）却蓮花者，付五百文金錢。須人並總不肯買（賣）却蓮花。」（頁820。原集斷句誤）

短終 八相押座文：「長飢不食真修（珍羞）飯，麻麥將來便短終。」（頁824）

切藉 季布詩詠：『切藉精神大丈夫，奈何今日天邊輸。」（頁845）

趨趚 百鳥名：「濤河鳥，腳趨趚，尋常傍水覓魚喫。」（頁852）甲卷作「厤刺」。按《廣韻》入聲二十三錫韻：「趨，郎擊切。趨趚，行貌。」又二十二昔韻：「趚，七跡切。趨趚，行貌。」《教坊記》曲名有厤子，「刾」是「刺」的俗體，「趨趚」、「趨趚」、「厤刺」、「歷」都是一個詞的異寫。《景德傳燈錄》卷二十三，襄州洞山守初大師語：「賣鞋老婆腳趨趚。」《廣韻》祇說「行貌」，究為何種狀態，略而不詳。一九三五年刻本《雲陽縣志》卷十四，禮俗下，方言上：『趨趚，爽快也。」引《傳燈錄》語，又云：「讀若利率。」根據這個讀若，應即現代語的「利索」。但是「率」、「趚」讀音不同，《縣志》所釋，未必可據。

上怗 斷齪書：「買取鐘鼓上怗看。」（頁861）

柸念 搜神記韓陵太守趙子元條：「太守家柸念。」（頁873）

至暗 搜神記田崐崇條：「其天女初時不肯出池，口稱『至暗』而去。」（頁883）「至暗」疑就是現在說的「倒楣」、「晦氣」。

附錄二：

《敦煌變文集》校記錄略

　　向達等六家輯校《敦煌變文集》，給變文的校讀做了開創工作，變文由此漸近於可讀。也正唯是開創工作，留下來的有待於彌縫的罅漏也就不少。徐震堮先生作《敦煌變文集校記補正》、《再補》，發表於《華東師範大學學報》；我又繼徐先生加以補充綜兩人所得，約一千幾百條。現在把涉及訓詁假借或較難通曉的條目節錄於下，名之為「錄略」，以備讀變文和治唐五代民間語言文字者參考。

卷一　伍子胥變文

水貓遊㧙戲争奔。（頁 12）

　　「㧙」同音假借作「獺」，唐釋玄應《一切經音義》卷十六，善見律第七卷音義：「豹獺，《說文》：『形如小犬，水居食魚也。』律文多作蠬、狚、嘣、三形。」可見「蠬」是「獺」的異體，「㧙」是「獺」的假借。**凡人得他一食，慚人一包；得人兩食，為他著力。（頁 14）**

　　「包」應作「色」。搜神記管輅條：「凡喫人一食，慚人一色；喫人兩食，與人着力。」（頁 868）可證。原校作「飽」，誤。後文：『得他一食，慚人一包；得他兩食，謝他不足。」（頁 23）「包」也應作「色」。「食」、「色」、「力」叶韻，「足」也和「食」、「色」通叶，見《敦

煌詞校議》西江月詞「孎棹乘舡无定正」條。

捉季布傳文

扣馬行頭賣僕身。（頁 60）

　　「扣」應作「口」。爐山遠公話：『直向東都來賣遠公，向口馬行頭來賣。」（頁 175）又：「直至口馬行頭，高聲便喚口馬牙人。」（頁 176）口馬行頭是買賣奴僕和牲畜的地方。

王昭君變文

牙官少有三公子，首領多饒五品緋。（頁 100）

　　「子」借作「紫」。《苕溪漁隱叢話》前集卷二十三引《蔡寬夫詩話》論唐人詩中的借對，舉賈島「卷簾黃葉落，開戶子規啼」和崔峒「因尋樵子徑，得到葛洪家」為例；「黃」、「子」相對，「子」、「洪」相對，即借為「黃」、「紫」和「紫」、「紅」。變文也拿「子」來當「紫」用，和「緋」相對。「牙官」就是「衙官」，後文：「衙官座位（泣）刀剺面。」（頁 104）

陰山的是摵危危。（頁 100）

　　徐震諤校：「摵」疑當作「顫」，或是「振」字之誤，同「震」。徐校後說對。妙法蓮華經講經文：「嗷（哮）吼振威纔始住。」（頁 495）周紹良《敦煌變文彙錄》「摵」作「振」，可證。「摵」是「振」的俗體。

不應玉塞朝雲斷，直為金河夜蒙連。（頁 101）

　　「蒙」通作「夢」。爐山遠公話：『遠公蒙中驚覺。」（頁 174）

卷二 舜子變

瞽叟便即與大石填塞。後母一女把着阿耶，殺却前家歌（哥）子，交與甚處出坎。阿耶不聽，拽手埋井。（頁132）

「即與」就是「即以」，「交」就是「教」。原校「女」作「心」，大錯。這是瞽叟後妻所生的一個女兒拉住瞽叟，「殺却前家哥子，教與甚處出坎？」是女兒的話，説填了井就要殺却哥子，叫他從哪裡出井呢？所以下面有「阿耶不聽」的話。「拽手埋井」是瞽叟掙脱被女兒拉住的手來埋井。照原校，「不聽」就毫無着落了。《列女傳》有虞二妃傳：「舜之女弟繫，憐之，與二嫂諧。」《漢書》古今人表，「敤手，舜妹。」顔師古註：「流俗書本作擊字者誤。」《説文》：「敤，舜女弟名敤首。」説者多謂「擊」是「敤手」二字誤合為一，而「繫」又是「擊」字之誤，其説可信。據此，知這裡所説後母一女就是敤手。

韓朋賦

朋年卅未滿，二十有餘，姿容窈窕，黑髮素絲，齒如珂珮，耳如懸珠。（頁139）

原校：「絲」原作「失」，據甲、丙卷改。

「失」固然不對，「素絲」也沒有意義。原文應是「夫」字，因為形體相近誤成「失」，又因「失」字音近誤成「絲」。「夫」是「膚」的別體「肤」的省寫。《廣韻》上平聲九魚韻：「肤」同「膚」。「餘」、「夫」、「珠」叶韻，「絲」就不叶了。「珂珮」應作「珂貝」。玄應《一切經音義》卷六，妙法蓮華經音義：「珂貝，苦何反，螺屬，出海中，潔白如雪者也。」

秋胡變文

好即共有，惡即自知。（頁 154）

應作「好即共榮，惡即同恥。」是當時的常用語。李陵變文：「好即同榮，惡即同恥。」（頁 90）父母恩重經講經文引《太公家教》：『憂則共戚，樂即同歡。」（頁 680）許國霖《敦煌雜錄》，百行章：「好則同榮，惡則同恥。」語意都相同。「榮、有」、「知、恥」為音近之誤，「同、自」為形近之誤。

領（嶺）峻侵霜。（頁 155）

「霜」應作「霈」，是「九霄」的「霄」的異體。太子成道變文：「雪嶺今霈定去。」（頁 347）又借作「宵夜」的「宵」。王重民《敦煌曲子詞集》，浣溪沙詞：「蟋蟀夜鳴階砌下，恨長霜。」修訂本校「霜」作「宵」，義是而字非，也應作「霈」。

前漢劉家太子傳

西王母頭戴七盆花，駕雲母之車，來在殿上。（頁 162）

「盆」丙卷作「笙」，是對的。宋陳元靚《歲時廣記》卷二十八引《漢武帝故事》：』王母乘雲車而至，玉女馭母，戴七勝。」「七笙」即「七勝」。

廬山遠公話

汝可不聞道外書言，堪與言即言，不堪與言失言。夫子留教，上遣如思。不与你下愚之人解説。（頁 186）

徐震堮校：「上遣如思」疑是「不違如愚」之誤。

徐校不確。本頁下文：『莫望山採木，以皃（貌）取之，若作如思，還失其子羽。』一頁中有兩個「如思」都是「如斯」。劉復《敦煌掇瑣》老少問答寓言（擬題）：「莫言我獨今如此，汝等須臾還若思。」「若思」就是「若斯」，可證「如思」就是「如斯」。又本篇下文：「據思行即不合真宗。」（頁187）「思行」就是「斯行」，可見借「思」作「斯」實在是敦煌寫本的通例。「上」通「尚」。維摩詰經講經文：「弟子尚自如斯。」（頁604）語例相同。

賜遠公如意數珠串，亦環鈢（杖）一條。（頁191）

原校「亦」作「玉」，誤。「亦環」應作「六環」。維摩詰經講經文：「持五掇而此土化緣，杖六鐶而他方遊曆（歷）（頁530）又：「能持五掇人王城，解執六鐶他界外。」（頁531）「六鐶」就是「六環」。宋釋法雲《翻譯名義集》卷七，犍槌道具篇：「義凈云：錫杖……若二股六環，是迦葉佛制。』可證。貫休送新羅衲僧詩：「六環金錫輕攞撼。』

葉凈能詩

皆奉天曹疋配，為定三夫人。（頁218）

「定三」即「第三」，「第三夫人」上文屢見。西北方音「定」、「第」不分。《敦煌資料》第一輯，丙辰年僧法寶貸生絹契：「兩共對面平章為苐。」「押字為苐。」「苐」就是「定」，可證。參看《敦煌詞校議》浪濤沙（當作浣溪沙）「□時清」條。

即蜀人及宙宇百姓，咸知陛下看燈，豈不善矣。（頁223）

「宙宇』應作「官寮』。後文：「其夜節度使及官寮百姓等，又聞蜀王殿上作樂。」（頁224）可證。大概「寮」字有作「宁」的俗體，所以錯成「宇」字，「宙」字也是形近之誤。原校作「宇宙」大錯。

亦能苻朕月宮觀看。（頁 228）

　　原校「苻」作「扶」，誤。「苻」是「將」字形近之誤。「將」就是帶領。上文：「臣願將陛下往至月宮遊看可否？」（頁 225）是這裏應作「將朕」的明證。

卷三　鷰子賦

死雀就上更彈，何須逐後罵詈。（頁 251）

　　「就上」疑應作「就地」。這是當時俗語，意謂雀兒已死在地上，而更就地彈之，是沒有意義而過分的事，用來比喻雀兒已被杖責，而燕子重加辱罵的無謂。日本《諸錄俗語解》，正宗贊卷之一，有「將死雀就地彈」一條，略謂：「就地彈雀，方言有必死之意。今死雀云云，意謂容易，或無足輕重，或不發生作用。夫活雀尚如此，死雀更不待言矣。」可以為證。

下女夫詞

立客難發遣，展褥鋪錦床，請君下馬來，模模便相量。（頁 275）

　　乙卷「模模」作「喚喚」，應以乙卷為近是。「模模」是「換換」形近之誤，「喚」、「換」是「緩」的同音假借，末句用本字寫應作「緩緩更商量」。《敦煌曲子詞集》蘇莫遮，五臺山曲子第二首：「石逕崝層（嶒），跁步行多少。」「跁步」即「緩步」，可證「換」、「喚」可以借作「緩」字。又《敦煌資料》第一輯，宋淳化二年韓原定賣妮子契：『伏緣家中用度不攜，欠闕疋帛。」證以《變文集》大目乾連冥間救母變文「喚言阿娘」（頁 744）的書影「喚」字作「嗖」，可知契文是「用度不

換」也是「不緩」之借，即家用不寬之意和「換換」借作「緩緩」正同。《敦煌資料》把「撓」摹寫成「拽」，應據卷首的書影改正。

彼處無瓦礫，何故生北堆？不假用鍬钁，且借玉琶摧。（頁276）

原校：「摧」原作「推」，據戊卷改。

「推」字沒有錯，「琶」應作「杷」。《朝野僉載》卷四，張鷟譏武後濫官謠：「補闕連車載，拾遺平斗量，杷推侍御史，椀脱校書郎。」「玉杷推」即「杷推」。「玉杷」也有出處。《隋唐》五行志：「鄴中又有童謠曰：『金作掃帚玉作把，淨掃殿屋近西家。』」「把」就是「杷」。

項楚説：「北堆」費解，「北」應是「圵」字的形訛。「圵」字即是丘字，字亦作「圠」，也與「北」相似。

卷四　太子成道變文

淨飯王聞老語，光顏大悦。（頁320）

原校「老」作「者」，誤。這是「走」字草書形近之誤。變文多借「走」作「奏」，如八相押座文「嬪妃綵女走樂喧」（頁823）就是「奏樂」。「光顏」是「龍顏」之誤。

又

於大街中嚓玖從綵色樓子。（頁327）

「嚓」應作「繫」，「玖從」即「九重」。敦煌契券中「九」字大寫作「玖」。下女夫詞：『千重羅扇不須遮。」（頁276）「重」原卷作「從」，丁卷作「重」，可證「玖從」即「九重」。韓擒虎話本：「權時繫一茅庵。」（頁196）「嚓」、「繫」字形相近，這兩句話的語例也相同；

又太子成道經：『遂遣國門高縛綵樓。』（頁 290）所説是同一事，「繫」、「縛」意義又相同，可以確定「嘍」就是「繫」。

破魔變文

然後端居正殿，及（反）據香林。（頁 349）

「林」應作「牀」，因俗體作「牀」而誤。《敦煌雜錄》，佛藏經四卷音義：「牀楄，上助莊反，下他盍反。」「牀楄」就是「床榻」，可證。

降魔變文

使影墻忽見，儀貌絕綸。（頁 362）

「墻」字《敦煌變文彙錄》作「坅」；伍子胥變文「隔墻遙鷹」（頁 24）《彙錄》作「隔坅」。據此，「墻」就是「坅」，是「牆」的俗體「墻」字的譌變。《敦煌雜錄》，原文（擬題）：『保豐盈而稼穡。』「穡」是「穡」字之誤，和「墻」變「坅」的字例很相近。孝子傳：「向生養母值艱苑（危），被射（討）邊坅未得歸。」（頁 909）原校「坅」作「疆」，是對的，但「坅」之所以為「疆」，也因為本是「墻」字，而由音近借作「疆」用而已。《龍龕手鑑》土部：「垴，疾良反，墻壁也，墻垣也，正合作牆。」更足證明「坅」是「牆」的俗體。《敦煌曲子詞集》，南歌子詞：「斜潯朱簾立。」孫貫文校：六朝人「影」皆作「潯」。「影墻」、「影朱簾」語例相同，項楚説：「影」應是掩藏的意思。

難陀出家緣起

寶闍才文增福惠，今言茲益善其生。（頁 403）

　　這兩句的前四字應作「寶偈才聞，金言滋益」。上文：「天女當時文語。」（頁 400）「文語」即「聞語」；李陵變文：「吾文高文皇帝親御卅萬眾。」（頁 89）「吾文」就是「吾聞」，已足證明。《論語》公冶長篇的「子路聞之喜」，新疆吐魯番出土的唐景龍四年寫本《論語》鄭玄注本「聞」作「文」，與此同例。而敦煌寫本《大唐西域記》卷第一殘卷：「文之耆舊。」（見王重民《敦煌古籍敘錄》頁 135）就是「聞之耆舊」；《敦煌雜錄》，雜詩：「般若無聞字，何須紙筆題？」「聞字」即「文字」；《劉知遠諸宮調》又以「聞面」為「文面」竟可確立「文」、「聞」兩個字互相通借的例子。

卷五　佛説阿彌陀經講經文

官僚將相等，莫奴廷國界，內奉忠勲。（頁 461）

　　原校：朳原缺下半，不知究為何字。

　　原校字作「朳」，與本文小異。這個字下半沒有缺脱，就是「外」的異體，與「內」相對。下文：『且如西天有九十六奴道。』（頁 464）就是「外道」，可證。「莫」下應有「不」字，「廷」字應是「匡」字之誤。降魔變文：「長者榮居輔相，匡國佐理之臣。」（頁 373）長興四年中興殿應聖節講經文：「既有英雄匡社稷。」（頁 423）語例相同。

若説三塗諸苦惱，百千萬刼實難言，鐵（鐵）人聞談邊心愎，善男善女豈不怕。（頁 462）

　　「邊心愎」應作「也心酸」。後文云：「或言極樂世界者，無有眾苦但受法樂非是五欲不淨之樂，邊（也或世）或稱常樂，常受法樂，無

有苦薛（辛），故稱常樂。」（頁 476）《變文集》的斷句和校如此。今按：
「薛」字疑。「边」字應作「也」，這個也字應屬上句，是解釋性句子的
句末語氣助詞作「边」是形近之誤。「邊心愎」的「邊」本來也是「也」
字，誤成「边」字，傳寫時又改從繁體，成為現在的樣子。「愎」應作
「酸」，説見下條。

更三塗息苦，地獄停。（頁 471）

爐山遠公話：「三塗地獄，悉苦停酸。」（頁 185）以此兩處互校，
「悉苦」應作「息苦」，「停悛」應作「停酸」。「悛」是「酸」字的俗字，
把右旁的上部「厶」顛倒為「公」，又因「酸」字表示感覺，所以改其
左旁從「忄」，就成為「悛」。上條的「心愎」，「愎」又是「悛」的譌
變。《敦煌雜錄》，飲酒十過及唸佛十功德文（擬題）：「八者，專心唸佛；
九者，地獄停醯，」「醯」也是酸字之誤。宋釋曉瑩《羅湖野錄》卷三，
大潙智禪師條：「息苦與停酸，皆承此恩力。」足知「息苦停酸」是佛
徒常語，「悛」和「愎」應作酸字無疑。

無有女人，絊是男子。（頁 475）

原校「絊」作「總」，誤。這字是「純」的俗誤。目連變文：「共
行幽徑沒災迍。」（頁 759）「迍」即「迊」字的俗誤。因為草書「屯」、
「長」相似，所以「純」誤而為「緹」，「迊」誤而為「迍」，道理是一
樣的。

妙法蓮華經講經文

經：「无盡意，若有人受持六十二億恆河砂并名字。」言六十二億，是
校量也。十萬為億，梵語亦殑叻（伽）河在五印土，六十二億恆個河砂
菩薩名字，仏言若有一個人念六十二億個河砂菩薩名字云云。（頁

504）

　　「言」字以下是解釋經文的話。「梵語」上應補「恆河」二字，「殑」應作「殑」，「梵語亦殑伽河」應作一句讀，是用來解釋現已脫落的「恆河」的。《翻譯名義集》卷三，諸水篇：「殑伽，此云『天堂來』，見從高處來故。又云：河神之名，以為河名。《西域記》：『舊曰恆河。』」「殑」巨升切，《玉篇》音同，可證「殑」是錯字。下文：「若說殑伽河裡」，「殑」也是「殑」之誤。

維摩詰經講經文

經云「我聞」者，是阿難所稱之語，因迦□□棄結集之時，說妙法於畢鉢羅窟中，擊捯植於向須彌山頂上，這日阿難昇座，現三十二相之身，眾聖觀瞻，有八十端嚴之貌，皆生異念，咸起擬（疑）心，阿難纔唱於「我聞」羅漢盡除於錯見。（頁 524）

　　「迦□□棄」應作「迦葉三乘」。「棄」是「乘」的形近之誤。《敦煌雜錄》，張修造雇五歲父馳約：「張修造遂於西州充使，欠闕馳棄。」「棄」也是「乘」字之誤。本篇下文：「今朝結集三乘教，所以經文道我聞。」（頁 527）就是這裡說的「三乘結集」。唐釋慧琳《一切經音義》卷六，大般若波羅蜜多經五百一卷音義：「劫比羅國，此國中有雞足毗富羅山，卑鉢羅石窟，大迦葉波與千羅漢結集三藏聖教之處。」「卑鉢羅」即「畢鉢羅」，可證迦葉結集三乘之確。「捯植」應作「犍植」。《玉篇》：『犍』或作「捯」，「捯植」即「犍植」，亦即「犍椎」。《翻譯名義集》卷七，犍椎道具篇：「《增一》云：『阿難升講堂，擊犍椎者，此是如來信鼓也。』」玄應《一切經音義》卷十六，薩婆多毗尼毗婆沙第三卷音義：「犍植，舊經多作犍遲。梵言臂吒犍稚（椎）：〔臂吒〕此

云打；犍椎，所打之木，或檀或柟，此無正翻。彼無鐘磬故也。」「於
向」的「於」是衍文。

又

**緣舍利弗身居小果，與仏及并所見不同，伙甚似營（螢）火對於日光，
泥彈同於月愛。（頁 568）**

原校：「伙」字疑衍。

正文和校語字體略有不同，都是「似」字的異體，不是衍文。佛
說阿彌陀經講經文：「年年轉賣作良人，如伙行錢無定住。」（頁 467）
原校「伙」作「似」，是對的，本篇也有「見此穢土，如似自在天宮」
（頁 568）的話。「伙甚」應讀成一句，是發問的話，下面的話是答語。
「月愛」，寶珠名，見釋名物篇月愛條。

遂顯身羸惙。（頁 578）

「掇」應作「惙」。玄應《一切經音義》卷二十，付法藏傳第六卷
音義：「羸惙，知劣反，《聲類》：『短氣皃也。』」白居易偶作二首之一：
「筋骸雖早衰，尚未苦羸惙。」

又

終朝散日死王摧。（頁 590）

原校：源「敬」字，似「散」字。

這字就是「敬」字，不是「散」。「敬」同音假借作「竟」。歡喜
國王緣：「志心境持。」（頁 779）就是志心敬持。「境」可以借作「敬」，
當然「敬」也可以借作「竟」。《敦煌曲子詞集》，南歌子詞「終朝逕日

意喧喧（懸懸）。」王重民校「逕」作「竟」，是對的，和變文語意完全相同。「敬」和「逕」都是一音的通借罷了。

又

周圍捧擁，百匝千連。（頁 620）

「千連」應作「千遭」。漢將王陵變：「圍繞陵莊，百匝千遭。」（頁41）廬山遠公話：』不覺蜘蛛在於其上，團團結就，百匝千遭。」（頁181）又李德裕登崖州城作：『青山似欲留人住，百帀千遭繞郡城。」「百匝千遭」是唐人常用語。

魔王隊仗利天宮。（頁 621）

原校「利」作「離」，用下文「速還本住宮中，早利修禪室內」（頁627）參校，文意愜當。「離別」的「離」，《廣韻》上平聲五支韻音呂支切，去聲五寘韻音力智切，平仄兩讀。白居易菩提寺上方晚眺詩：「誰知不離簪纓內，長得逍遙自在心。」朱慶餘和劉補闕秋園寓興之什十首之七：「石脈潛通徑，松聲靜離塵。」「離」字都讀仄聲，和這裡相同。

垢染之穢，纖暇（瑕）不巧，塵濛之小，許難沾智。圓與看澄，諟漏盡，何欲明法眼。（頁 631）

這一段有脫文誤字，原集斷句也有錯誤。現在改正其可正者如下：「垢染之穢，纖瑕不污；塵濛之□，小許難沾。智圓與看證諟（菩提），漏盡何欲明法眼。」八相變：「六年苦行志慇懃，四智俱圓感覺身。」（頁341）破魔變文：「六載苦行，四智周圓。」（頁346）佛說阿彌陀經講經文：「福智圓滿。」（頁464）都就是這裡的「智圓」。「何欲」的「欲」字誤，未詳。

父母恩重經講經文

這身無病如長病，拓賴終朝復皺眉。（頁 698）

「賴」應作「頰」。前一篇：「低頭不語長如病，頰無言恰似癡。」（頁 679）。顧況鄭女彈箏歌：「三聲白猿臂拓頰。」「拓」字借作「托」，「托頰」、「挓頰」義同。佛説阿彌陀經講經文：「頼蒙賢聖加持。」（頁 461）「頼」就是「賴」字，「頰」字誤作「賴」，「頼」是其間的過渡。

卷六　不知名變文

箭濟貧人，并戀僆貝漏盲聾暗啞。（頁 820）

「戀僆貝漏」按文義是「攣躄背僂」。《妙法蓮華經》卷二：「矬陋攣躄盲聾背傴。」「戀」、「攣」都是「攣」的異體或假借。「貝漏」是「背僂」的音近之誤，就是《法華經》的「背傴」。按二十四孝押座文：『醜漏名須自己當。」（頁 837）蘇武李陵執別詞：「銘肌陋骨。」（頁 848）前者借「漏」為「陋」，後者借「陋」為「鏤」，可證「漏」也可以通作「僂」。「箭」字疑有錯誤，未詳。

卷七　故圓鑑大師二十四孝押座文

犬解報恩能驦草。（頁 836）

「驦」應作「驟」。《玉篇》：「驟，馬轉臥土中。」古代相傳，説有犬主人醉臥荒野，火燒野草，犬乃跳入水中，轉臥草上使濕，主人得不燒死。見《變文集》搜神記及《太平廣記》卷四百三十七引《紀聞》、《搜神後記》等，「驟草」就是指的這回事。

季布詩詠

三三五五總波濤（逃），各自思歸營幕內。（頁 845）

原校：原作「各自思歸□營幕」，甲卷作「各自惡□榮墓內」，甲卷「惡□」「榮墓」皆形誤字，但可證原卷缺字應在句末，即「內」字。

楚卒既已逃走，又說思歸營幕，理不可通。甲卷「墓」字不誤，「榮」應作「塋」。「思歸塋墓」，意思是要回到家鄉，死也葬到祖墳裡去。《洛陽伽藍記》卷四，開善寺條：「〔河間王琛〕有婢朝雲善吹篪，能為團扇歌、隴上聲。琛為秦州刺史，諸羌外叛，屢討之不降，琛令朝雲假為貧嫗，吹篪而乞，諸羌聞之，悉皆流涕，迭相謂曰：『何為棄墳井在山谷為寇也？』即相率歸降。」情辭正和這裡相同。

蘇武李陵執別詞

奈何武帝口取佞臣之言，道陵上祖以來，三代皆漢〔？〕。勅下所司，捕捉陵之家，一男一女，攤入雲陽。馬乖行顯，准法處分。（頁 849）

「皆」應作「背」，「三代背漢」句意完足，下面並無缺文。「攤」應作「擁」。「馬乖行顯」應作「馬市行頭」。李陵變文：「并陵老母妻子於馬市頭付法」。（頁 94）廬山遠公話又有「口馬行頭」的話（頁 175、176），都可證明。

㘞剗書

日映未，暫時貧賤何羞恥。（頁 860）

徐震堮校：「映」疑當作「昃」。

徐校就字義說是對的，就字形說還沒有對。「映」是「昳」字之

誤，這正象搜神記「奔三五里趁跌狂賊」（頁906）「跌」是「跌」之誤一樣（參看本書釋事為篇「趁迭」條）。《書》無逸疏：「昊亦名映，言日蹉跌而下，謂未時也。」是應作「映」的確證。

卷八　孝子傳

樹列驚風，怨結吾丘之氣。丘吳子大哭於道，為母孝，孔子來詢之也。（頁903）

　　這段文章原集連上孟宗事，不分段，應另為一段。「吾丘」應作「丘吾」，事見《說苑》敬慎篇。「樹列驚風」就是《說苑》「樹欲靜乎，風不定；子欲養，吾親不待」的意思。「丘吳」同「丘吾」。

附錄三：

《敦煌曲子詞集》校議

　　敦煌詞的發見，提供文學史研究者研究詞的起源和發展的線索，也使人們看到了初期民間詞的面貌，在那裡我們可以看到民間詞內容方面的廣泛反映現實和語言的質樸真摯；又由於敦煌詞是用口語寫的，所以它對於漢語史的研究也是一份珍貴的材料。但由於這些詞的寫本出自民間，其中有不少同音通用字和寫錯了的字，也由於它運用了當時的口語，現在讀起來就不能不碰到困難，也就不能不花一些校勘、解釋的工夫來掃清研究過程中的障礙。從朱彊村校刻《雲謠集雜曲子》以來，好多人做過這個工作，也有了相當可觀的成績。但「校書如掃落葉」，掃不盡的疑誤之處仍然存在着，也有本來沒有錯而給校錯了的，要給敦煌詞寫本清洗出一個真面目來，仍然需要一番努力。

　　校勘免不了有一些猜謎的成分，但為什麼猜謎有猜得中的，有猜不中的，却大可思索一下；由此可見猜謎也得有一定的依據。從事校勘而沒有一定的依據，祇是隨便猜猜，那當然猜不着。校勘方法的一些條例，如形近而誤、聲近而誤、聲借、別本對勘、審察上下文義等，校釋敦煌詞的人都已經用過，但通校一個時代的一種語例或文字通借用例的却還很少，祇把敦煌詞作為一般文字來校釋而不注意到它的特定的用詞用字的例，所以校正了的固然很多，而留下來的問題也不少。下面的校議是我幾年來潛心玩索所得，在方法上除了和以前的

校勘者相同的以外，不同的是注意到敦煌詞全體的通例以及和敦煌詞同時代同出處的資料（如敦煌變文）相比較。自覺片面性要少一些，根據要確鑿一些。當然主觀臆測的地方免不了仍然要有的，這就期待著讀者的指正了。

〔魚美人〕又被美人和枝折，**墜**金釵。

校議□「墜金釵」的「墜」字如作墜落解，意思和上句不能聯係，「墜」字應與「綴」通。這兩句的意思是和下面的一句「金釵釵上綴芳菲」相同的。近人王泗原說：有一種用絲結成的東西叫「墜」，或稱「結子」。那用玉或核桃雕成的便叫玉墜或桃墜。這「墜」是「綴」的同音假借字（見《杝離騷》語文疏解》）。用王氏的說法來解釋這一首詞，意義就完全通順了。此外，《雲謠集雜曲子》裡的傾盃樂：「玉釵墜，素綰烏雲髻」，內家嬌：「搔頭墜髻」，拋毬樂：「寶髻釵橫墜鬢斜」，馮延己《陽春集》謁金門：「碧玉釵頭斜墜」，《花間集》歐陽炯南鄉子：「耳墜金環穿瑟瑟」，所有的「墜」字都應作「綴」字講。

有人提出下列駁議：旁證似應限於唐代，不宜周秦漢魏旁搜博引；引《離騷》為證，似可懷疑。唐人詩文都已用「綴」字，何以雜曲忽然「復古」？況「墜」字比「綴」難寫。如「玉釵墜，素綰烏雲髻」，正可解釋作釵已卸落，祇以綰素束髮；若作「綴」，句法倒裝，文理反不通。玉釵落下乃古人詩賦中常有之景象，中晚唐如李商隱「偶影」、楊衡「春夢」中已見。

這段駁議的論據是很可以商榷的。第一，引證當然最好用同時代的；但語言本來是歷史的產物，那就不必拘泥於同時代，像章太炎的《新方言》常常引用「故書雅記」來證明現代語的語義，這總不能說是每一條都是謬誤的。何況這裡引王泗原氏的說法，僅僅是拿現代語中還存在的玉墜桃墜來說明「墜」是「綴」的假借字，根本沒有引什麼

《離騷》，也沒有管「墜露」是否如王氏所說解作結綴的意思，這裡並沒有引用古代的材料。而「墜」字之應當作「綴」解，却是唐五代時人詞中常有的，如上面所引的《雲謠集雜曲子》和馮延巳、歐陽炯各例就是。其中歐陽炯一例的「墜」字，斷不能作墜落解；可見這個「墜」本是當時常用的字，不是什麼「復古」。第二，説「墜」字比「綴」難寫，實則「墜」字僅僅多了一筆。按敦煌寫本的情況，並不一定用簡單易寫的字，例如敦煌變文中「一」字常寫作「亦」，「衣」字常寫作「意」，其他如「文」寫作「聞」，「種」寫作「蕙」等，其例多不勝舉。第三，關於「玉釵墜，素綰烏雲髻」的解説，我們試用變文的材料來作證。《敦煌變文集》卷六，秋吟：「鳳釵兮斜綴清（青）絲。」這正和「玉釵墜，素綰烏雲髻」的句法相同，而又和「碧玉釵頭斜墜」的字面相合。「鳳釵兮斜綴青絲」也好，「玉釵墜，素綰烏雲髻」也好，都可以文從字順地解釋為釵綴在髮髻上（「素綰烏雲髻」就是素綰的烏雲髻，「素綰」是「烏雲髻」的修飾語）沒有什麼倒裝和文理不通之處。這裏引的《雲謠集雜曲子》三個例和馮延巳、歐陽炯的例，都是形容美人的裝飾，和「卸釵」的情景是不合的，就拿「搔頭墜髻」來説，難道能解釋成「搔頭落髻」或「搔頭卸髻」嗎？並且就「墜」字的本義來説，也祇有墜落的意義，沒有引申作卸除的。歐陽修送鄆州李留後詩：「金釵墜鬢分行立，玉塵高談四座傾。」分行而立的侍姬當然不會人人卸釵或金釵墜落，祇有作綴講纔講得通。收入童養年《全唐詩續補遺》卷二十一的無名氏任氏行説：「蘭膏新沐雲鬢滑，寶釵斜墜青絲髮。」這一墜字也不能作墜落解。第四，駁議中沒有提到的，同一篇詞中，可以又用「墜」，又用「綴」嗎？這也是不足為奇的。例如《敦煌變文集》卷五，父母恩重經講經文：「抄手有時望却。」「望」是「忘」的同音假借字；又：「母心不忘。」就用本字；可見「墜」、「綴」

並用沒有什麼不可以。

〔菩薩蠻〕**相送過鴻梁。**

校議□「鴻」當作「虹」。

〔又〕**千年鳳闕爭雄棄。**

校議□「爭雄棄」應作「爭離棄」，是「怎樣離棄得開」的意思。

〔西江月〕**嬾棹乘舡無定正。**

校議□諸家「正」校作「止」，這是對的。這裡可以說明敦煌西江
月詞三首（「女伴同尋」、「皓渺天涯」、「雲散金波」）用韻的例。這
三首用韻的例是一樣的，即第一、四、五、八句都用仄聲韻來叶，第
二、三、六、七句都用平聲韻來叶；仄聲自為一韻，平聲自為一韻，
平仄聲共為兩韻，不通叶。《尊前集》載歐陽烱兩首，和這三首用韻的
例子相同；祇有第二首第五句以「綠」字為韻，和第一句的「翼」、第
四句的「力」、第八句的「色」相叶，是借叶，猶如杜甫桃竹杖引一詩
拿「得」、「息」和「竹」、「足」、「玉」「、束」叶韻一樣。唐五代人
作的西江月詞，祇有這五首，用韻的例都一樣。到宋人的西江月，就
平仄通叶，而第一和第五句又不叶韻，不是從前的叶韻法了。有了這
五首詞，可以給《詞律》補上一體。

拜詞處處闇聲。

校議□「闇」陰法魯校作「聞」，是對的。「詞」或校作「謌」，
也是對的。「雲散金波」一首中有「楚詞哀怨出江心」的句子，「楚詞」
也應是「楚謌」，而這首的「拜詞」也可以推定為「楚謌」之誤，「楚謌」
就是「楚歌」。馮延己菩薩蠻詞：『敧鬟墮髻搖雙槳，采蓮晚出清江上。
顧影約流，潃楚，歌嬌未成。」和這兩首所詠的都是女娃乘船嬉遊的
事，情境相同，可以作旁證。

〔又〕**船押波光遙野，虜歡不覺更深。**

校議□劉盼遂、孫貫文等校這兩句作「船押波光搖攄，野歡不覺更深」。案：所校不一定正確。第一句不必改，「波光遙野」和「星垂平野闊，月湧大江流」意境相近。「虜歡」應當是「歡娛」，「娛」字用同音字寫作「虞」，寫錯了變成「虜」，又倒在「歡」字上罷了。玄應《一切經音義》卷七，仳真陀羅所問經音義：「虞樂，今作娛，同。」

〔浪淘沙〕五里竿頭風欲平。

校議□寫本「却卦錄蘭」、「五里竿頭」、「結草城樓」、「八十頹年」四首都題作「浪淘沙」，實際都是浣溪沙，應改正。

「五里竿頭」義不可通，「五里」應作「五量」，即五兩，是船上候風的用具。六朝以來，「量」、「兩」常通用。《世說》雅量篇：「未知一生著幾量屐？」「量」就是《詩》齊風南山篇「葛屨五兩」的兩；《敦煌變文集》卷四，祇園因由記：「黃金千量」，「千量」就是「千兩」，更加是明顯的證據。

〔又〕（當作浣溪沙）百鳥相憶投林肅。

校議□「肅」或校作「宿」，是對的。「憶」當作「依」。《敦煌掇瑣》季布罵陣詞文：『放卿意錦歸鄉井。」《敦煌變文集》卷七，齖䶗書：「意錦還鄉爭拜秦。」「意錦」就是「衣錦」，可證。

〔又〕（當作浣溪沙）口時清。

校議□「時清」劉盼遂校作「清時」，王文才據西北方音互注例，以為「清」和「迷」、「溪」、「西」通叶，不必改「清時」。王說是對的。敦煌禱練子詞「杞梁妻」和「入妻房」各一首，伯2809卷「妻」字都作「清」字，《敦煌掇瑣》開蒙要訓裡的字的注音，「梯」字注作「聽」，「鼎」字注作「帝」之類很多。陸游的《老學庵筆記》卷六說：「四方之音有誤者，則一韻盡訛。如……秦人訛『青』字，則謂『青』為『妻』，謂『經』為『稽』。」可見「清」字實在有「妻」的音，可以和

「迷」等字通叶，「時清」是不需要倒轉來的。

〔浣溪沙〕喜覩華筵戲大賢。

　　校議□「戲」是「獻」字的形近之誤。《敦煌變文集》卷五，妙法蓮華經講經文：「同亡（寶）積之所陳，似純陀之所戲。」王慶菽校「戲」作「獻」；《敦煌雜錄》，社文：「持珠罪（翠）而施眾僧，奉今（金）鈿而戲賢聖。」「戲」字也應作「獻」；誤例相同。

〔又〕獻羌言。

　　校議。「羌」是「嘉」字形近之誤。

〔獻忠心〕京華飄飈因此荒，空有心長，思戀明皇。

　　校議□「心長」應作「心腸」。《敦煌變文集》卷六，大目乾連冥間救母變文：「為憶慈親長欲斷。」又敦煌殘卷中有歌頌張義潮的唱文，其中有「孤猿被禁歲年深，放出城南百尺林，淥水任君連臂飲，青山休作斷長吟」的句子，見《敦煌變文集》卷一張義潮變文附錄。「長欲斷」、「斷長吟」的「長」都應讀為「腸」字，可證。「孤猿」四句，本是曾庶幾的放猨詩，見《全唐詩》（《全唐詩》誤作曾麻幾，據《詩話總龜》卷二十引張靚《雅言雜載》校正），「斷長」《全唐詩》和《總龜》都作「斷腸」。

〔又〕願聖明主，久居宮宇，臣等默始有望。

　　校議□「默始」當作「然始」，即乃始，說詳釋虛字篇「然、乃然、然乃」條。又，《敦煌曲子詞集》以「有望」連下「常珠」二字為句，下面有「弓劍更拋涯計會，將鑾驚（駕）步步却西迴」兩句。這裡不甚可解，「拋」字據後面的臨江仙詞「等閑拋棄生涯」句知是「拋」字之誤，這幾句疑應讀為「常殊弓劍，更拋涯計，會將鑾駕步步却西迴」，大意是說經常持弓執劍保衛所說的「聖明主」，拋棄自己的生涯，會有一天扶持鑾駕回去的。待酌。

〔失調名御制〕**絕昇兜率大羅。**

校議□盛靜霞校「昇」作「勝」，是對的。《敦煌變文集》卷一，伍子胥變文：「王聞魏陵之語，喜不自昇。」也是用「昇」來當「勝」字用。

〔又御制曲子〕**千秋萬歲，豈得作姚長。**

校議夏瞿禪師校下句作「聖祚得遙長」，極確。

〔酒泉子〕**用却還邊。**

校議□這首詞詠戰馬入陣，首句「紅耳薄寒」的「薄寒」即「駮𩣡」，是馬的名字，見胡震亨《唐音癸籤》卷二十。「劈」字或校作「勢」，文義不可通。據《敦煌掇瑣》所錄的《開蒙要訓》有「圍棋握槊」的話，「握槊」就是握槊，疑「劈」就是「槊」字形近之誤，就是用槊。

汗散却金鞍。

校議□唐圭璋校「汗散」作「渙散」，是對的。敦煌寫本文字中有開口合口音相混的例，如《敦煌變文集》卷四，太子成道經：「魚透碧波堪上岸。」「上岸」另一處作「賞酖」；又卷六，大目乾連冥間救母變文：「天邊海氣無遐換，隴外青山望成樓。」「遐換」應是「涯岸」，可以證明。「却」字《敦煌掇瑣》作「邦」，「却」、「邦」都是「卸」字之誤。這句的意思是收陣之後人馬卸鞍四散。

〔又〕**斬新注乾鋒刃崩。**

校議□劉盼遂校「注乾」作「鑄就」，是對的。「崩」《敦煌掇瑣》作「峭」，作「崩」義不可通，「峭」字是「蒯」字之誤。《敦煌曲校錄》說，傅惜華本正作「蒯」。《掇瑣》所載的《字寶碎金》裡有一條：『刃，蒯鉥。』註：『苦恠反。』「蒯鉥」就是「快鈍」。《字寶碎金》在所列出的字前頭，一定標舉這兩個字所屬的義類，如「人，狡猾」、「草，

榦芡（芰）」。「刃，鋼鈍」，就是説刀刃有快和鈍，「快」當鋒利講，唐人已經有這個用法了。

一遍離通鬼神怕。

校議□「通」或校作「匣」，是對的。唐人顏元孫《干祿字書》：「匣」通作「連」，和「通」字形體很相近。

〔望江南〕曹公德，為國托西關。

校議□斯 5556 卷作「拓西邊」，俞平伯校：「托」當作「拓」。案：這首詞是歌頌曹議金的，安西榆林窟壁畫曹議金像的題銜是「勑歸義軍節度使檢校太師兼托西大王譙郡開國公曹議金」（見張大千摹本），「托西」當是地名，《敦煌變文集》卷五，佛説阿彌陀經講經文，稱頌當時的大回鶻國（《變文集》校記説就是于闐國，因為九世紀後被回鶻族佔領，所以稱大回鶻國）説：「獨西乃納馳馬，土蕃送寶送金。」「獨西」疑即「托西」。《舊唐書》突厥傳上，默啜又號為拓西可汗，「拓西」或亦即「托西」。但俞校作「拓」，大概當作開拓講，恐怕不確。

〔又〕每恨諸蕃生留滯。

校議□張相《詩詞曲語辭彙釋》：「『生』，猶偏也，硬也。……《太平樂府》七，酸齋闘鵪鶉套憶別：『遙岑十二遠煙迷，生隔斷，武陵溪。』『生隔斷』猶云偏隔斷或硬隔斷。又有『生扭作』一語，曲中習見。《太平樂府》，馬致遠一枝花套，惜春：『本待學煮海張生，生扭做遊春杜甫。』」「生留滯」就是硬留滯。

〔又〕蓋緣傍伴迸夫多，所以不來過。

校議「所以」《敦煌掇瑣》作「眵以」，唐圭璋校作「渺渺」，説：「疑下字偏旁合上字為『渺』字一旁則重上字之省寫也。」案：「所」字行書作「」，《掇瑣》的形體正是行書「所」字形近之誤，不須臆改。浣溪沙詞道：「不是從前為釣者蓋緣時世掩良賢所以不朝天。」「蓋

緣……所以」語例正相同，決不是有什麼錯誤。

〔又〕**以奴吹散月邊雲。**

校議□「以」字根據《貞松堂西陲祕籍叢殘》影印原卷，校者以為「以」當作「為」，這是不對的。敦煌寫本裏「以」和「與」常常通用。「以奴」就是「與奴」。證據：《敦煌變文集》卷三，下女夫詞：「巧將心上繫，付以繫心人。」「付以」就是付與。又卷六，大目乾連冥間救母變文：「長者手中執得飯，過以闍黎發大願。」「過以」就是《雲謠集雜曲子》中拋毬樂「莫把真心過與他」的「過與」。

〔感皇恩〕**長途歡宴在高樓。**

校議□「途」字王文才、邵祖平校作「圖」，向柳谿校作「歌」，都不合適。「長途」疑是「宸遊」形近之誤。柳永破陣樂詞：「時見鳳輦宸遊，鸞觴禊飲，臨翠水，開鎬宴。」和這首詞的語意相同，可以作為借證。蘇頲奉和春日幸望春宮應制詩：「宸遊對此歡無極。」夏竦喜遷鶯詞：「三千珠翠擁宸遊，水殿按梁州。」

〔又〕**金殿越龍顏。**

校議□「越」或校作「悅」，是對的。《敦煌變文集》卷六，不知名變文：「其大願給孤長者心中大越，徧佈施五百個童身，五百個童女，五百頭牸牛并犢子，金錢舍勒，三故，便是請佛為王說法。」「心中大越」就是心中大悅。又卷二，韓擒虎話本和葉淨能詩裏都有「大悅龍顏」的話，可以作證。

〔又〕**四海清平遇有年，鈐（黔）黎謌聖德，樂相傳。**

校議□敦煌寫本裡有四首感皇恩，「四海天下」和「當今聖受（壽）」兩首第二句都是七字句，這一首和「萬拜（邦）無事」兩首把原來的七字句攤破成五、三字兩句，聲調更加流美，這實際已成為後來稱為小重山的詞調了。

〔生查子〕**且擁高峰頂。**

校議□這一首錯誤較多，《敦煌曲校錄》所校，大致可從。但把這句改為「直擁高峰際」，却完全不必。「且」字本來可通，無須改動；「頂」字和「起」、「地」、「意」協韻，這是西北方音通例，「頂」字應讀「帝」音，見前浣溪沙「□時清」條校議。《校錄》也説「或亦有方音關係」，但沒有詳考，還是改了，未免疏忽。

合赴君王意。

校議夏矔禪師校，「赴」當作「副」。

〔定風波〕**三尺張良飛惡弱。**

校議□「三尺」《敦煌曲校錄》校作「三策」，「飛」作「非」。作「非」是對的，校「三尺」作「三策」，大概是要和下文「謀略」相應。其實王勃的滕王閣詩序也有「三尺微命，一介書生」的話，「三尺」正切合張良作為「儒士」的身分，不宜臆改。

〔又〕**腽脈墳。**

校議□劉盼遂校：「腽」即『胃』之俗體」，是對的。《禮記》內則篇「鹿胃」，《經典釋文》：『胃音謂，字又作『腽』，同。」《敦煌變文集》卷三，茶酒論：『損人腸腽』，也是把「胃」寫作「腽」，「腽」就是「脂」字的錯誤。下一首説「公（心）？脾連腽」，「脾」、「腽」連著説，可證就是「胃」字。《素問》脈要精微論篇有「胃脈」，大概就是這裡所説的胃脈。「墳」字待校。

〔婆羅門〕**口口宮裡落轟轟。**

校議□「落」王重民校作「樂」，是對的。《敦煌變文集》卷六，大目乾連冥間救母變文，「天堂曉夜樂轟轟」，所説的境界和這首詞完全相同，可以助證。

〔長相思〕**遙望家鄉長短，此是貧不歸。**

校議□朱居易校：疑「長短」係「腸斷」之聲訛。朱校是對的，參看前面獻忠心調「京華飄飆因此荒，空有心長，思戀明皇」條校議。

〔魚歌子上王次郎〕交妾思在煩惱。

校議□「思在」任校作「實在」。按：『思』和『在』都是想念的意思。《敦煌變文集》卷二，韓朋賦「久不相見，心中在思。」「在思」、「思在」同義。詳釋事為篇「在思」條。

〔送征衣〕心穿石也穿，愁甚不團緣。

校議□「緣」應作「圓」。「心穿」應作「心專」。唐張文成《遊仙窟》引俗諺：「心欲專，鑿石穿。」這裡就取當時俗諺入詞。《詩話總龜》卷二十三引《雜誌》載封特卿詩：「物許眾生願，心堅石也穿。」《雜誌》當是江鄰幾《雜誌》。

〔楊柳枝〕不見堂上百年人，盡總化為陳。

校議□「陳」王重民校「塵」，是對的。《敦煌變文集》卷五，維摩詰經講經文：「遠陳離垢捨輪迴」，就是遠塵離垢，可以證明。

〔失調名〕遙望行三春月影照階庭。

校議□「三春」應作「云杳」，形近之誤。「遙望行云杳」作一句。

〔又〕蠻謇不會宮適。

校議□「適」王重民校作「商」，是對的。「蠻謇」疑當作「攣謇」。揚雄解嘲：「孟軻雖連謇」，李善注引蘇林：「連謇，言語不便利也。」「攣謇」就是「連謇」，因為是疊韻聯綿字，所以字形沒有一定。

〔又〕心在䇛阿誰邊，天天天，因何用以偏。

校議□這半首詞在伯3863卷第一葉上，隔開兩首詞之後，題「曲子理漏子」五字，下面又有「夜夜長相憶」等四十字。案：「心在䇛阿誰邊……」一段應移在下面的四十字之下，成為一首完整的南歌子，「曲子更漏子」五字應刪去。這一卷兩葉共有詞六首，都是南歌子，題

作「更漏子」是錯誤的。移過後的全詞如下：

　　夜夜長相憶，諸君思我無？蟻時紅辱五人　　，深夜不來歸舍，薄情事我夫。蠻畫眉儒柳，虧云劍上連。知他心在苏阿誰邊，天天天，因何用以偏。

　　或校「事」作「是」，「蠻」作「漫」都是對的。「諸君」的「諸」應作「知」。變文裡就有「諸」、「知」相混的例子，如《敦煌變文集》卷三，鷰子賦：『亦不加諸。』「諸」字伯2491卷作「知」。卷四，太子成道經：「父母及兒三人知，餘人不知。」第一「知」字伯2999卷作「諸」，斯548卷、伯2299卷、北京潛字80卷作「知」。卷五，佛說阿彌陀經講經文：「善哉童子參善諸識。」「善諸識」即善知識。可證。「虧云」應作「虛勻」，「劍」應作「臉」，「連」應作「蓮」。唐人「虧」「虛」兩字也通用，如孫棨《北里志》劉泰娘條有詩道：「漢高新破咸陽後，英俊奔波遂喫虛。」「喫虛」就是吃虧。「勻」、「云」是音近之誤，《敦煌變文集》卷五，佛說觀彌勒菩薩上生兜率天經講經文：「莫不眉勻翠柳，目淨青蓮」，可以借證。「在苏」應作「苏在」，「苏」是「放」的俗字。《水滸全傳》第七十四回的「劈牌放對」，日本《諸錄俗語解》，正宗贊卷之一，斫牌條作「劈牌苏對」，可證。「苏在」兩字中有一個是襯字。「用以」應作「用意」。

〔又〕**春色漸舒榮。忽覩霙飛燕，時聞百囀鶯；日惠處處管絲聲；公子王孫，賞玩諸芳情。**

　　校議□這大半首詞在伯3863卷第二葉的頭上，隔開兩首詞又有「雪消冰解凍，烟凝地發萌，綠楊紅葉兩分明，萬戶千門」二十一字，這二十一字應移在「春色漸舒榮」一段之前，也成為一整首的南歌子

詞。其中「紅葉」應作「紅藥」,「管絲」應作「管絃」;「諸芳情」應
作「賭芳情」。「惠」字未詳。

〔鳳歸雲〕月下愁聽砧杵擬,塞雁行。

　　校議□俞平伯校:看寫本「擬」殆是「徹」字,「月下愁聽砧杵
徹」。「塞雁」下當脫一字,從況校。案:寫本的影片「擬」字很清楚,
決不是「徹」字。這個「擬」字沒有錯,是傳或度的意思。「愁聽砧杵
擬」就是說怕聽砧聲從遠處傳來。《元氏長慶集》卷十五,生春詩二十
章之十:「何處生春早?春生梅援中。藥排難犯雪,香乞(原註:音氣)
擬來風。」「乞」是「乞與」的「乞」,是交付的意思,「香乞擬來風」
是說梅花的香氣交給度過來的風,這可以證明「砧杵擬」的意義。又
《大唐西域記》卷一,三十四國序說:「候律以歸化,飲澤而來賓,越
重險而疑玉門,貢方奇而拜絳闕。」「疑」和「擬」意義相同,「疑玉門」
就是度過玉門關。

〔又〕想君薄行。

　　校議□況周頤校:『行』疑「倖」。況校是不對的。敦煌阿曹婆詞:
「每恨狂夫薄行跡。」唐人范攄《雲溪友議》卷二,嚴武母親的話:「汝
父薄行,嫌吾寢陋。」蔣防霍小玉傳:「豪俠之倫,皆怒生之薄行。」
可見唐人本來有「薄行」的說法,就是說品行惡薄,不一定要解作「恩
倖」的「倖」。

〔又〕已憑三尺。

　　校議□斯 1441 卷作「山憑」,「山」是「止」字之誤,「止」同
「只」。《碑別字》三,唐楊氏夫人合葬殘墓誌,「恥」字作「耻」;《龍
龕手鑑》:「誤,趾正。」可以作旁證。

待公卿回故日。

　　校議□俞平伯校:『公』字不可識,却非公字,疑衍。「故」乃

「顧」之誤。案：「公卿」指丈夫，這和阿曹婆詞稱丈夫為「君王」相同，俗文學裡的所謂「官人」，實際和公卿的意義也相同。「故」、「顧」字通用，都是返回的意思。陶潛詠荊軻詩：「心知去不歸，且有後世名。登車何時顧？飛蓋入秦廷。」就是何時還。古書有「顧返」、「顧反」、「故反」、「顧歸」、「故歸」等詞，其中的「顧」、「故」都與「返」、「歸」同義。如古詩十九首：「浮雲蔽白日，遊子不顧返。」梁人劉遵度關山詩：「行人思顧返，道別且徘徊。」《戰國策》趙策三：「公子魏牟過趙，趙王迎之，顧返，至坐前。」《公羊傳》桓公十一年：「少遼緩之，則突可故出而忽可故反。」這裡「故出」的「故」是衍文，「突可出而忽可故反」，「出」和「故反」相對成文，「故反」就是返回。古樂府東門行：「出東門，不顧歸。」曹植吁嗟篇：「驚飆接我出，故歸彼中田。」曹詩意謂轉蓬在沉淵之際，有驚飆相接，希望能再回中田。「顧歸」、「故歸」也同是返回的意思。據此可知，本篇的「回故」，作「故」或「顧」都可以，但無需改成「顧」，更不是顧望。又按：《敦煌變文集》韓擒虎話本：「整（正）梳裝之次，鏡內忽見一人，迴故而趣，員（原）是聖人，從坐而起。」「趣」是「覷」的通借字，意謂回身探看，原來是皇帝，於是從座位上站起來。話本的「迴故」謂回過身來，與此詞「回故」為回家不同，但基本意義是相同的；話本原校「故」作「顧」，也是不必的。

〔又〕守志強過，曾父堅貞。

校議口「曾父」況周頤校「曾女」。疑應作「魯女」，指魯秋胡妻。酒泉子詞：「曾經數陣戰場寬」，「曾經」二字《敦煌掇瑣》作「魯緩」這是「曾」、「魯」形近相誤的例。敦煌寫本劉瑕溫泉賦前面附的詩（可能是高適所作）有「禮樂遙傳魯伯禽，賓客爭過魏公子」之句，「魯」字寫本作「鲁」，字形更和「曾」相近似。任校以為「曾父」應作「貞

夫」，指韓朋的妻子，案「貞夫」平仄不叶，又和「堅貞」字面重複，恐不可從。

〔竹枝子〕重珠淚的點點的成班。

校議□兩個「的」字是「滴」的同音通借字，「班」應作「斑」。唐圭璋校：「朱校云：『垂珠淚滴，上疑有脫。』愚案：此調兩首，字數及句法皆不同，此句上未必有誤。又龍校云：『此調平仄兩叶，淚滴下疑脫羅裳裡三字，與上半首理字叶。』此亦臆說，不可信。」案：龍校固然謬誤，唐氏說未必有誤，也是不對的。這一調有兩首詞，雖然字數句法略有出入，但大體上是相似的，試拿下一首和本首比較：在上片裡，下一首的「高卷珠簾垂玉牖」本首作「羅幌塵生，幃幔悄悄」，下一首「垂」字上少了一個字。下一首的「顏容二八小娘」本首作「恨小郎遊蕩經年」，多了一個「恨」字，而「恨」是襯字。其餘各句都是相同的。在下片裡，末了兩句的字數也相同，祇是前一句有上四下三和上三下四的差別。下一首的「修書傳與蕭郎」和本首的「的點點的成班」相當；冒廣生校這六個字作「點點滴滴成斑」，很對，那麼又和「修書」句法完全相同。那麼拿下一首的換頭「口含紅豆相思語，幾度遙相許」來和本首餘下來的「垂珠淚」三字相比較，可知本首的換頭應作「□□□□□□，□□垂珠淚。」朱校疑「垂珠淚滴」上有脫字，是頗有見地的。冒氏的《新斠雲謠集雜曲子》校這一首詞，祇有「點點滴滴成斑」是精確的，其余都是隨意移改，不足為據，現在真面目既已顯露，冒校就不必置議了。

〔又〕高捲珠簾垂玉牖（牖）。

校議□「牖」冒廣生校作「戶」。案：這樣改固然可以使「戶」和下面的「女」、「語」、「許」叶韻，但唐人「有」、「語」兩韻也有通叶的例，白居易琵琶行「住」、「部」、「妒」、「數」、「污」、「度」、「故」、

「去」和「婦」相叶，就是這樣。這個「膭」字不能隨便改掉。

傾容二八小娘。

校議□《敦煌零拾》「傾」作「顏」，是對的。《敦煌變文集》卷四，八相變：「改變顏容，都無人色。」卷五，父母恩重經講經文：「慈母顏容，朝朝瘦悴。」卷六，大目乾連冥間救母變文：「俗間大有同名姓，相似顏容幾百般。」又，醜女緣起：「公主見佛至，顏容世莫比。」《敦煌雜錄》周説祭曹氏文：「千方百療，病居骨髓，針灸不損，顏容披靡。」王維洛陽女兒行：「纔可顏容十五餘。」李商隱李肱所遺畫松詩書兩紙得四十一韻詩：「亦若蘡薁女，平旦粧顏容。」語例相同。

〔洞仙歌〕戰袍待穩絮，重更薰香。

校議□「穩」字應作「䋤」。《廣韻》：「䋤，于謹切，縫衣相著。」《本事詩》載開元宮人的詩：『蓄意多添線，含情更著綿。」「䋤絮」就是著綿的意思。《敦煌掇瑣》開蒙要訓裡就有「䋤」字，可見這個字是當時常用的。「重更」的「重」字讀平聲。

令戎客休施流浪。

校議□「戎」字應作「戍」。「休施」沒有意義，「施」是「把」字的錯誤，而「把」又是「罷」的同音通借字。《龍龕手鑑》載「把」字俗體作「掑」，日本雒東獅谷白蓮社刻慧琳《一切經音義》的施金人題名，如卷二十三後所題的超譽凈立法師施金二兩，三井壽貞尼施金二百匹，「施」字都作「掑」，可見「把」、「施」俗寫形體之相近。「休罷流浪」就是不再流浪。下面的破陣子道：「連（蓮）臉柳眉休韻，青絲罷籠（攏）雲」，又前面提到過的失調名御制詞道：「四塞休征罷戰」，都是「休」、「罷」對舉；又《敦煌變文集》卷六，頻婆娑羅王后宮綵女功德意供養塔生天因緣變：「今者休罷禮拜，仗（伏）恐先願有違。」又卷八，搜神記侯光侯周兄弟二人條：「營作休罷。」陸贄收河

中後請罷兵狀：「蠲貸疲甿，休罷戰士。」《三國志》魏志高堂隆傳：「休罷百役。」這又是「休罷」連文的確證。

〔破陣子〕煖日和風花戴媚。

校議□朱孝臧校：『戴』疑作「帶」。「帶」字並不妥當。這和下一首「越溪花捧豔」一起看，「戴媚」和「捧豔」語例是相同的。「戴」像冠戴的戴，冠戴在頭上，是人所注目的地方，這裡的「戴」和「捧」都有「表而出之」的意思，「戴媚」、「捧豔」猶如說「逞姘」，用字很有鍛鍊，恐不宜改動。

〔又〕應是瀟湘紅粉繼，不念當初羅帳恩。

校議□「繼」字或校「戀」，或校「絆」，都不對。變文有「繼絆」、「繼纏」、「繫絆」等詞，「繼」就是「繫」的同音通假字，「紅粉繼」就是「紅粉繫」。說詳釋事為篇「繼絆、繼纏、繼念」條。

魚牋豈易呈。

校議□劉盼遂校，「呈」疑應作「陳」。案：「呈」字意義很明白，敦煌水調詞：「孤椎（樞）北望呈心遠」，阿曹婆詞：「惱懊無知呈肝膽。」都用「呈」字，改「陳」是沒有根據的。

〔內家嬌〕天然有靈性，不娉凡交招事無不會，解烹水銀，練玉燒金，別盡謌篇。

校議□「交」字冒廣生、唐圭璋、孫貫文諸家改作「夫」，「不娉凡夫」作一句。任二北以為「夫」字不叶韻，應是「間」字。案：「不娉凡」應是四字句，「凡」字前或後脫去一個字，「交」字應該連下文讀成「交招事，無不會」。變文常見「教招」、「交招」，「教招」、「交招」就是「教詔」，就是教訓的意思。「交招事，無不會」就是說所詠的女子很聰明，什麼事都教得會。說詳釋事為篇「教招、交招」條。

〔拜新月〕卿敢如同魚水。

校議□「敢」字疑應作「貳」。

〔喜秋天〕誰家臺謝菊。

校議□「謝」應作「榭」。「菊」楊鐵夫校作「曲」。案：這個字不叶韻，且應作平聲，校「曲」是不對的。「菊」應作「旁」，「旁」字或體作「旁」，和「菊」字形體相近。

〔龍洲詞〕汎龍舟，游江樂。

校議□斯 6537 卷調名作「汎龍洲詞」，篇末沒有上列六字。案這個調子其實就是汎龍舟。《隋書》音樂志說：煬帝大制豔篇，令樂正白明達造新聲，創鬮百草、汎龍舟等曲。煬帝的汎龍舟詞現在載在《樂府詩集》卷四十七，共七言八句，格調和本篇大部都相同，唐人崔令欽的《教坊記》裡也列有泛龍舟的曲目。

「汎龍舟，游江樂」這六個字，煬帝曲詞也沒有，應是這個調有「龍洲詞」、「汎龍舟」、「游江樂」三個名稱，而校者把其他兩個名稱附記在篇末，後來混入正文。

〔水調詞〕孤椎北望呈心遠。

校議□「椎」字斯 6537 卷作「惟」，俞平伯校：「孤椎」、「孤惟」皆「孤帷」之誤。《敦煌曲校錄》校作「雁」。案：上句文說「李（向柳谿校作「楚」，可從）江搖曳大川冥」，聯繫上文，「孤椎」當作「孤櫂」，作「孤帷」意義就聯不上。宋劉放題館壁詩：「璧門金闕倚天開，五見宮花落石槐。明日扁舟滄海去，却將雲氣望蓬萊。」意境約略相同。

〔阿曹婆詞〕君王塞外遠征回。

校議□阿曹婆詞三首，有兩個地方說「君王」，第三首：『君王塞北亦應知。」這兩個「君王」《敦煌曲校錄》校「君在」。案：「君王塞北」句和第一首的「征夫鎮在隴西盃（？）」及第二首「一從征出鎮蹉跎」相當，「王」字必須是平聲，不容許改「在」。「君王」就是女子稱

她的丈夫，這和外國女子和丈夫為「我的主」是一樣的。《唐摭言》卷
十二，酒失篇載：「元相公在浙東時，賓府有薛書記，飲酒醉後，因爭
令擲注子，擊傷相公猶子，遂出幕，醒來乃作十離詩上獻府主。」鷹離
主一首道：「無端竄向青雲外，不得君王手上擎。」這個「君王」，也
祇是主人的意思。《全唐詩》以十離詩為名妓薛濤上元稹的詩，如果屬
實，更加和這裡的情事相似了。

疐先來。

校議□「疐」字向柳鷚校作「夢」。其實這個字是「夣」的俗體，
見鈕樹玉《說文新附考》。《國語》魯語：「若鮑氏有夣，我不圖矣。」
韋昭注：「夣，兆也。言鮑氏若有禍兆，吾不能豫圖之。」對鮑氏說是
禍兆，在這首詞裡則是吉兆，上面說的「前庭鵲憙」就是這一句說的
兆。改成「夢」字，意義就不聯貫了。

〔劍器詞〕心手五三個，萬人誰敢當？

校議□「心手」應作「應手」，「應」字上半缺脫。

〔蘇莫遮〕嶺岫嵯峨朝霧起。

校議□「霧起」斯 2985 卷作「戍己」，疑應作「戊己」，戊己就是
中央，這一首是五臺山五方的總提，所以概略敍說嶺岫拱衛中央的形
勢如此。「朝」應讀成「江漢朝宗」的朝。又斯 2985 卷「嶺岫」作「險
突」，是「阾窗」的誤字，這就是「嶺岫」的俗體。

〔又〕定水潛流，一日三過到。

校議□斯 2080 卷「過」字作「迴」。案：中台一首道：『五色祥
雲，一日三迴現。』句例相同，應作「迴」字。

〔又〕不得久停，唯有神龍操。

校議□「操」字或校作「澡」，是不對的。變文有「操惡」、「操
嗔」、「操暴」等詞，如《敦煌變文集》卷四，八相變：「城南有一摩醯

神，見説尋常多操嗔。」又：「聖者尋常多操惡，今日拜禮甚人？」又，降魔變文：「又更化出毒龍身，口吐煙雲懷操暴。」「操」就是「躁」的假借字，是發脾氣的意思。「唯有」應作「為有」。相傳北臺下有禁五百毒龍的龍池，常常把人吸進去，見唐無名氏的《大唐傳載》，所以這裡要這樣説。詳釋情貌篇「懆惡、操惡、操嗔、操暴」條。

〔又〕一朵香山，崒屼吟詠。

校議□「崒」應作「崒」。《廣韻》：『崒屼，山皃。』

重版後記

　　《敦煌變文字義通釋》初版後，得到師友和讀者的關懷，或者提出修改的意見，或者期以擴充篇幅，這都使我十分感愧。我寫這本小書，自己知道疏漏很多，初版後就從事訂補，現在有機會重版，增添了一些新的條目和材料，算是對這份珍貴的盛情的答謝。

　　有一個我時常委決不下的問題，就是收詞的界限問題。半文言半白話的詞收不收？在我看來是易解的詞收不收？都不能作出果決的答案。比方說，「都來」這個詞，我以為在宋詞裡已經是見慣而不需要解釋的了，變文裡有沒有必要再給解釋呢？治宋詞的專家卻以為即使是讀宋詞的人也未必確切知道「都來」的意思，講變文詞義時仍然應該解釋，於是我修訂時加進了這一條。又如維摩詰經講經文的「雜新羅問魏，福見（衍文）建乾薑」，「問魏」應作「阿魏」，這本來祇是一個校勘問題，可是「阿魏」是怎樣一種食物對讀者來說還是生疏的，所以我也作為一條收進釋名物篇裡。新收的一些詞中，像「商量」作討價還價講，是它的縮小義，本來可以包括在通義當中，祇因為在一定場合裡要縮小來講，所以也收進去了。此外，如作「何時」解的「早

晚」，作「徒然」解的「乾」，作「我」解的「乘」，也都放寬尺度收了進去，是否適宜，都是值得商討的。

洪誠同志發表在《文學遺產》282 期上的對這本小書的評論中曾經指出它的缺點是文言與口語的區分不嚴，收進了一些半文言半白話的詞或文言詞。這個意見是很正確的，作為揀別研究漢語史材料的問題來看，也是極其重要的，對我自己和讀者都很有啟發。但是現在還沒有能依照他的意見改變作法，這是因為我有下面的想法：

半文言半白話的詞，原是在文言和白話的交界線上的，語言中有半文半白的東西，是變文作為市民文學的語言的一種特色。像洪誠同志指出的「之者」一詞，雖然不是純粹的口語，却也不能算是文言詞，把這些特殊的東西拿出來加以説明，對於研究漢語史是有一些用處的。再像「加諸」一詞，洪誠同志指出又見於《史通》、《舊唐書》和韓文，從這個詞出現於這些地方看來，洪誠同志疑其為「友于」、「燕爾」一類的文言詞是正確的。不過文言詞也未嘗不能普及到白話裡去，藏頭、歇後也是民間鑄詞造語的手法，「外甥打燈籠」之類的歇後語也正是循著和「友于」、「燕爾」同樣的思路造出來的。就「加諸」又見於變文和《遊仙窟》來看，恐怕已經不純粹是文言詞，也是市民們所接受的語詞了。這一類詞似乎也可以和「之者」同樣看待。總之，我對於這樣一些半文言半白話的詞和接近於半文半白的文言詞還沒有能嚴格地剔除，是我抱著「寧過而存之」的心情的結果；洪誠同志説：「作者意在訓詁」，也已經替我説明了這種心情。但是「過而存之」終究是過，洪誠同志的正確評論決不因為有這番解釋而變成多餘。

這個重版本又以醜媳婦見公婆的姿態呈獻給讀者了。最大的危險仍然是收詞失於謹嚴，至於以無為有，妄生穿鑿，則是着筆以來一直引以為戒的，但是誰也不能擔保其必無。這個醜媳婦的殷切期望是，

當作莫大的厚幸來聽受慈祥的教誨。

　　一九五九年十一月

三版贅記

在這個修訂本裡，收進了像「四大」、「大、大擬、大欲」、「洋銅」一類的詞目，這表明我在收詞界限的問題中臨到了又一個問題。

這本小書以釋詞為主，也有小部分說明文字通借，在序目裡已經交代過。通借總是同音或音近相借，像「交」之借作「教」「由」之借作「猶」，已是習見的用法，不釋也沒有關係；而有些不習見的，如「繼絆」、「繼繩」、「繼念」就是「繫絆」、「繫纏」、「繫念」就有解釋的必要。可是問題就在這裡：是同音通借呢，還是同音錯字？如果是錯字，那是校勘問題，不是這裡所要處理的；如果是通借，則這裡就管得著或應該管。事實上也已經管了一些，如「繼絆」、「諸餘、諸、之」等條是。然而「通借」之與「錯字」，本來就是孿生弟兄一樣地難以分辨的。

以我這些時來的看法而言，變文裡的通借竟是隨時可以遇到；不過有的較為顯著而已得到承認，有的因為未經覺察而被認為錯字而已。除了「繼絆」、「諸、之」這些條目，試再拈出一些例來說明：

王昭君變文：「牙（衙）官少有三公子，首領多饒五品緋。」（頁

100）「子」和「緋」相對，按文義是「紫」字。何以寫作「子」？我曾經想到兩個說法：一個「子」是錯字，這個說法直截而粗疏。一個，唐代詩人有「借對」的方法，如賈島的「捲簾黃葉落，開戶子規啼」，以「子」對「黃」，就是以紫對黃，變文也是這樣，是一種修辭方法；這其實很含糊。確當的說法應該是這樣的：《漢書》食貨志：「公卿請令京師鑄官赤仄。」顏師古注引應劭說：「所謂子紺錢也。」《史記》平準書集解引《漢書音義》作「俗所謂紫紺錢也」。王先謙《漢書補註》說：「《泉志》亦作紫紺錢。」這說明《漢書》舊注傳寫不同，有作「紫紺」的本子，也有作「子紺」的本子，而「紫」、「子」在當時是通用的，不能說用了「子」就是錯誤。

佛說觀彌勒菩薩上生兜率天經講經文：「持鏘羅刹瘦筋吒。」（頁650）《變文集》校者在「鏘」下注「鎗」字。大目乾連冥間救母變文：「鐵鏘萬刃（劍）安其下。」（頁726）又：「鐵鏘撩撩亂亂。」「金鏘亂下如風雨。」（並見頁731）按：玄應《一切經音義》卷二，大般涅槃經第四卷音義：「木槍，《三蒼》：『木兩耑銳曰槍。』經文作鏘，鈴聲也，鏘非正體。」又卷五，菩薩處胎經第五卷音義：「槍刺，《說文》：『槍，刺也。』《通俗文》：『剡木傷盜曰槍。』木鐵皆可作。此經文作鏘，玉聲也，又作錆，非也。」可見「槍」在佛經裡多作「鏘」字，不僅變文如此，這也是通借而非錯字。

推而言之，像伍子胥變文的「水貓遊撻戲爭奔」（頁12），據玄應《一切經音義》卷十六，善見律第七卷音義「犭獺，《說文》：『形如小犬，水居食魚也。』律文多作狚、蠣、蠩、三形」的「蠣」來看，也不能不說「撻」是「獺」的通借字。雖然《類篇》以「㺚」為「獺」的或體字，似乎「撻」是㺚」的誤字，但也祇是「似乎」而已。

這類例子是舉不勝舉的。有時候，不解釋就不容易知道其意義，

如「四代」即「四大」；全收則勢有不能，並且收了有時也會覺得辭費。何取何捨，仍是頗費躊躇的。現在這個本子裡收得很少，也許可以避免過濫的毛病。姑且在這裡略加申説，當作我對變文通借問題看法的發凡，請讀者進而教之。

這裡收了一條「冞」，是辨正字形的，和釋詞不類。因為這個字很難認，不忍割愛，就讓它闌入篇中。這樣做不免自亂其例，但對讀變文者來説，總還是有用的。

這次修訂得到徐復和日本波多野太郎兩位先生的教益，我對他們的感謝是不用説的。由於修訂工作是竊取一星半點的時間來進行的，期望讀到這本書的同志，多加批評和指正。

一九六一年五月，上海浦江飯店記。

徐復和波多野太郎兩位先生以外，不少師友和讀者給予這本小書很多教益，具見卷中。稱引時未加敬稱，殊為疏野，謹致衷心的感謝和歉意。

一九七八年四月八日，綴輯四版增訂本成，附記，時在杭州。

又，郭在貽見告：顧頡剛《史林雜識》吹牛拍馬一文云，我國西北地帶「大川不少，然水急灘險，不可行船。以牧畜業之發達，牛羊皮不可勝用，喜其輕而固，浮而不沈，因製以成袋子，又連結而成筏子，為濟川之利器。」此蓋即浮囊，可為釋名物篇「浮囊」條最佳佐證。因綴輯已就，不易插補，因附記於此。此外還有不少可以增訂之處，期諸異日。

　　張永言一九八二年一月二十一日信示：「月前在本校圖書館偶見新
到倫敦大學《東方非洲學院學報》某期，中有 Serruys 撰《渾脫考》一
文，大致謂歷來以『渾脫』為外來語諸說皆非，『渾脫』實為地道漢語
詞，即以整個地剝脫的牛羊皮製成的袋子，亦用為濟川之具。S‧文徵
引尚博洽，於尊考『浮囊』或可供參證。」一九八二年一月二十五日，
即夏曆壬戌年元旦，收到記。

五版後記

這本書的新一版（即第四版）修訂本印行後，我仍陸續進行增訂工作，增加的部分有若干資料和三十二箇條目。現在我因患腦動脈硬化，增訂工作不能不帶著不少問題結束了。

問題之一是附錄的「待質錄」中的問題至今沒有找到什麼解決的線索，有待博雅的讀者指教。

問題之二是書中的錯誤有少數改正了，有些却因少數抄錄的資料失墜而未能修改，如「釋情貌」篇中的「方便」有一位同志指出並不如我所說，但正是因為這條意見的資料遺失，並因其跟「奸便」似乎有關，所以祇好仍舊。

問題之三是，這本書的原例是凡所引書第一見時標明作者，以後略去；現在因增入之處較多，記憶查看為難，就不免重複；並且有時所引的書或文章的名稱前後也間或有異同，為例不純，未克檢正。

近來發表的研索有關敦煌變文詞義的文章日見其多，這是我很欣喜的。因為我這本書不是集解、集釋、詁林之類的，所以沒有採輯進去，幸讀者勿以為怪。

書中瑕疵，仍乞高明教正。

這個本子的增訂，承顏洽茂同志幫助整理，附此致謝。

一九八三年六月二十六日，杭州。

七版後記

　　《敦煌變文字義通釋》是先生最重要的學術著作，它的著成不僅解決了變文閱讀中的困難，而且推動了漢魏六朝以來方俗語詞研究這一訓詁學新課題的進程，對漢語詞彙史研究有不可磨滅的貢獻。《中國大百科全書·語言文字卷》謂此書「對研究唐五代民間文學和漢語詞彙發展史都大有幫助」，日本學者波多野太郎譽之為「研究中國通俗小説的指路明燈」（日本《書報》，1960 年）。此書曾獲全國首屆古籍整理圖書二等獎、第二屆吳玉章學術獎金一等獎，1995 年榮獲國家教委首屆人文科學優秀成果一等獎。

　　1959 年《通釋》由中華書局出版行世，時為 57000 字；1960 年中華書局再版，其書增為 112000 字；1962 年中華書局三版，159000 字；1981 年上海古籍出版社出版《通釋》四版，為 315000 字；1988 年九月上海古籍出版社出版《通釋》第五版（第四次增訂本），其書又增至為 405000 字。在《五版後記》中，作者稱：『現在我因患腦動脈硬化，增訂工作不能不帶著不少問題結束了。」事實上，先生仍在陸陸續續做增補工作。1997 年 10 月，上海古籍出版社將先生晚年增補的若幹材料附

在五版之後，是為六版，字數也擴至 436000 字。

　　羅列這些數字，是想說明：一本學術著作能從一版出到六版，其學術價值顯見；數十年來作者精益求精、焚膏繼晷從事訂補，尤其四版之後的增訂是在作者年事已高、痼疾嬰身情況下進行的，這反映了一個學者可貴的探索和獻身精神。

　　這次整理，校正了五版中若干文字上的錯訛，將先生晚年增補的材料插補在各相應條目中，並刪去了一些重複的材料，庶幾真正可稱為「定本」了。

　　顏洽茂

　　1999 年 7 月 19 日

語詞索引

（說明：本索引以語詞首字筆劃多少為序排列）

整理後記

　　轉眼間，先生駕鶴歸道山已經 20 年了。一日為師，終身為父，先生的音容笑貌，時在念中。

　　1985 年，我從遼寧師範大學碩士畢業，分配到杭州大學工作擔任先生的助手。我接受的第一項任務就是整理第五版《敦煌變文字義通釋》（第四次增訂本）。其時先生身患腦動脈硬化症，尚在休養康復中。自 1981 年上海古籍出版社出版第四版《通釋》後不久，先生就已經著手新一輪的修訂工作，乃至於 1983 年 6 月就已草擬好「五版後記」，但其後由於疾病罹身，修訂工作纔不得不暫時中止。

　　我全力以赴投入了整理工作前後歷時一年。整理過程中，時向先生請益獲教實多；同時還結合自己的畢業論文和家鄉方言，補充了一些南北朝佛經中的例子以及舟山方言中存留的古語，蒙先生不棄，一一採納，……先生從善如流、獎掖後學的情景彷彿就在昨日！

　　此次浙江大學出版社再度出版《通釋》實乃功德無量既嘉惠學林，也是對先生最好的紀念！

　　這次整理，核對了先生所引的《敦煌變文集》及一些書證的原文，

改正了一些錯字；糾正了浙教版排版中的錯訛，補上了漏排的文字；刪去了一些條目中重複引證的材料，對個別句例進行了調整。

受業□顏洽茂謹記
2015 年 7 月於杭州紫金文苑

地域文化研究叢書．敦煌文化研究叢刊　A0204028

敦煌變文字義通釋　下冊

作　　　者	蔣禮鴻	
版權策畫	李煥芹	
責任編輯	曾湘綾	
發 行 人	林慶彰	
總 經 理	梁錦興	
總 編 輯	張晏瑞	
編 輯 所	萬卷樓圖書股份有限公司	
排　　　版	菩薩蠻數位文化有限公司	
印　　　刷	博創印藝文化事業有限公司	
封面設計	菩薩蠻數位文化有限公司	

出　　　版　昌明文化有限公司

桃園市龜山區中原街 32 號

電話 (02)23216565

發　　　行　萬卷樓圖書股份有限公司

臺北市羅斯福路二段 41 號 6 樓之 3

電話 (02)23216565

傳真 (02)23218698

電郵 SERVICE@WANJUAN.COM.TW

大陸經銷

廈門外圖臺灣書店有限公司

　　電郵 JKB188@188.COM

ISBN 978-986-496-496-3

2021 年 3 月初版二刷

2019 年 3 月初版

定價：新臺幣 440 元

如何購買本書：

1. 轉帳購書，請透過以下帳戶

　　合作金庫銀行　古亭分行

　　戶名：萬卷樓圖書股份有限公司

　　帳號：0877717092596

2. 網路購書，請透過萬卷樓網站

　　網址 WWW.WANJUAN.COM.TW

大量購書，請直接聯繫我們，將有專人為您

服務。客服：(02)23216565 分機 610

如有缺頁、破損或裝訂錯誤，請寄回更換

國家圖書館出版品預行編目資料

敦煌變文字義通釋　下冊 / 蔣禮鴻著. -- 初

版. -- 桃園市 ： 昌明文化出版 ； 臺北市 ： 萬

卷樓發行, 2019.03

　　冊 ；　　公分

ISBN 978-986-496-496-3(下冊 ： 平裝)

1.變文 2.敦煌學

858.6　　　　　　　　　　　108003222

本著作物經廈門墨客知識產權代理有限公司代理，由浙江大學出版社有限責任公司授權

萬卷樓圖書股份有限公司出版、發行中文繁體字版版權。